U0021981

韋瓦第密信

Le lettere segrete del Vivaldi

Nakao Eki Pacidal（那瓜）

著

夏

L'estate

親愛的安東尼奧：想像燠熱的曼圖阿之夏。太陽無情炙烤，松樹彷彿著火，樹下牧人與羊奄奄一息。空氣近乎凝結，杜鵑、鳩鴿與金絲雀歌聲透空而來。終於一絲微風拂過，轉瞬漲為大風，席捲原本熱烈的草原。天色灰霾，風雨欲來，蚊蠅嗡然，羊群悚懼。牧羊人匆忙起身，但為時已遲。看哪，天降雷電與冰雹，壓垮玉米穗和莖稈，阻去回家的路。

01 遲來死訊

尚遲明

一七四三年，北京陷入不可思議的酷暑。許多人受不了烈日炙烤，脫水倒斃於大街。無人認屍的貧民乞丐全被拖去東直門外化人場，屍體焚得多了，城門內烏煙瘴氣，夜裡都不得消停。

遠離化人場，城南宣武門內又是一片光景。這裡有順治年間耶穌會神父建造的南天主堂，石造巴洛克教堂氣派十足，堂外廣植樹木，格外蔭涼。若非南堂清爽，兼以乾隆皇帝加恩，免除入宮奔波之苦，六十五歲的尚遲明神父恐怕難熬這非比尋常的夏天。

信差來到南堂這日，暑熱終於褪去，尚遲明病況好轉，能夠外出散步，在枝繁葉茂大槐樹下享受清涼。他鬚髮灰白，面容枯槁，難以想見年輕樣貌，只有嚴謹的黑色教士袍訴說一切。此刻信差上馬離去，他低頭拆閱手中信件，雙手竟有些顫抖。這不單純因為年老衰弱，更多出於內心激動。這封信來自遙遠的維也納，而會從維也納寫信給他的人，想來只有他從小到大的摯友，人稱「紅髮教士」的韋瓦第。兩年前韋瓦第信中曾說，一到維也納就即刻來信，屆時必當詳述謁見神聖羅馬帝國皇帝查理六世陛下詳情。然而兩年過去，他早由耶穌會內部通訊得知皇帝病逝，卻始終不清楚好友情況。

他拆開封蠟。裡面夾著另一張整齊折起的箋紙。信上字跡工整但陌生：

尊敬的喬瑟佩．尚尼諾神父：您的好友，受人敬重的韋瓦第神父，已在主後一七四一年七月二十八日病逝。他的喪禮在維也納聖斯德望主教座堂舉行。他的墳墓安置在聖嘉祿堂側面。近來我們處理韋瓦第神父遺物，發現一封給您的信，依照神父意願遠寄給您。願您降福於我們，一如天主賜福於您。

沒有署名的信從手中溜走，落入地面沙塵。另一張對折箋紙上有一行字，筆跡潦草歪斜，卻極為眼熟：

任何人見到這紙箋，請寄給喬瑟佩．尚尼諾神父，耶穌會士，中國北京南天主堂。

箋紙原來是半張樂譜，寥寥譜上幾個音符又被劃去，空白處寫著：

我親愛的喬瑟佩：

我一直期盼小提琴到來，如今恐怕等待不到了。威尼斯的榮光褪去，維也納如此淒涼，我已病入膏肓，但我深信永恆國度必有我的位置，正如那裡有你的位置。

你永遠的摯友，安東尼奧

「尚遲明神父！」

天主堂門口有人叫喚。他轉頭望去，一股熱浪撲面而來。他視線模糊了。教堂門前，蒸騰熱氣當中有個身影微微顫動，紅髮彷彿火焰燒灼，教士袍宛如最深的黑夜，又或者是四十年前遙遠的過往。他伸手想觸摸那身影。整個世界驟然旋轉起來，慢慢淡入一片起落的藍綠波濤。

那場景如夢似幻，是他記憶中少年時代的威尼斯。

02 威尼斯重逢

佛蘭索瓦

八月威尼斯本已轉涼，到了月底這一週，溫度突然飆升，逼近三十度，許多人索性遁入海水尋找清涼。敞開長窗外有岡朵拉船經過，船夫拿篙一點，逆著起伏波濤快速向前，唱威爾第歌劇《弄臣》膾炙人口的俏皮歌曲，歌聲宏亮及遠，在水面傳播開來。

女人善變有如風中的羽毛，時時改變聲音，也變換心意

「這船夫聲音真好。」法國音樂家佛蘭索瓦起身向窗外探頭，立刻被人從身後抱住，一雙柔軟的手伸進沒有紮進長褲的襯衫下襬，貼上來撫摸他胸膛。

「喬瑟佩，你在幹麼？」女人聲音甜膩，說著律動鮮明的義大利語，好像慵懶呻吟。

「我在聽唱歌。」佛蘭索瓦不為所動，手搭窗台，側頭目送岡朵拉船遠去。

「哼！音樂家！」女人賭氣抽回雙手，又撲通躺回床上。片刻後有衣服扔到他頭上。

他扯下那輕薄的碎花洋裝，捏著裙角在鼻邊嗅了一下。女體的溫暖混合淡淡香水，讓他這樣正值盛年的男人一聞就心猿意馬。但在尋歡作樂這件事上，他總覺得不刁難女伴就沒有趣味，因此站在窗戶邊不動。一艘岡朵拉船逐漸靠近，他對坐在船尾的年輕女子微笑搖手。

「小姐，您真漂亮。」他故意法語調情。

「啊！」船上女客驚呼一聲，開口也是法語：「喬瑟夫．佛蘭索瓦！您是喬瑟夫．佛蘭索瓦？小提琴獨奏家？」

他沒想到竟在這裡被人認出，下意識退了兩步，正好被後面的女人用力一扯，跌坐在床上，又立刻被推得躺平了。

「喬瑟佩……」女人已經脫得一絲不掛，整個人騎到他身上。

「剛才那女人好漂亮，也是法國人呢。」他咧嘴一笑，「大概跟我一樣，來這裡度假。」

「你每次都這樣，故意鬧我，今天要讓你知道我的厲害。」女人毫不吝惜，一把扯開他的名牌襯衫，又解開他的皮帶，在他身上挑逗愛撫。

「我知道你的能耐……」他笑著閉上眼睛。

這就是今年夏天最後的嬉戲了。他在百忙中到威尼斯來，本想參加本地一個性狂歡派對，不過臨時打消念頭。畢竟他是世界知名的小提琴演奏家，還是得比一般人小心舉止。他倒不介意別人知道他性生活放浪，但他的經紀人屢次告誡，如今這個煩躁的世界，早已沒有純粹的藝術家，對市場來說，音樂家的形象包裝和音樂家的技藝同等重要。

「喬瑟夫，你不要以為你現在炙手可熱，鬧出性醜聞以後還會這麼受歡迎。」他離開巴黎前往威尼斯時，經紀人追到機場，不厭其煩再三叮嚀。

他真的不想接受這種勸告。享樂一旦受了限制，還算什麼享樂？但飛機還沒抵達威尼斯，他已經屈服於現實。他知道經紀人說得沒錯。性狂歡派對沒什麼大不了，但總有衛道人士無法接受，例如某幾個知名的音樂製作人，還有一兩個大師級的指揮家，要是被他們看作私德猥瑣之徒，拒絕一些重要的合作，那就真的要他的命了。金錢報酬還是其次，音樂舞台才是他丟失不起的東西。

「親愛的喬瑟佩……」女子在他耳邊問，「你下次演出，帶我一起去好不好？」

「不好。」他依舊閉著眼睛。

「為什麼？」

「啊……接下來……嗯……要去哪裡呢？好像……是亞洲啊……」他話已經說得不太順暢了。這女人手段真高明。

「那帶我一起去嘛。好不好嘛？不說話就是答應囉？」

他一把抱住女子，在她渾圓臀部上「啪」用力一拍，「蘇珊娜！可以專心做愛嗎？」

門突然「呀」開了，一個糖果般的聲音穿過門縫，說著義大利腔的法語。

「喬瑟夫？還是這麼隨便？門都不鎖就開始了？」

「佛洛莉亞？」佛蘭索瓦吃了一驚，連忙在床上坐起。

已經兩年沒見的前女友佛洛莉亞．柯斯塔推門進來。她穿著輕薄的連身裙裝，一雙繫帶涼鞋很有古希臘風情，剪去留了多年的長髮，顯得清新俐落。

「你來幹麼？」佛蘭索瓦問。

「找你啊。」佛洛莉亞瞄了一眼年約二十五六歲的蘇珊娜，「呦，這麼年輕的女人？你還行嗎？」

佛蘭索瓦一笑，「你要試試嗎？」

「少囉唆。」佛洛莉亞把手中一冊東西亮給他看，「看這個。」

那是一本英文音樂學期刊，封面平淡無奇，印著「Music and Music Theory」。

「你有新論文發表？」佛蘭索瓦起身穿好長褲，回頭用襯衫蓋住蘇珊娜。這善妒的女人正敵意十足看著佛洛莉亞。

「真體貼哪。」佛洛莉亞嘲弄的看著他。

「你到底有什麼事？」他到桌邊倒了一杯水，回頭看著佛洛莉亞，「沒事的話，可以讓我繼續跟這位小姐做愛嗎？還是你打算加入我們？」

佛洛莉亞哼了一聲，將期刊翻到某一頁，用力拍了一下，「這裡有一篇史料研究寫成的論文，大意是說，耶穌會尚尼諾神父在十八世紀初前往中國之前，可能從韋瓦第受贈一把小提琴，帶到中國去了。尚尼諾死後葬在北京，這把小提琴可能被耶穌會保存下來，只是大家都已經忘記那是韋瓦第的小提琴。」

佛蘭索瓦剛吞下一口水，差點因此嗆到，連忙放下水杯，「韋瓦第的小提琴？在中國？」

佛洛莉亞指著期刊，「尚尼諾一直生活在北京，死在北京，葬在北京，這論文作者推論小提琴也留在北京了。」

「韋瓦第的小提琴？」佛蘭索瓦轉向窗外，突然想起韋瓦第是威尼斯本地人，眼前的潟湖海潮也是大作曲家當年慣看風景。

「你不想要韋瓦第的小提琴嗎？」佛洛莉亞在背後問，「如果琴保存得好？」

「韋瓦第的小提琴，」他喃喃自語，「就算保存得不好也無所謂，不會減損多少價值。韋瓦第這名字本身就是價值。」

「我來就是為了告訴你這個。你比我更清楚黑市情況，要是被人捷足先登，你就別想擁有大師的小提琴了。」

「這論文作者是誰？」

「一個音樂史碩士生，在台灣。你接下來亞洲巡迴，是不是就從台灣開始？」

「好像是。」佛蘭索瓦思索近一分鐘，最後拿出手機打了一通電話。

「怎麼突然打電話來，喬瑟夫？」一個明快聲音傳來，說著巴黎腔的法語。

「路易，幫我查一個人。」佛蘭索瓦伸出手，佛洛莉亞立刻遞上期刊。

「名字，地點，你手邊有什麼資訊，都給我。」

「這個比較麻煩。」他看著期刊上的作者名字，「這是亞洲人，台灣人，中文名字，這裡只有羅馬拼音：Yi-fen Chen。」

「性別？年齡？」

「不知道。」

「地點是台灣？還有沒有別的資訊？」

「這人是音樂史碩士生，台灣音樂學院。」

「好吧……你什麼時候要？」

「越快越好，下週我上飛機之前。」

「去哪？」

「台灣。」

「跟你有關的事都好奇怪呀。好啦，我知道了。週日午夜前給你。」

通話結束了。佛蘭索瓦把期刊往桌上一扔，俯身撿起地上洋裝。

「美麗的蘇珊娜，」他微微一笑，「可以用這件洋裝跟你交換我的襯衫嗎？」

「不行！」蘇珊娜生氣了，乾脆跳下床，把他的襯衫當成睡衣穿上，就這樣赤裸雙腳走出這間鄰水公寓。

「嘖，穿得這麼撩人就出去了呀。」

「好囉。」佛洛莉亞拍拍期刊，「這留給你。就這樣了。有什麼問題再打電話給我。」

他側頭看她。這女人把他的女伴氣跑，現在想一走了之？可不能這麼輕易放她走，好像她隨時可以到他面前為所欲為。

「我以為你除了講小提琴的事，還有別的事找我呢。」

佛洛莉亞走到他面前，右掌貼上，輕輕摩挲他胸膛，挑逗意味十足。

「你以為……」她慢慢抬起頭，嘴脣湊近他下巴，「你以為我來跟你和好？」

「難道不是嗎？」他雙手搭上她的腰，低頭親吻她。雖然不如蘇珊娜年輕漂亮，作為音樂學家，她還是頗有知性魅力。她很快屈服於他的親吻。他的手摸索著，慢慢拉下她背後拉鍊。

「夠了，喬瑟夫．佛蘭索瓦……」她突然轉開臉，「我不是來跟你和好。」

「不和好也沒關係。」佛蘭索瓦一笑，「還是可以共度良宵。而且……說不定你願意跟我一起去台灣調查那把小提琴？」

他沒給佛洛莉亞說話機會，又用熱吻壓制了她。輕飄飄的夏日洋裝落在腳邊，窗外又傳來宏亮歌聲，似乎同一個船夫操舟回來，唱著《茶花女》的飲酒歌。

飲吧，讓我們飲自美麗盛放歡快的酒杯
願這稍縱即逝的時刻隨色慾而歡愉

窗外吹來半溫熱半清涼的海風，與船夫歌聲同在水面擺盪，和窗內聲息相混和，氣氛無限曖昧。威尼斯夏日將盡，白晝卻還很長。

03 鋼琴，提琴，貴客與奇遇

李彥行

傍晚時分，台北格外焦躁，熱氣與喧囂盤據城市上空，以看不見的方式消耗人的意志。每到此時，李彥行都慶幸自己蝸居城市角落，至少和外界拉開微小的距離。

求學的緣故，他已經在台北住了十年，卻始終無法真心融入這躁動城市，無法喜歡這裡的濕氣、灰塵、雜亂和噪音。好在這些年來他也交了兩個好朋友，都是台灣音樂學院的同學，學指揮的傑克，和做音樂史研究的怡棻。說來他認識傑克在先，但兩年前陳怡棻來此租屋，成了單調生活裡他最親近的人。

他們住的這棟公寓位在一條僻巷深處，鬧中取靜是唯一優點。樓房本身頗為老舊，總共五層，沒有電梯，每層都是小坪數公寓，實際坪數和略微寬敞的套房差不多，卻煞有介事隔成客廳、廚房和附衛浴的臥室三個區塊。他和陳怡棻分租四樓和五樓同側公寓，夏天客廳頗受西曬之苦，白日窗景無甚可觀，又被窗外防火梯切割破壞，卻是他決定租下主因。這道鐵製防火梯漆成藍不藍灰不灰的曖昧顏色，看來不很妥當，踩上去總是嘎吱作響，微微搖晃，但他喜歡走防火梯從客廳窗戶進出，也喜歡夏季在窗邊納涼，眺望有限的夜景。

現在離天黑還有一段時間。他淋浴完從臥室出來，一邊用毛巾擦頭髮，一邊伸長脖子望向窗外。遠處傳來救護車聲音，漸大又漸小。

「彥！彥！」

熟悉的聲音從上方傳來。他趕快跑進臥室，迅速穿妥衣服，若無其事走出來。

「彥！我收到期刊了！」陳怡棻出現在窗外。她臉有點紅，不知道是太陽曬的，還是出於興奮。

她推開窗戶，遞給他一本期刊。

「這期刊很冷門。」她用手指戳著封面上的「Music and Music Theory」字樣。

「冷不冷門有什麼關係？刊出才是重點。」他翻開期刊，找到陳怡棻的論文。其實他早在她寫作階段就把文章讀得爛熟，但看到印刷成品畢竟感覺不同。

「總是起步吧。」陳怡棻高興拍著臉頰。

「你剛從學校回來？」他用手指挑開她額頭瀏海，「看看，都是汗，趕快去沖個涼，不然上班要遲到了。」

「啊對啊！我都忘了時間！你等我，十分鐘……五分鐘！五分鐘！」

她掉頭就跑，迅速越過窗戶，防火梯隨腳步哐啷作響。

「慢一點！不要橫衝直撞！」他到窗邊抬頭大喊。

五分鐘後她果然出現在窗外，已經換上黑衣黑鞋，頭髮卻仍用鯊魚夾固定在頭頂。

「總是這麼迷糊。」他笑著替她摘下夾子，順手扔上沙發。她已經快步跑下防火梯，一邊向後伸手：「車鑰匙。」

「我騎就好了。」他跟下樓梯，用機車鑰匙輕敲她後腦。

她跳下最後一級階梯，回頭搶走鑰匙，快步跑向停在不遠處的機車，他只好乖乖跟上，接過她扔來的安全帽，跨上後座。

他們以患難之交的身分過著這樣的生活已經兩年多了。本來每天都是他騎機車，載她一起前往打工的 piano bar，但去年他摔車傷到右手，她就不再放心他騎車。他因為右手失去原本的靈活度，已經放棄鋼琴而轉向原本副修的小提琴，她卻不相信這是他真心選擇。

「你還是可以彈琴。」她總是這麼說，「你在社區學苑也還在教琴啊。」

「那種程度當然沒問題。李斯特就不行了。」

「也不是只有李斯特能證明鋼琴家的能耐。」

「那得證明過後再說。」

「就算你改拉小提琴，左手也要保護，你還是少騎車吧。」

「我會小心的。」

「不相信。每次都叫我小心，結果每次出事的都是你。」

其實他很喜歡被她載。坐在機車後座，越過她肩膀看她控制油門的右手，總覺得心頭溫暖，但每次她的長髮被風吹起，打亂他視線，又讓他有點心慌。

「幹麼不說話？」她微微側過頭，在喧囂車潮中提高音量。

「啊，恍神吧……」他支吾著。

他們在六點前趕到這家華麗的 piano bar。她繫上黑色圍裙，變成一個全黑身影，白皙臉龐和笑容彌補一身低迷。他穿上西裝外衣，向酒保點了清淡的調酒。

「經理說要給你這個。」酒保拿出一疊鋼琴譜，最上面一本印著大大的「LISZT」和「La campanella piano solo」。

「經理瘋啦？叫我彈李斯特？」他頗感納悶。經理向來要他彈些華麗流行曲子，沒營養卻很輕鬆，現在正經得有點突兀。

酒保咧嘴一笑，「聽說有外國音樂家住隔壁飯店，每天都會過來喝個小酒，聽聽彈琴什麼的。就是外面海報牆貼的那個。」

他望向外面的燈箱廣告，大吃一驚。

「Joseph François 來台灣？住在隔壁？」

「是啊。今天下午剛到。說不定今晚就會過來。」

「好吧。」他拍著那疊樂譜，「趁他沒來，我先練一下。」

他喝完調酒，坐到鋼琴前，仰頭看著金碧輝煌的天花板和略顯昏暗的燈光，雙手敲動琴鍵，一個單純童稚曲調。這是莫札特《小星星變奏曲》主旋律。手受傷以後他就沒有完整彈過這曲子。十二段變奏實在太過燦爛。

他望向吧台後方，陳怡棻正和酒保前後忙碌，沒有注意鋼琴這邊。他收回視線，專心彈完第一段變奏，順暢接上蕭邦第二號夜曲。好像樹葉被風吹落水面，非常溫柔的情境和旋律。他知道彈得不差，但總覺得開過刀的右手太過僵硬。

「你是專業鋼琴家？」背後突然傳來法語腔的英語，把他嚇了一跳。

問話的是個中年男子，高鼻深目，輕便西裝，不繫領帶，短短的棕色捲髮沒怎麼梳理，顯得率性。他立刻認出這人就是海報上的喬瑟夫．佛蘭索瓦，知名的法國小提琴獨奏家。

佛蘭索瓦走到鋼琴邊，問也不問就翻他樂譜。

「李斯特？你能彈李斯特嗎？」

「我……」他不知所措，「我不會。」

「是嗎？」佛蘭索瓦不客氣的打量他，「我認為你會。剛才你蕭邦彈得很好。你是專業鋼琴家？」

「不……」

「你不想彈李斯特的話，」佛蘭索瓦拿起另一本樂譜，「貝多芬《月光》。」

「第一樂章？」

「全部。」

「全部？」他環顧四周，「第三樂章太炫技，說不定其他客人覺得吵。」

「今晚沒有其他客人。只有我和我的女伴。」佛蘭索瓦指著吧台。一個短髮女子雙腿交疊坐在高腳椅上，姿態優雅喝著調酒，黃色裙裝十分亮眼。

「沒有其他客人？」

「我把這裡包下來了。」佛蘭索瓦在樂譜上輕輕一拍，「彈吧，年輕人。」

小提琴家轉身走了。他收回視線，面對已經翻開的貝多芬《月光奏鳴曲》。客人要他彈，他只好彈了。

《月光》早就記得爛熟。他抱著信心彈奏前兩樂章，但隨著第三樂章迫近，竟然緊張起來。他知道彈錯了也不會怎樣，但在世界知名的音樂家面前彈琴，本身就是莫名壓力。

他彈完《月光奏鳴曲》。第三樂章沒犯錯，一般人可能聽不出問題，但細微差錯應該瞞不過佛蘭索瓦這樣的音樂家。

吧台邊響起掌聲。他雙手離開琴鍵，轉頭望去。佛蘭索瓦和女伴都熱烈鼓掌。吧台後，陳怡棻滿臉笑容，在吧台後輕聲拍手。酒保第一次聽他彈這麼炫技的曲子，一臉佩服對他豎起兩個大拇指。

「年輕人，」佛蘭索瓦跳下高腳椅，微笑走來，「你顯然受過鋼琴獨奏訓練。剛才你在一些地方有猶豫，好像對你的手沒有信心，我想不是疏於練習。」他走到鋼琴邊，看著李彥行放在大腿上的右手，「你的手受過傷嗎？」

「你怎麼知道？」李彥行大吃一驚。

聽說他去年六月手指關節受傷開刀，佛蘭索瓦臉色變得鄭重。

「那真是太糟了。」他說，「我為你感到很遺憾。雖然關節手術影響手指，但我相信你可以恢復到受傷前的水準。」

「醫生說不可能。」李彥行嘆了一口氣。

「醫生懂什麼？」佛蘭索瓦一笑，「音樂家能做什麼，要問音樂家才準確。」

「我已經改拉小提琴了。」

「哦？」佛蘭索瓦一揚眉毛，「你知道我拉小提琴嗎？」

「知道。你是世界知名的獨奏家。」

「你小提琴跟鋼琴一樣水準嗎？」

「我鋼琴彈得比較好。」

「所以你應該繼續彈鋼琴。你可以恢復到以前的水準，如果你願意挑戰不可能——醫生口中的不可能。」佛蘭索瓦用手一比，「來，我請你一杯。你想喝什麼？」

他跟到吧台，但試圖推辭，「我下班還要騎車，不能喝酒。」

「沒關係沒關係。」陳怡棻插嘴，「是我騎車。他可以喝。」

「那就給你男朋友一杯他喜歡的酒。」佛蘭索瓦笑著端起他的紅酒杯。

陳怡棻一笑，回頭準備調酒。李彥行知道她並不是默認他為男友，只是沒必要跟客人交代這些。

佛蘭索瓦的女伴從手袋裡拿出一本書，邊喝雞尾酒邊翻看。李彥行認出那是之前陳怡棻興沖沖帶給他看的期刊《Music and Music Theory》。

「真巧。」他說，「我朋友有一篇論文發表在這個期刊。」

佛蘭索瓦好奇靠過來，「佛洛莉亞，這什麼期刊？」

佛洛莉亞把封面給他看。

「就是這一期。」李彥行指著封面上的名字，又指向陳怡棻，「這一篇就是她寫的。」

「這是你寫的？」佛洛莉亞張大了嘴。她講英語的口音和佛蘭索瓦截然不同，李彥行猜想她可能是義大利人。

陳怡棻點頭，「我做研究。音樂史。」

「難怪，」佛蘭索瓦輪流看著她和李彥行，「難怪你們兩個是一對。一個是鋼琴家，一個研究音樂史。」

「我們不是一對啦。」陳怡棻不好意思的笑了，「我們是好朋友。」

「年輕人，」佛蘭索瓦轉向李彥行，「我希望你眼睛沒有受過傷。」

「啊？」

「你視力還好嗎？看不見這麼美麗又聰明的淑女？跟她只當朋友？」

「我……」

「欸，這篇文章你應該會感興趣。」佛洛莉亞打斷玩笑，「關於韋瓦第的小提琴。」

「韋瓦第？小提琴？」佛蘭索瓦立刻被吸引過去。

李彥行捧著調酒站在旁邊，看佛蘭索瓦和佛洛莉亞熱絡交談起來，有時講法語，有時講義大利語。他轉頭去看陳怡棻。她正在接電話，一邊在收銀電腦上輸入，應該是隔壁飯店要的飲料。

陳怡棻一掛電話，李彥行馬上對她招手，探身到吧台內，「大音樂家讀你的論文欸。」

「誰叫韋瓦第是小提琴界的搖滾巨星呢？」陳怡棻臉頰微紅，顯然非常高興。

不久後他回到鋼琴前，開始彈奏難度不太高的蕭邦夜曲。有時他的信心隨之漲起，有時又莫名低落下去。他偶爾回頭望向吧台，今晚僅有的兩名客人談話熱烈，還邀陳怡棻加入，吧台內只剩酒保張羅一切，又接電話又調酒。不時有隔壁飯店的人從另一邊進入吧台，端走備好的飲料。

燈光下，陳怡棻非常亮麗，一段距離外看起來，好像夢境又近又遠。

巧遇小提琴家佛蘭索瓦隔日是個出其不意的雨天，整個台北盆地從清早就被大雨籠罩，李彥行和陳怡棻放棄騎車，改搭捷運去音樂學院。其實他們都沒有非去學校不可的理由，只是陳怡棻習慣白天在研究室讀書寫論文，他習慣在學校練琴。

中午過後他離開學校，搭捷運去社區學苑教鋼琴。他喜歡這份工作勝過在 piano bar 彈琴。來此上課的青少年學生多半來自不寬裕的家庭，負擔不起名師和昂貴的樂器，總讓他想起自己音樂路上諸多坎坷。他喜歡看到這些孩子在音樂裡獲得快樂和成就感，為此寧願犧牲報酬更高的家教工作。

這個大雨天，社區學苑來了令人驚奇的學生，一個名叫林茉莉的十五歲少女。學苑主任告訴他，這女孩天生全盲，但非常想學鋼琴。李彥行跟其他老師都沒有教盲人彈鋼琴的經驗，但他最年輕也最有耐心，主任相信他能勝任愉快。

「可是我……我沒教過盲人啊。」李彥行不知所措。

「大家都沒有啊。」學苑主任是個笑容可掬的胖子，戴著金色細框眼鏡，有一種莫名喜感，「你放心，大家都對你有信心。」

胖子主任抱著樂譜走了，他只好認分面對意外的新生。

少女茉莉穿著端莊的高中校服，一頭長髮有如瀑布，獨自坐在琴房。一隻黃金獵犬安靜趴在她腳邊。

茉莉抬起頭來，李彥行這才見到她整張臉。她閉著雙眼，但這無損於她特殊的美貌，此外還有一種難以形容的純真。人如其名就是這樣吧，他在心裡驚嘆。

「你怕狗嗎？」茉莉突兀的問。

「你怎麼知道？」他關上房門，坐在她左邊。

「感覺得到。」她嘴角微彎，「你放心，Cairo 是導盲犬，就算你攻擊牠，牠也不會反擊。」

「我不會攻擊牠。」他趕快澄清，「我也不是真的怕狗，只是小時候被狼狗咬過，有點心理陰影。」

「你跟 Cairo 相處久了，就會重建對狗的信心了。」

「希望如此。」他被這稚氣猶存的話逗笑，「你叫茉莉？為什麼想學鋼琴？」

「我喜歡鋼琴。從小就喜歡。」

「那為什麼現在才來學？」

「我以為看不見就沒辦法彈琴，但有人跟我說可以，鼓勵我來試試看……我真的能彈琴嗎？」

「彈琴應該不是問題，只要你熟悉琴鍵，記得樂譜就可以。」

「這是我第一次坐在鋼琴前面。」

「那好，我向你解釋一下鋼琴的結構。鋼琴一共有八十八個琴鍵，左邊是低音，右邊是高音，彈琴的人坐在中央，然後，你的手……」

他移動茉莉的右手，引導她彈出C大調音階。

第一堂鋼琴課就這樣開始了，正如胖子主任所言，一切進展順利。茉莉認真練習音階，上行，下行，每彈一次，臉上都浮現新月般清新的微笑。他從旁看著，在心裡揣測她的感受。一直期望能彈鋼琴，現在願望成真，一定很高興吧。

茉莉突然停下練習，將臉轉向他。

「老師，你能不能彈難的曲子給我聽？」

「為什麼？」

「因為我完全不懂鋼琴。我想知道什麼是難的曲子。」

李彥行想起昨晚，後來在佛蘭索瓦要求下，他迫不得已彈了李斯特《鐘聲》。他稍微側身，以極不方便的姿勢彈出那曲子著名的開頭。

「這是李斯特，算是比較困難的曲子。」

「一般人學鋼琴，都會學這個嗎？」

「想練的人就會練吧。」

「老師你第一次練這首曲子是什麼時候？」

「高中。」

「就是我這個年紀啊！」茉莉大為驚嘆，「老師，你是鋼琴家嗎？」

「呃，不是。」他猶豫了一下，「我拉小提琴。」

「你拉小提琴？鼓勵我學鋼琴的人也拉小提琴。」

「誰鼓勵你學鋼琴？」

「一個神父，范哲安神父。」

「你是天主教徒？認識神父？」

「住院的時候遇到的。我第一次跟神父說話。」

住院？李彥行想起去年夏天右手開刀的事。因為手指神經密佈，局部麻醉無法止痛，他只能接受全身麻醉，之後還遵醫囑住院三天。他記得手術後麻藥褪去，吃了止痛藥還是痛得睡不著，直熬到清晨才模糊入睡，恍惚中感覺有手摸在臉上，睜眼一看，陳怡棻站在病床邊，十分關切看著他。

「很痛嗎？」

「沒有啊，不痛啊。」

「真的嗎？」她輕摸他眼角，「眼淚都流出來了，怎麼不痛？」

他根本不知道自己痛得流眼淚了。

「應該不是痛的關係，放心吧。」他微微一笑，閉上眼睛。她的手很涼，靠在臉頰讓他感覺舒適放鬆。他想問她是不是一路都騎快車，不然怎麼手這麼涼，又怕問了她會把手收回去。

接受新學生當天傍晚，他和陳怡棻一起搭捷運上班，提起下午的稀奇經歷。他形容茉莉外貌氣質與名字相符，話聲清新，而且音感極佳。下課的時候，她要求把琴鍵全數摸過一遍，希望下次可以自己找到中央C。他立刻起身讓出空間。她來回摸了幾次琴面，好像透過手指在記憶，最後伸出右手食指要按中央C，卻按在C5上，比中央C高了一個八度，她馬上意識到這不是她在找的音。

「她聽得出高了一個八度？」陳怡棻有點驚訝，「有些號稱絕對音感的人都難免高八度低八度欸。」

「是啊。她馬上往左邊移，按到C4。」

「漂亮的盲人少女來學鋼琴，可能有絕對音感……好像漫畫情節喔。」

「有一點。」這念頭令他莞爾。

今天捷運擠得過分，陳怡棻抓不到任何穩固東西，只能搭著他肩膀。他左手握著車廂頂的金屬橫桿，右臂搭著她的背包，避免她被周圍的人推擠。他不討厭雨天，也不討厭捷運擁擠，因為只有這種時刻，他才能理所當然這樣維護她。有時候他會猜想，她可能對他也有不同的感覺，才會和他這麼親近，卻總是擔心一切不過是他自作多情。

「彥？」陳怡棻抬頭看他，「發什麼呆？」

他回過神來，趕快給自己找理由，「我在想……今天可能又得彈難的曲子。」

「你就彈嘛。乾脆就彈李斯特，請 François 再幫你鑑定一次。」

「鑑定？」

「我覺得他說的應該沒錯。音樂家能做什麼，應該是音樂家說了算。」

「但人體能做什麼，應該是醫生說了算吧。」

「欸呦你……」她握拳輕敲他額頭，「其實你只是暫時不想面對。等你想通了，一定會回到鋼琴上的。」

他不予置評聳肩一笑，把她的手從額前拉開，搭回肩膀。

又悶又濕的擁擠車廂裡，她的手還是涼涼的。

今晚 piano bar 依舊只招待佛蘭索瓦和佛洛莉亞兩位貴客。不過佛蘭索瓦並不想聽人彈鋼琴。他帶著小提琴來，先悠哉喝了半杯紅酒，然後打開琴盒，拿出小提琴開始調音。佛洛莉亞小聲向他們解釋，明天起佛蘭索瓦每隔一天連演四場，而他有演奏前在酒吧找回手感的習慣。

「有點奇怪的習慣。」佛洛莉亞眨眼一笑。

「不會啦，音樂家嘛。」陳怡棻說，「我們很幸運私下聽到。」

「你想不想和男朋友去聽演奏？我有票。」佛洛莉亞拿起手袋。

「呃，他不是我男朋友啦……」

李彥行感覺有些尷尬，乾脆道聲失陪逃離吧台，躲向鋼琴。從這個角度看過去，佛蘭索瓦背影相當端肅。這位獨奏家面對空無一人的座位，拉起一個耳熟的快速旋律。那是韋瓦第G小調小提琴協奏曲《夏》的急板第三樂章。沒有其他提琴協奏，小提琴獨奏依舊絲毫不錯捕捉夏季暴雨雷霆萬鈞之勢。

李彥行盯著佛蘭索瓦。明明演奏充滿動感的樂曲，他卻很平靜，沒有多少動作，一步也沒有離開過原地，跟多數喜好戲劇性大動作的小提琴演奏家很不一樣。

約三分鐘的急板樂章戛然而止，李彥行呆了一秒，起身用力鼓掌。

佛蘭索瓦回過身來，稍微舉起小提琴，垂下拿弓的右手表示謝意。

「你似乎對我的演奏感到疑惑，年輕人？」佛蘭索瓦側頭端詳他。

「呃，我有點好奇，為什麼你拉這個樂章比我聽過的多數版本都慢？」

「急板的意思是比快板還快，不見得越快越好。」佛蘭索瓦以琴弓在半空畫出弧形，「拉得快不過表示小提琴手有能力拉得快，不表示那個速度符合作曲家的意願。」

「韋瓦第的意願是？」

「那就是你作為演奏者要在樂譜裡尋找的東西了。」佛蘭索瓦一笑，「還有，韋瓦第的原譜上有十四行詩，春夏秋冬每個協奏曲都有一首十四行詩，音樂和詩搭配得很緊密，那四首詩也是你揣摩的對象。」他看了一眼吧台後方，「你那美麗的女友研究韋瓦第，她應該很清楚，你可以問她。」

「我……」李彥行不知道該不該辯解，不過佛蘭索瓦並不在意，回頭去喝剩下的半杯紅酒。他站在佛洛莉亞的高腳椅旁，和她有說有笑，再度拿起小提琴之前還抱著她熱吻，手肆無忌憚伸進她裙下。

他是音樂家，她是音樂學家，他們是一對，所以才以為我們也是一對吧。李彥行坐回鋼琴前，望著琴譜發呆。

昨日不見蹤影的經理走進來，滿面笑容和小提琴家打招呼，對佛洛莉亞也一臉殷勤。吧台邊氣氛熱絡。李彥行決定還是待在鋼琴前就好。

「經理先生，」佛蘭索瓦拿起兩張門票，「這是我送給這位小姐和她的鋼琴家男友的票——是的，明天晚上的表演。但他們說要來這裡上班。我想替他們請一個晚上的假，好嗎？我想你一定有人手，可以調度得過來？」

「那當然，沒問題，沒問題。」經理滿口答應，「他們這週的休假就排在明天好了，正好去聽演奏。」

被佛蘭索瓦這樣大師級的人物贈票，是所有小提琴演奏者嚮往的好運，但經理竟然問也不問他和陳怡菉的意見，就這樣答應下來，也實在沒禮貌得過分，李彥行不禁暗自搖頭，陳怡菉在吧台後方目睹一切，似乎也有同感，以一種互相理解的眼光望過來。

不久後佛蘭索瓦又拿起小提琴，邊漫步邊演奏帕格尼尼B小調小提琴協奏曲第三樂章《鐘聲迴旋曲》。這是李斯特鋼琴版本的原曲，而佛蘭索瓦演奏起來之輕鬆，遠超過李彥行手傷之前演奏李斯特鋼琴版。帕格尼尼和李斯特都以他們各自的炫技贏得與魔鬼交易之名，李彥行不免懷疑眼前的佛蘭索瓦是不是也拿靈魂跟魔鬼交易。

佛蘭索瓦沒有拉完長約八分鐘的《鐘聲》。他好像突然想起什麼，垂下雙手，轉身走到鋼琴前。

「年輕人，德布西《月光》會嗎？」

「會。」

「要看譜嗎？」

「不用。」

「很好。跟我合奏。」佛蘭索瓦退了兩步，舉起琴弓，以眼神向李彥行表示就位。李彥行不及思索，按下最初的左手三鍵，悠揚的小提琴隨即加入，在鋼琴鋪陳的背景前開展旋律。鋼琴好像水波，提琴是月下淡淡思緒，說不上沉醉還是哀傷。四分鐘後曲子終了，李彥行彷彿劫後餘生，好像驀然浮出水面，終於能夠順暢呼吸。

「年輕人，你鋼琴彈得很好。感情拿捏尤其好。」佛蘭索瓦倒轉琴弓，用弓桿的一面作勢虛敲平台鋼琴的譜架板，「你知道，音樂成就是一分的天賦，九十九分的努力，而你很明顯兩者兼具。我不知道你為什麼沒在受傷之前就走上演奏一途，也許你起步比較晚？環境比較困難？但總之我是你的話……」他頓了一下，「如果我是你，我不會放棄鋼琴。」

這是他第二次受佛蘭索瓦明白稱讚，驚訝得說不出話來，佛蘭索瓦也沒給他回應機會，又回吧台去享受佛洛莉亞為他新點的紅酒。

04

音樂學家密謀

佛洛莉亞

上午十點，日光極盛，儘管穿著質料輕軟的夏日洋裝，又坐在花園 café 遮陽傘下，佛洛莉亞還是熱得幾乎冒汗。

「九月還這麼熱。昨天還下著暴雨呢。真是無常的天氣。」

飯店 café 的服務生端來她點的草莓慕斯，客氣欠身告退。看那矜持的背影，她不免納悶，天氣這麼熱，這服務生怎麼穿得住整套西裝？

不過服務生的耐熱度不關她的事，她馬上拉回思緒，思索接下來的「正事」。

昨晚佛蘭索瓦在 piano bar 喝了四杯紅酒，回房間後又跟她翻雲覆雨大半夜，但今天早上七點，他一聽到鬧鐘聲就毫不猶豫起床了。他先去淋浴，然後在鏡前整理衣裝，一切整妥後就帶著小提琴離開房間，去今晚演出的音樂廳彩排。他在音樂上的嚴謹執著令她佩服，此外她對這個舊情人的感覺頂多只能說是好惡參半。

他自以為是，總以為女人都喜歡他，這一點讓她難以接受，當初分手主要也是出於這個原因。這次她去威尼斯找他，提供他消息，彷彿還對他懷抱迷戀，又跟著他來到台灣，其實心裡別有計畫。

「等台灣的演奏結束，你要跟我去中國巡迴嗎？」還在威尼斯時佛蘭索瓦問她。

「北京是你中國巡演最後一站吧？」當時她假作認真考慮，「在那之前……坦白說，我沒有多大興趣在中國各地旅遊。不如我留在台灣，最後再去北京跟你會合。現在既然知道那個論文作者是女的，說不定我跟她多混一下，可以交上朋友呢。」

「哦？」佛蘭索瓦笑了，「路易說這位陳小姐很年輕，你起了戒心嗎？」

「擔心你勾引年輕女人？」她輕哼一聲，「你愛勾引誰就勾引誰，我才不在乎。」

話是這麼說，佛洛莉亞對此還是有些顧慮。她清楚佛蘭索瓦的性格和手段，為了韋瓦第的小提琴，他絕對樂於和年輕女子拉拉扯扯，能騙上床更好，反正他對自己床上功夫很有信心。只要迷倒二十多歲台灣女學生，就不擔心得不到韋瓦第小提琴研究的內幕消息。這當然是一條路，問題是她想搶在他之前獨佔一切。

當然，這以內幕消息存在為前提。她憑著研究者的專業直覺，相信這當中還有內幕，但她不確定陳怡棻是否也意識到這一點。

剛才送來草莓慕斯的年輕服務生突然又現身桌邊，帶著一張佛蘭索瓦的演奏專輯ＣＤ，說想要演奏家的簽名。那是韋瓦第主題的專輯，曲目全都是韋瓦第的小提琴協奏曲。她以指節輕敲專輯封面上佛蘭索瓦似笑非笑的臉，輕鬆答應下來。

愛樂人還真不少呢。

服務生道謝離去，她開始吃草莓慕斯，不時左右張望這花草繁盛的中庭 café。已經過了十點半，她等的人應該快到了。

她不認識這個人，只是在網路上查到台灣有這麼一名學者，專研耶穌會東亞傳教史，在一所神學院任教。神學院網站沒有這人照片，中文名字拼寫對她來說根本雌雄莫辨，她只能從學經歷來判斷，這人至少也和佛蘭索瓦差不多年紀，或者更年長一些。讀過此人兩篇論文後，她寫了 email 過去，以學者身分要求在台北碰面，請教關於「十八世紀義大利音樂家尚尼諾神父在北京」的問題。對方明快回覆，以順暢的義大利文寫著樂於和學界同僚碰面交流。

「如果是書呆子型的學者就好了。」她暗忖。

來人是個五十歲左右沒什麼特徵的男人，乍看不像書呆子型的學者，髮線很高，髮頂很薄，顯然正往禿頭邁進，中等身材，不胖也不瘦，淺色西裝，被服務生領到桌邊，從容寒暄就座，用她聽不懂的中文點了飲料。

「詹教授，您義大利語說得這麼好，是不是在義大利生活過？」她摘下墨鏡，看著這面貌模糊的男人。

「念博士的時候在羅馬做過檔案研究，只是這樣。」詹教授簡短回答。

「要做耶穌會的研究，光懂義大利文恐怕還不夠，是嗎？」

「確實。我為了做研究，還學了法文和拉丁文。」

這人好像光滑的大理石牆面，令人無處施力，她不免內心焦躁，但還維持著表面的冷靜。

「您會這些語言，向您請教尚尼諾神父生平，應該是問對人了。」她微笑看著服務生端來詹教授的飲料，原來是平凡無奇的冰咖啡。

「尚尼諾神父……」詹教授就著花俏吸管喝了幾口冰咖啡，「他的一生似乎沒什麼特別之處——當然，這是跟他那赫赫有名的同僚郎世寧相比的結果，其實在那個年代，要由歐洲去到中國，無論如何是很大的困難，也要冒很大的風險，都不是平凡人生。不過我不大了解，您為何對一位宮廷樂師這麼感興趣，為此特別到台灣來？」

「我不是為了這個專程到台灣來。我跟朋友一起旅行，剛好到了台灣，想順便和您見面。」

詹教授無可不可點頭，從口袋拿出一張東西，攤放在她面前。

「您的朋友就是這位紳士嗎？」

那是印製精美的彩色中文傳單，正中央是一派瀟灑拿著小提琴的佛蘭索瓦，站在某個典雅的演奏廳裡，正是這次音樂會的宣傳。

她隱約感覺苗頭不對，但一時之間想不了太多，只能設法露出自然的微笑，「是啊，就是他。他今晚有演出。」

「佛蘭索瓦先生不認識我，我在歐洲的時候，卻經常聽說他的大名。」詹教授邊說邊低頭喝冰咖啡，又補了一句：「您也是。」

「嗯？」

「您看過最新一期的《Music and Music Theory》？那裡面有一篇文章談到尚尼諾神父——和大作曲家韋瓦第神父。我想，或許您看到文章，藉著佛蘭索瓦先生的演奏行程到台灣來，其實想和這位論文作者接觸吧？」

「您認識這位作者嗎？」佛洛莉亞反問。

詹教授搖頭，「完全不認識。」

「請問您到底要說什麼？」她放棄迂迴戰術，乾脆單刀直入。

「我知道佛蘭索瓦先生和您都……熱愛古董樂器，您二位在『那個市場』頗有名氣。」詹教授微笑回答，但那笑臉彷彿嘲弄，讓她很不舒服，「我想，兩位大概打算到台灣拜訪那位論文作者，之後再藉著中國的演出，到北京去尋找小提琴？」

「是。」她乾脆點頭承認，「因此我向您請教尚尼諾神父生平。」

「是嗎？還是您想問我，那把小提琴是不是早就不在北京了？」

她睜大了眼睛，「您……這是什麼意思？」

詹教授嘴角微揚，「看來我猜得沒錯，您知道上個世紀中國內戰，迫使耶穌會撤出，最後落腳在台灣，您懷疑那把小提琴已經不在北京，而在台北，是嗎？」

這確實是她內心盤算。她沒有把這些推論告訴佛蘭索瓦，因為她根本不想和他分享韋瓦第的小提琴，只想利用他的人脈。她說要晚點再去北京和他會合，其實打算在台灣獨自調查，捷足先登取走小提琴，狠狠報復自以為是的佛蘭索瓦。但這姓詹的男人戳破這一點，意味著什麼？難道他也覬覦韋瓦第的小提琴？

「詹教授，我不太懂。」遲疑數秒後她回答，「既然您有這些想法，或許還有一些相關證據和發現，又為什麼不發表論文呢？」

「您不也沒就此發表論文？」詹教授笑起來，「我們大概立場相同吧。說實話，關於這把小提琴，我寧可沒有任何相關論文面世。沒想到這些年來我一直沒有揭開的祕密，卻被一個搞不清楚狀況的研究生寫進論文，竟還大方發表了。」

「我更不懂了。如果您想要查出這把小提琴的下落，平常又在台灣，為什麼不去耶穌會，請求進入檔案室呢？」

「因為我進不去。」詹教授攤手，「我不只一次向他們提出要求，但負責管理檔案的陸德仁神父始終不允許我去他們那邊做研究。這幾年他身體衰弱，一切都交給他的學生范哲安神父，但范神父也不讓我進去。」

「為什麼？」

「耶穌會不讓你進他們檔案室，還需要理由？」

「也許這代表檔案裡真有祕密，關於小提琴的祕密？」

「有可能。」

她總算恍然，「您希望我去耶穌會試試？」

詹教授不置可否，又低頭喝他的冰咖啡。

她想要獨吞好處，偏偏眼前這傢伙硬要上門合作，她一點也不想配合，但至少現在不能表現出來。

「好的。」她假裝認真思索，「那麼，能否請您告訴我，如何聯絡那位管理檔案室的神父？」

詹教授拿出一張小卡片，推到佛洛莉亞面前。那是中英文雙語名片，佛洛莉亞看得懂的那一面印著「Fr. Giuseppe Fan S.J.」的字樣。

「義大利人？」

「台灣人。喬瑟佩是他老師魯札托神父給他的名字，是他的聖名。魯札托神父就是我剛剛提過的陸德仁神父。他是義大利人。陸德仁是他的中文名字。」

「真複雜。」佛洛莉亞瞟著名片上的電話地址，「關於這位喬瑟佩神父，有什麼我該注意的嗎？」

「范神父是小提琴家。」詹教授一笑，「也許您比我更知道該怎麼相處？」

05

離奇的付費研究

陳怡蓁

佛蘭索瓦在台北停留兩週，四場演出一切順利，想來為他的經紀公司賺了不少錢。離開台灣之前，他再度包下 piano bar，開了兩瓶名貴紅酒，邀陳怡蓁李彥行同飲，輕鬆時分突然提出聞所未聞的要求。

「幫你們調查小提琴？」陳怡蓁有些摸不著頭腦。

「我對你的推論很感興趣，還想知道更多細節。」佛蘭索瓦以紅酒杯指向佛洛莉亞，「我有演出，得先離開台灣，佛洛莉亞還會待一陣子，財務問題由她跟你處理。」

「你對那把小提琴很感興趣？」李彥行問。

「我當然對小提琴感興趣。」佛蘭索瓦一笑，「如果你對小提琴沒那麼感興趣，正好說明你該回頭彈鋼琴。」

那場景有一種說不出的古怪，讓陳怡蓁不大自在，卻又說不上原因。兩小時後佛蘭索瓦慷慨給她和李彥行一人一千元小費，然後一如往常，摟著佛洛莉亞盡興離去。

既然天上掉下兩千元，他們就趁輪休來光顧廉價熱炒店。不過他們來得晚了，店裡早已高朋滿座，他們只能將就坐到店外，不時有機車從旁呼嘯而過。

菜餚很快擺滿一桌，但陳怡蓁有些心不在焉。佛蘭索瓦承諾從優支付鐘點費和交通費，她多少有些動心，問題是史料只有那麼多，即使接受委託，也不知道該往哪裡研究。

她默默吃著蛤蠣，把空殼堆成整齊小丘，好像進行什麼儀式。

「你很猶豫嗎？」李彥行突然問。

「啊？」她這才回神，茫然望著他。

「昨天那個研究的事。真的沒辦法就回絕吧。錢也不是想賺就賺得到。」

「啊，我是在想，說不定真的可以有進展。有個地方可能有線索。」

「咦？」

「耶穌會啊。耶穌會因為國共內戰離開中國，最後到台灣來，如果當初從北京帶走了檔案，應該就在台北吧。」

「有道理。怎麼早沒想到？」

「我來查一下他們網站……」她扔下筷子，拿起手機，手肘不小心撞上桌沿，蛤蠣殼堆嘩然倒下。

「總是橫衝直撞。」他伸手輕敲她頭頂。

「檔案管理……范哲安神父，唔，有市話和地址。」
「范哲安？我好像聽過這名字。」
他仰頭思索，被熱炒店過亮的招牌燈一照，頓時眼盲，趕快將臉轉開。
一輛機車發出尖銳煞車聲，停在他們旁邊。
「喲，不在家裡煮，到外面來吃啊？小兩口這麼愜意？」機車騎士把安全帽護目鏡往上推，露出嘻笑的臉，是他們專攻指揮的同學傑克。
「說什麼啦？」李彥行瞪了他一眼。
傑克嘻笑望向陳怡棻，「阿棻在幹麼？」
「她做研究要訪問一位范哲安神父，在查聯絡方式。」李彥行代為回答。
「范哲安？」傑克大感興趣，「什麼事訪問范哲安？」
「你認識他嗎？」陳怡棻抬起頭。
「耶穌會的神父對吧？他小提琴很厲害喔。」
「小提琴？」她和李彥行都大感意外，「他是音樂家啊？」
傑克嘻嘻一笑，「人家有米蘭威爾第音樂學院的小提琴最高演奏文憑，在台北音樂學院教，我高中同學的老師。我去旁聽過。」
她頗為不解，「有威爾第音樂學院小提琴最高演奏文憑，居然沒有當演奏家？」
「人家是神父，大概覺得傳教更重要吧。」傑克聳肩。

「他不是在教琴嗎，哪有傳教？」李彥行問。
「哪知？可能音樂只是媒介吧。」傑克將機車熄火，摘下安全帽，順手掛上後視鏡，老實不客氣坐到李彥行旁邊，從筷筒抽出筷子。
「喂！」李彥行輕敲桌沿，「那麼自動啊！」
「我做大你們的分母欸！你們都已經開始吃了，我才虧吧！」
陳怡棻不禁一笑，「指揮真懂計較。」
「那當然。」傑克不亦樂乎吃起溪蝦。
「喂，怡棻喜歡溪蝦，你少吃點！」李彥行作勢用筷子戳他。
「愛老婆有限度好不好？」傑克不予理會，把更多溪蝦塞進嘴裡。
「再胡說不讓你吃了喔。」陳怡棻哼了一聲。
她在台北音樂學院網站找到「助理教授范哲安」的頁面。一張清晰照片映入眼簾。三十多歲，斯文漂亮的男人，背著深色琴盒，雙手插在長褲口袋，從衣著看不出是神職人員，微笑很給人好感。
「對啦，那就是范哲安。」傑克一眼瞥見，「滿帥的喔？他願意的話，應該可以包裝成演奏明星。」
「演奏家靠包裝？」李彥行笑起來。
「當然能力最重要，但沒辦法，現在聽眾除了聽音樂，還注重形象啊。」

「我也覺得形象不重要。」她附和李彥行，「我上次看歐伊史特拉夫演奏的影片，又老又胖又禿頭，但音樂真好，好有魅力。」

「歐伊史特拉夫的琴藝加上范哲安的外貌咧？」傑克吃吃的笑，「你有得選就一定還是選帥的嘛。」

「他拉得很好嗎？」

「真的很厲害。你要訪問他的話，自己問他囉。」

陳怡棻側頭看著手機螢幕，又想起靠近觀察兩週的獨奏家佛蘭索瓦，不得不承認傑克的說法有一定道理。當然佛蘭索瓦琴藝沒話說，但他成為世界級的音樂明星，跟他那率性熱情的外表顯然脫不了關係。

世界頂級的音樂家是個商品，這念頭實在令人感到寂寞。

06

深夜陌生人與不速之客

范哲安

義大利籍的耶穌會神父陸德仁住院已經兩週了。這是八十七歲的老神父今年第三度入院，倒不是因為他有什麼嚴重疾病，而是下樓梯不慎跌倒，摔傷了膝蓋，畢竟年事已高，膝傷好得不完全，總在醫院進進出出。

今天陸神父膝蓋痛得特別厲害，卻不肯吃止痛藥，醫生護士勸了半天都不管用，還是他鍾愛的學生范哲安神父趕來，才終於說動他。

Mio caro padre, prendi la medicina, per la mia tranquillità, se non la tua.

我親愛的神父，就算不為你，也為我心裡的平靜，吃藥吧。

范哲安靠在病床邊，握著陸神父的手，半勸解半請求。義大利語是他們師生間最常使用的語言，雖然陸神父中文也很流利。

「喬瑟佩，」陸神父喊他的聖名，「我不想吃止痛藥。年紀大了，若是連痛覺都失去，更要忘了自己的存在是多麼貧乏。」

「神父，」范哲安親吻老神父的手，「我的存在就足夠提醒你這一點了。」

陸神父笑了，「好吧，孩子，我吃藥就是了。」

吃了止痛藥，陸神父昏昏欲睡。他不喜歡這種藥物帶來的困倦。肉體輕鬆，精神卻不免頹喪。

「生命多脆弱……」老神父喃喃自語。

「睡吧，神父。」范哲安靠上去親吻老神父額頭，「明天見。」

他又在床邊坐了一段時間，確定老神父睡熟了，這才將床頭燈亮度調到最低，放輕腳步開門離去。

病房外十分昏暗，只有長廊遠端的護理站透出燈光。他快步經過護理站，要穿過一個會客區前往客用電梯，但這裡有什麼不明動靜，吸引他停下腳步。

「有人嗎？」他試圖看清這黑影幢幢的空間。

過了幾秒鐘，一個微弱聲音從角落傳來。

「我在這裡……」

范哲安望向聲音來處，就著窗口透進的淡淡月光，認出角落沙發裡窩著一個長髮少女，樸素睡袍，赤裸雙腳，整個人蜷縮起來。

「你怎麼了？需要幫忙嗎？」他走上前去，「你爸媽在哪？你不怕嗎，一個人在這麼黑的地方？」

「黑……我不知道什麼是黑。」少女抬起頭，「我看不見。我天生就看不見。」

范哲安環顧四周，「你爸媽呢？」

「走了。」

「走了？」他走近兩步，總算看清這個少女，大概十五六歲，青澀身材，雙眼緊閉，滿臉淚痕，但遮掩不住她漂亮容貌。他在少女對面沙發坐下，這才發覺旁邊還坐著一隻安靜的大狗，是黃金獵犬，大概是她的導盲犬。

「你在哭嗎？」

「嗯。」

「有難過的事嗎？要不要告訴我？」

「你是誰？也是這裡的病人嗎？」

「我是范哲安神父。我沒住院，是來探病。」

「神父？你是神父？你年紀很大嗎？」

「跟你比應該算年紀大。我三十四歲。」

「三十四……那比我爸媽都小。你很年輕啊。為什麼要當神父呢？」

范哲安一笑，「當神父跟年紀沒關係。」

「我沒遇過神父。」少女好奇起來，「你長什麼樣子？」

「跟所有人一樣。眼睛鼻子嘴巴。」

「等於沒說……」少女在沙發裡坐直了，向他伸出雙手，「我可以摸你的臉嗎？」

他有點意外，不過還是傾身靠向少女，「你摸。」

少女的手摸索上來，正對著他眼部，他本能的閉上眼睛。她先碰到眉骨，然後額頭、鼻梁、臉頰、嘴唇、下巴、兩腮。

「呀……」少女慢慢將手收回，他也睜開眼睛。

「這樣就知道我的長相了嗎？」

「嗯。」少女點頭，「你很英俊哪。」

「謝謝。你也很漂亮。」

「嗯？」少女發出懷疑之聲，「你是神父，神父可以調情嗎？」

他不禁失笑，「我是讚美你。你說我英俊，也不是在調情吧。」

「嗯，也對。」

「你叫什麼名字？」

「茉莉，茉莉花的茉莉。」

「真美的名字。」

「謝謝。」

「為什麼哭呢？」他拉回話題，「什麼事傷心？」

「傷心……」茉莉低下頭，「其實已經沒什麼好傷心了。爸媽總是這樣，不管什麼時候，不管在哪裡，動不動就吵架，連我住院也吵架……」

說是沒什麼好傷心，一旦講起家庭問題，茉莉很快又哭起來。范哲安從桌上拿來面紙盒，放在她膝頭，之後就靜靜聽著。身為神職人員，他很習慣聽人傾訴心事，此刻茉莉哭訴的一切也不特別：富裕人家的獨生女，父母事業有成，但婚姻瀕臨破裂，說是為了孩子維持家庭，卻經常管不住各自脾氣，連女兒胃潰瘍住院都能在病房外吵起來。茉莉才十五歲，正值敏感年紀，對這尷尬場面感到格外羞恥，雖說她既不認識醫生護士，也看不見任何人。

不過他聽得出來，真正讓她傷心的不是父母吵架，而是他們吵完之後各走各路，把她獨自留在醫院。不在孩子身邊，理由總是工作很忙，而工作很忙，當然也總是為了孩子，問題是此刻孩子卻縮在沙發裡對陌生人哭泣。

范哲安不清楚茉莉家有錢到何種地步，但從她哭訴的內容聽來，或許她的父母不是沒有時間，只是他們選擇要花時間賺更多的錢。當然也有可能他們寧可各自工作，不願陪伴孩子，或者不願見到彼此。

果真如此的話，還不如離婚後各自撥時間陪小孩呢，范哲安心想。

「說錢很重要……」茉莉嗚咽著，「錢到底有什麼重要？我的視力也沒辦法靠手術改善……我連光都感覺不到，根本不可能……」

范哲安同情點頭，又馬上意識到這對她來說毫無意義。

「也許你沒辦法透過一般手術獲得視力，但你的人生才要開始，有很多可能。」他試圖開導茉莉。

「什麼可能？」

「你有什麼夢想或願望嗎？」

「願望……我想學鋼琴，但不可能吧。」她舉起雙手，撐開十個指頭，「看不到，怎麼彈琴？」

「你想學鋼琴？其實沒有你想得那麼難。一開始比較費力，但盲人彈鋼琴是可能的。」

「你怎麼知道？」

「我學音樂，我知道。」

「你學音樂？」茉莉有點意外，「然後……你不當音樂家，跑去當神父？」

范哲安一笑，「這沒有衝突。」

這麼一耽擱，他離開醫院已近一點。他看著名叫開羅的導盲犬接受指示，穩當領路，帶茉莉走回病房。房門半開，裡面大概沒有別的病人，全無燈光和聲息。

「神父，」茉莉回過身來，「聽說神父可以給人降福。我不是教徒，你能降福給我嗎？」

「當然。對你有幫助的話。」

他跨前一步，雙手交疊，靠上茉莉額頭。

「感謝主讓我今天聽見茉莉的煩惱。也許我不能幫她解決問題，但願我幫她知道，她受萬能的天主無限的關愛，不論何時都不要氣餒灰心。願她順利找到鋼琴老師，在音樂裡尋得快樂和滿足。」他以大拇指在茉莉額心畫下十字聖號，「以上所求，因父及子及聖神之名，阿們。」

那之後他再度穿過長廊和會客區，搭電梯下到地面樓，從急診大門離開。急診外有幾輛計程車排班，路燈在柏油路面投下黃色光暈，和黯淡月光混成一片。這是八月底燠熱的台北，既普通又奇異的夜晚。

他走出醫院院區，踏上厚實的紅磚道。手錶顯示時間已經過了一點。明天一早八點他還有課。坐計程車的話，幾分鐘內就能回到修會，但剛才的奇遇過後，現在他想多走幾步，當作一種冥想。

他走上無人的紅磚道。深夜街頭，昏黃路燈，風景略顯荒涼，讓他想起陸神父蒼老的睡臉。

他還記得二十五年前初見陸神父。那時他才小學三年級，出於好奇，報名參加合唱團，在練唱室見到合唱團指導老師，自稱陸神父的外國人。輪廓深邃，身材不高，年過六十，卻顯得很年輕，總是笑得瞇起眼睛，對孩子非常和善，說中文帶著口音，好像唱歌。

會彈鋼琴會唱歌，這是他對陸神父的最初印象。幾次練唱過後，他要求陸神父教他彈鋼琴，一年後陸神父介紹小提琴老師給他，還替他付了學費。

「你很有天分，又喜歡音樂，那就好好學，好好練習。」陸神父鼓勵他。

那是他音樂道路的起點，也是他信仰道路的起點。轉眼二十五年過去了，他的啟蒙老師已是耄耋之齡，原本深棕色的頭髮花白了，沒梳理的時候好像愛因斯坦。

他停下腳步，回頭一望。街燈下，紅磚道顯得比白日空曠。一輛計程車駛出院區，轉上馬路，背著他向遠方加速馳去。

范哲安週間每天都很忙碌，總是在學校和耶穌會兩頭奔波。這個燠熱的艷陽天也一樣。他早上八點在神學院教義大利文，連續上了四堂課，才剛回到耶穌會。好在他辦公室遠離喧囂馬路，還有一扇大窗，面對綠意盎然的中庭，靠在這扇窗邊吃三明治配冰茶充作午餐，既放鬆也能提振精神。

有人走過中庭，是少年讀經班學員，對話聲斷斷續續。

「江神父說，下次要我們自己挑想讀的經書。你有特別喜歡的經書嗎？」

「沒有欸，反正神父要我們讀什麼，我就讀什麼。」

「神父就是要我們有主見嘛。」

「那麼有主見我就不聽神父的了……」

范哲安被少年人對話逗笑，回頭要拿桌上冰茶，有人在外面敲門，以義大利語叫喚「喬瑟佩神父」。他把三明治包裝紙揉成一團扔進垃圾桶，冰茶推到一邊，這才起身應門。

門外是個中年女子，短髮乾淨俐落，夏日碎花洋裝輕薄慵懶，笑容嫵媚，頗有風情。她自稱佛洛莉亞．柯斯塔，威尼斯音樂學院音樂學高級講師，研究十八世紀耶穌會音樂家在中國宮廷的活動。她在羅馬耶穌會檔案館找不到喬瑟佩．尚尼諾的資料，特地由義大利前來拜訪，希望能進這裡的檔案室查閱史料。

這是第一次有義大利學者千里迢迢跑來台北提出這樣請求，雖然乍聽之下名正言順，還是令范哲安感到奇怪。

「喬瑟佩．尚尼諾神父？」他迅速搜尋記憶，「沒記錯的話，他到北京後一直住在南天主堂，直到過世。也許您可以向北京那邊詢問？」

佛洛莉亞笑起來，「就算曾經有，經過多年戰亂和文革，南天主堂早就不剩什麼了。我倒以為，耶穌會台北檔案室或許有尚尼諾神父的相關文獻？」

「我們這裡只保存修會行政文書，沒有足供學者研究的資料。」

「不研究怎麼知道有沒有學術價值？」佛洛莉亞微微一笑，「再說，耶穌會中華省那麼久的歷史，離開中國時沒有帶走檔案，似乎不大可能。」

「耶穌會中華省做很多基礎文獻工作，例如編纂字典辭典，都是浩大工程，離開中國時自然優先保全這些資料，無法顧及其他方面，也是受限於人力物力的必然結果。現在只有修會行政文書留在台北。」

佛洛莉亞臉色頓時陰鬱下來，「神父，您不會讓我大老遠來了，卻連檔案室的門都沒見到吧？」

范哲安一笑，「下次您或許先電話或來信聯絡？等確定真有您要的東西，再訂機票不遲。」

「神父……」

他瞄一眼手錶，「很抱歉，柯斯塔小姐，我午休時間有限，兩點還要教課，恐怕沒辦法陪您討論這個問題了。」

他不再理會佛洛莉亞，回頭整頓手邊雜務，時候差不多就帶著小提琴離開辦公室，沒想到在耶穌會大門外又見到佛洛莉亞。

「柯斯塔小姐，」他無奈攤手，但沒有停下腳步，「很抱歉，我真的幫不上忙。」

「我聽說耶穌會之前也拒絕學者進入檔案室，到底為什麼？」佛洛莉亞跟上他腳步。

「沒什麼特別原因，只是內部行政作業沒有必要提供給外人閱讀。」他望著五百公尺外的公車站牌，猜想她可能打定主意死纏到底，要一路跟上公車。這畢竟是她個人行動自由，只好由得她去了。

「神父，您是小提琴演奏家嗎？」佛洛莉亞突然換了話題，「現在要去演出？」

「不，我要去教課。」

「教小提琴？」她頗為驚嘆，「在哪裡教課？」

「台北音樂學院。」

「您有相關文憑能在音樂學院教課？」她更驚訝了。

這問題有些無禮，范哲安倒不以為意。

「當然有相關文憑才能教。」他微笑回答。

「那您為什麼放棄演奏事業？」

「我沒有放棄任何東西。我是教士，有比上台演出更重要的工作。」

「對了，神父，」佛洛莉亞打開手袋，「我有個朋友，小提琴家，正在台灣表演。您是專業小提琴家，或許會感興趣。」

她遞來演奏家喬瑟夫・佛蘭索瓦當晚的演奏門票。他一眼認出此人大名，但還是婉謝贈票。

「非常感謝。我很想去，只可惜沒有那個餘裕。我晚上也有事。」

佛洛莉亞嘖嘖稱奇，「沒想到神父這麼忙碌。」

其實這天晚上他沒有絕對抽不開身的事，要撥出兩三個小時並不困難，但正因為今晚略有空閒，他哪裡也不想去，只想去醫院陪伴因腿傷而委靡的陸德仁神父。

當晚他向陸神父提起中午的不速之客，反倒提振老神父精神。

「她說喬瑟夫．佛蘭索瓦是她朋友？」陸神父微微皺起眉頭，「你在歐洲的時候，沒有聽說佛蘭索瓦在小提琴演奏之外的名聲？他是出名的古董樂器獵人。」

「古董樂器獵人？」這還是范哲安第一次聽說。

「靠買賣古董樂器賺取暴利。」

「那和耶穌會有什麼關係？」

「那位柯斯塔小姐不是說了？她的研究對象是尚尼諾。」

「我還是不懂。尚尼諾和古董樂器有關？」

「如果樂器獵人想看尚尼諾的書信，那可能表示他們出於什麼原因，推斷有關吧。」

「尚尼諾和古董樂器……」范哲安想了一下，「對了，我們神學院那位教音樂史的詹教授似乎也對尚尼諾感興趣。不過他的主題是東西音樂交流史。」

「你覺得呢，孩子？」陸神父笑了，「雖然十七世紀以來，一直都有耶穌會音樂家在中國服務，但他們活動於宮廷，和一般人少有接觸，恐怕談不上什麼音樂交流。」

「那就更奇怪了。我想不透他們為什麼非要讀尚尼諾神父的信。」

「會不會有什麼我們不知道的學界新發現？」

「你要我去查嗎，神父？」范哲安看出這話題點亮陸神父眼神。

「你有空再說吧。我知道你很忙。」陸神父微笑聳肩。這輕鬆神色還是住院以來范哲安第一次在他臉上看到。

「神父，看你精神好多了，我真高興。」范哲安說。

陸神父啞然失笑，「你以為我會因為腿傷一蹶不振？放心吧，孩子，低迷只是一時。現在……」他指著枕邊聖經，自己拿起玫瑰念珠，「我們一起讀一段經吧。然後你早點回去休息。」

范哲安拿起聖經，順手一翻，剛好在《斐理伯書》。他低聲唸著經文：

有些人宣講基督，固然是出於嫉妒和競爭，有些人卻是出於善意；這些出於愛的人，知道我是被立為護衛福音的；那些出於私見宣傳基督的人，目的不純正，想要給我的鎖鏈更增添煩惱。那有什麼妨礙呢？無論如何，或是假意，或是誠心，終究是宣傳了基督。為此如今我喜歡，將來我仍然要喜歡……

他慢慢將《斐理伯書》讀到第四章結束，抬頭一看，陸神父靠在枕上，已經昏然欲睡。

「神父，你休息吧，我不打擾你了。」范哲安闔上聖經，起身親吻陸神父額頭。

「我真喜歡聽你讀《斐理伯書》。」

「為什麼？」

「因為你充滿熱情，很像保祿。」

「我從沒聽過這麼慷慨的讚美。」

「回去吧。你要走的路還很長呢。」陸神父微微一笑，閉上眼睛。

舉世聞名的小提琴獨奏家喬瑟夫·佛蘭索瓦是個賺取暴利的雅賊，這消息近乎八卦，讓范哲安深感興趣。那天之後他抽空看過佛蘭索瓦音樂會片段，卻無法從外表看出他竟然有個貪婪的靈魂。舞台上的佛蘭索瓦具有走紅這個時代的一切特質：外貌身材出眾，衣著髮型瀟灑，眼神漫不經心，嘴角總有一抹微笑——當然，最重要的是琴藝。范哲安很欣賞他的冷靜台風。他沒有多少動作和表情，這表示他對音樂的體會是內向的，沉澱的，不像多數二流音樂家，急於將一切行諸表情和動作，在聚光燈下取寵。

表象與其下真實不見得相同，人們往往將兩者分別視之，但在音樂路上走得越遠，范哲安越是傾向於相信，表象就是真實的一部分，就像漂浮於馬路水窪的汽油，氾濫出瑰麗的色彩。

這領悟一連幾天盤旋在他心頭，直到耶穌會又來了一名不速之客。

明亮的中午，他結束神學院四堂義大利文課，回到耶穌會，穿過白天通常不開燈的一樓穿堂，走上三層樓梯，遠遠就聽到他辦公室門口有人說話，在安靜長廊裡格外清晰。

「真不好意思，沒有預先約好就來了。」一個女孩十分客氣的聲音，「我打了好幾次電話，都沒人接。」

「嗯，沒辦法，神父真的很忙。」答話的是他的助理路加，「你要約時間的話……」

「我回來了。」他稍微提高音調，慢步上前。

訪客是台灣音樂學院的音樂史研究生陳怡棻，二十多歲漂亮女生，眼睛明亮，長髮微彎，令人聯想日本漫畫。她奉上一本英文期刊，客氣說明來意。

「你寫了關於尚遲明神父的論文？」他領陳怡棻在沙發坐下，開始迅速瀏覽論文，目光很快被一段話吸引：

尚尼諾神父擁有一把名貴小提琴，偶爾見於中文論文，但目前未有歐美學者參與相關討論，似乎因為尚尼諾的小提琴只散見於中文史料，不見於歐洲文獻。目前已知最早的中文相關記載，來自康熙末年欽天監冬官正徐承邈《冬叟雜記》。他從當時欽天監監正德國神父紀理安不只一次聽聞，尚尼諾有一樂器極其優雅，十分名貴，出自泰西巨匠之手，本屬於一極為知名的音樂家，那人和尚尼諾自幼相識，也是一名神父。

這應該就是佛洛莉亞．柯斯塔想進檔案室的原因，范哲安心想。她大概讀了這篇論文，首次知道中文史料裡竟有這樣一筆，便追著那「出自泰西巨匠之手」的名琴來了。他再翻過一頁，赫然見到「安東尼奧．韋瓦第」的名字。

他知道大名鼎鼎的韋瓦第是威尼斯人，但不知道尚遲明也是威尼斯人，更沒想過這兩人或許是從小的朋友。假設他們真是童年友伴，又都選擇音樂和神職，那麼尚遲明離開義大利時，韋瓦第將自己的小提琴贈送給他，是很有可能的事。

所以，佛洛莉亞追逐的不只是尚遲明的小提琴，而是韋瓦第的小提琴。

他不動聲色大致看完論文，闔上期刊，低頭思索片刻。

「你剛才說，你想做這篇論文的後續研究？打算怎麼做？」

陳怡棻有點羞澀的笑了，「其實我不是很清楚。我很想知道尚遲明的小提琴到底是不是韋瓦第給他的，但光這一點不能作為研究主題，所以我想……他們都是音樂家，又都是神父，那是不是能以他們的音樂和信仰為主題做研究呢？」

「你認為我們能幫你什麼忙？」

「我……能不能讓我進耶穌會的檔案室？」

「你想進檔案室？」范哲安看著她，「關於尚遲明神父的檔案資料，恐怕以義大利文居多，此外有可能是法文，你能讀嗎？」

「我兩個都不會……」她頓時洩氣，然後好像想起什麼，眼神又亮起來，「不過我認識一位義大利學者，說不定她可以跟我合作。她的名字是 Floria Costa，威尼斯音樂學院的音樂學講師。」

「Floria Costa?」

「嗯，她也對尚遲明神父很感興趣。」

范哲安直直看著陳怡棻，她似乎因此緊張起來，逐漸臉紅了，頭慢慢低下去。

「我可以讓你進檔案室。」片刻後他開口，「但 Floria Costa 不能參與。」

「啊？」陳怡棻驚訝的抬起頭來。

「她提出過要求，我已經拒絕了。」

「欸？」陳怡棻大感驚奇，「為什麼呢？」

他微微一笑，「人各有適合不適合做的事吧。」

「那……為什麼我可以進檔案室？」

「因為你適合吧。」他含糊其辭。

「可是我不會義大利文……」

「沒關係，我會。」

「欸？」

「我會幫你。」

他轉頭望向角落整理樂譜的路加。

「Luca，你幫我看看，一週兩天，一天一兩個小時，我能不能抽出時間？」路加扔下樂譜，跑到辦公桌前，把一個本子翻來翻去，皺起眉頭，「不太可能啊，神父，你根本沒空嘛。」

「固定時間不行的話，最近有沒有一次兩三小時的空？」

「嗯，如果週六的讀書會不去，加上前後的時間，有四個小時喔。」

「OK，那就這樣，你幫我記下來。」他闔上期刊，對陳怡菉一笑，「這個禮拜六下午一點，可以嗎？你到這裡來，我帶你進檔案室看看。」

「謝謝你，真的謝謝你。」陳怡菉連忙欠身點頭。

「但是，請你不要把這件事告訴 Floria Costa。」

「呃？」陳怡菉擔心起來，「她有什麼問題嗎？她說要出錢委託我幫她研究欸。」

「哦？如果你接受她的委託，我就不方便讓你進我們檔案室了。」

「我沒有接受。」陳怡菉趕快澄清，「我不會接受的。」

窗外突然傳來小提琴聲，打斷他們說話，是孟德爾頌E小調小提琴協奏曲開頭獨奏，琴音流暢悠揚。范哲安聽出是他正在指導的學生，立刻起身走到窗邊，以不大不小聲量對樓下中庭喊著：「太慢了！」

「不都是這個速度嗎？」學生停下小提琴，退了幾步，進入他的視線。

「不是這樣。你等我一下。」他拿來自己的小提琴，站在窗邊拉起同樣的曲子。比常見的速度快一些，少了纏綿哀戚，卻能保有清醒。

「拖沓跟多情是兩回事。」他拉了將近一分鐘，將小提琴夾在脅下，對樓下探頭，「有感情卻不清醒，那就是濫情。你回去聽海菲茲的錄音。」

他回頭要把小提琴放回琴盒，陳怡棻卻舉起手來。

「神父，能不能請教你……你用什麼速度拉韋瓦第的《夏》？」

他想了兩秒，拿起小提琴，拉了第三樂章的一小段。

「神父，你有沒有聽過一位演奏家叫做 Joseph François？我聽過他拉這段，跟你差不多速度，都比人家慢。可是為什麼孟德爾頌要快呢？濫不濫情的標準是什麼？」

之前他看過幾段演奏影片，證實他和佛蘭索瓦品味相近，現在並不驚訝，倒是陳怡棻略顯孩子氣的問題讓他莞爾。

「偏好吧。我個人的原則是不為炫技而炫技，也不為取悅誰而流於庸俗。」

「神父跟客人講話都很客氣。」樂譜堆裡，路加突然抬頭插嘴，「平常神父都強調那是『品味』，不是個人偏好。」

他噗哧一笑，攤開雙手，「品味其實就是個人偏好。就說品味吧——濫情無論如何不是好品味，你同意嗎？」

秋

L'autunno

親愛的安東尼奧：我帶著愉悅與戲謔想像曼圖阿之秋。這是豐收的季節，農人歡唱舞蹈。莊稼場上酒神瓊漿流淌，狂歡眾人逐漸迷醉，逐漸沉睡。秋日既清爽，又香醇。破曉時分突然起了騷動。獵人整裝待發，帶上號角、獵槍與驍勇的獵狗。鳥獸震懾獵槍之聲，四散奔逃。獵狗領頭追上獵物腳蹤。清新高遠秋日天空下，獵物負傷企圖逃跑，最終筋疲力盡，在秋風中死去。

07
祭袍，檔案，書信與十四行詩

陳怡蓁

陳怡蓁以十八世紀耶穌會神父尚暹明為主題寫成論文，順利發表在國際期刊，現實生活裡她卻不認識任何耶穌會成員，在沒有約定的情況下貿然拜訪范哲安，是她第一次履足台北耶穌會總部。那天她站在耶穌會大門前，不免驚訝於這棟建築之平凡無奇。大樓外牆沾染城市灰塵，乏味無趣，卻低調訴說耶穌會到台灣數十年來風風雨雨。她站在人行道上，向敞開的大門內張望，穿堂深幽，看不清究竟，但彼端一片明亮，是日光下綠意盎然的中庭。

那之後兩天就是約定進檔案室的週六。她頂著令人盲目的艷陽，騎車來到耶穌會，把機車交給李彥行，褪下安全帽時還不忘叮嚀他騎車小心。

「知道了啦，不要擔心。」李彥行掛上安全帽，笑著騎車離去，一邊對她搖手。

「小心啊！看路啊！」她禁不住叫起來，馬上又覺得有點好笑。她自覺有些反應過度，但就是不由自主擔心他又摔車受傷。

今天不同於上次，耶穌會一樓穿堂燈光明亮，有人三三兩兩從一扇大開的門出來，都穿著黑色喪服，神色低沉哀戚。原來那扇門內是頗為寬敞的教堂。她好奇在門邊張望，看見遠端祭壇下方有人身穿白袍，被幾個人圍著說話。她看了幾秒鐘才意識到，那個人就是范哲安。他穿著彌撒長白衣，外罩紫色祭披，頸間纏著同色領帶，一臉鄭重聽人說話，頻頻點頭，不時露出微笑。那司鐸祭袍讓他彷彿變了一個人。

「陳小姐！」有人在她背後叫喚，「走吧，我先帶你去檔案室。」

是上次見過的助理路加。他身材單薄，笑容靦腆，看來像十七八歲，但范哲安說他已經二十四歲了。

「我們先去檔案室嗎？」她看了堂內一眼，跟上路加腳步。

「這台彌撒是突發事件。」路加領她走上樓梯，回頭露出抱歉的笑容，「本來是李神父主持這台彌撒，追悼一位教友，但李神父重感冒，所以范神父來主持。已經結束了，神父跟他們說說話就過來。」

她似懂非懂點頭，隨路加一路上到五樓，穿過一道長廊，踏進一個難以形容的空間，乍看像圖書館，視線所及都是高大的書架，但架上不是書，而是大小不一的紙箱。她無法看清這空間究竟多大，只覺得這裡比較乾燥，隱約有灰塵氣息。

「平常很少人來這裡，我也只來過幾次。」路加說。

她隨路加穿過書架，走到迷陣般的空間彼端，進入一個空蕩的房間，中央有一張木製長桌，旁邊有幾張同款式的椅子，看來都是頗有年分厚實可靠的東西。桌上有個紙箱，箱蓋貼著標籤卡片，紙面都泛黃了。

「我昨天費好大力氣整理。」路加一臉愉快對著桌椅揮手，「太久沒人來，灰塵好重。現在應該沒問題了。」

「很久沒人來啊？」她抬頭環視這間閱讀室。這裡和她去過的神父辦公室一樣，天花板很高，但沒有對外窗和自然光，是徹底封閉的空間。日光燈下一切慘白。

路加拍拍紙箱，「就是這箱東西。等下神父來，你們就可以開始了。」

「這箱是什麼？」

「神父說是一七一〇年代從歐洲寄到北京的信。當然不只這箱。這箱是我找到最早的。」

她點頭，「尚遲明神父一七一二年到北京，如果他有收到歐洲的信，應該就在這些箱子裡了。」

「不一定欸。」路加露出抱歉的笑容，「神父說，當初有很多文件沒運出來。」

「我懂我懂。」她趕快表示了解。

路加客氣告退出去，留下她一個人在閱讀室。她側頭端詳箱上卡片，但只能辨認「1711」和「1715」兩個數字，想來箱中文件都介於這兩個年分之間。她想開箱一窺究竟，又覺得未經許可不該貿然動手，只好抱著背包坐下，望著對面白牆發呆，不久便昏昏欲睡。她低下頭，臉頰貼著背包，閉上眼睛。

昨晚她開始讀一本韋瓦第英文傳記，因為不習慣英文文學作品，讀得有些辛苦，邊讀邊查字典。不過作者妙筆生花，傳記開頭對威尼斯的描述令她耳目一新，體力不支睡著後彷彿還夢見那鮮明風景。

古老建築邊緣，藍綠波濤起伏。身著黑色教士袍的人走入教堂，一頭紅髮宛如晴空下的火焰。那場景彷彿關成靜音的電影，因無聲而唯美，又好像穿越時光隧道，將目睹什麼事件發生。

「安東尼奧！」有人在背後叫喚。

「喬瑟佩？」紅髮教士在階上停步，回過頭來。

就要看到他的臉了，她卻逐漸醒來。她抬起頭，有人站在桌邊，是范哲安。他已經換下祭袍，恢復成襯衫長褲普通人的裝扮，就跟上次見到的一樣。他正打開紙箱箱蓋，從裡面拿出一個文件夾。

「對不起……」她趕快起身，「對不起，我睡著了。」

范哲安側頭一笑，「昨天很晚睡嗎？」

「也還好……」

「我有個不情之請。」范哲安說。

「嗯？」

他遞過手中文件夾，「這裡面文件很亂，根本沒有建檔，現在既然要讀，乾脆把摘要也建立起來。只是這樣可能會耽誤你的時間。」

「怎麼會呢？」她慌忙回答，「是你在幫我啊。我也只能幫忙記錄而已。」

范哲安微笑向椅子擺手，「那我們就開始了？請坐吧。」

他打開文件夾，裡面有兩個信封，顯然年深月久，呈現淺淺的黃褐色。他打開其中一個信封，開始瀏覽那總共九頁的書信。

「這是羅馬耶穌會總部寄出的行政信函，一七一一年三月十七日寄到北京，收件人是桑至誠神父，義大利文名字 Gabrielle Sangalli，會拼嗎？」

她照樣打上電腦，然後將螢幕轉向他，「拼對嗎？」

「完全正確。」

「但印象中沒聽說過這位神父呢。」

「沒記錯的話，他好像到中國沒幾年就過世了。」

他打開另一封信。

「一七一一年六月一日收到。」他看著頁邊註記，「羅馬耶穌會總部寄出，收件人是陸伯嘉神父。」

「啊，是不是 Jacques Brocard？我知道他，他替清廷製作鐘錶對不對？」

「你知道不少啊。」

他開始讀信，看著看著皺起眉頭，又過了幾分鐘，突然噗哧一笑，「這算宣教事務吧。主要是替清廷製作鐘錶器物的注意事項，還提到幾年前神父們和皇太子發生衝突，最後好像是康熙皇帝寬容了，因此信裡叮嚀他們和眾皇子打交道要小心。」

「好精彩的宣教事務。」她在電腦上輸入簡潔的摘要。

讀信寫摘要的工作進行了三個多小時，實際進度卻不如預期。有些書信不是以義大利文寫成，范哲安只能設法辨認執筆者和時間，讓她在描述中加註所使用的語言，留待日後處理。義大利文書信多半來自羅馬耶穌會總部，通常是宣教事務或耶穌會本身行政事務，不是每封都像寄給陸伯嘉神父的那般有趣。

「今天就到這裡吧。」范哲安把已經處理的書信按順序收進一個空紙箱，和原先的紙箱分別開來，「可惜今天沒讀到跟你有關的東西。」

「讀檔案本來就沒有那麼順利嘛。」她將電腦收進背包，「我加上英文說明以後再email 給你。」

范哲安點頭，「好，那就麻煩你了。我們走吧。」

他把兩個紙箱留在桌上，關了燈，用鑰匙從外面鎖上閱讀室的門。她跟著穿過頗具壓迫感的層層書架，離開這個封閉的檔案區域，再度踏入長廊，竟有一種豁然開朗的感覺。

「神父你要去教琴嗎？」她看著他背的琴盒。

「今晚有個活動，我要演奏。你呢？回家休息了嗎？」

「我還要上班。」她吁了一口氣，「晚上在 piano bar 當服務生。」

他露出理解的笑容，「工讀很辛苦，加油。」

「謝謝……」她好像突然被嘉許的小孩，有點不好意思。

他們在耶穌會大門外揮手道別。她在人行道邊緣等李彥行。范哲安走到十字路口，停下來等紅綠燈，大概要過馬路去搭公車。她想起初次拜訪時，聽他拉過短短一段孟德爾頌和韋瓦第，風格和當前樂界流行的多情纏綿截然不同。她又想起佛蘭索瓦。看來那麼肆無忌憚放浪的人，冷靜清晰的音樂風格竟然和這位神父極為相似。

「喂！看哪啊？」突然傳來李彥行的聲音。原來他已經把機車騎到她面前。

「等著等著就發呆了。」她接過李彥行遞來的安全帽，「要不要我騎啊？」

「上車啦。」李彥行用手比著後座，「有點塞車，再不快點要遲到了。」

他們沿著這條路加速前行，過了綠燈路口，眼看就要經過前方的公車站。陳怡蓁望向等車的人。其中一人背著琴盒，在他們機車經過時剛好轉過頭來，和她對上目光。那稍縱即逝的一眼彷彿火焰落下，她突然間耳朵熱了起來。

讀信寫摘要的工作一直穩定進行。每週路加都會打電話來約時間。說是約時間，實際上都是她配合范哲安。這也是沒辦法的事。范哲安實在太忙，能每週抽出兩三個小時已經謝天謝地。三週後他們終於處理完兩箱文件，還是沒有發現寫給尚遲明的信。

「洩氣嗎？」范哲安問她。

「洩氣？」她呆了一下，「不會洩氣。檔案研究就是這樣，說不定根本沒結果。」

「是嗎？」他微微一笑，「和信仰有點像啊。」

所謂「和信仰有點像」，難道是指信仰可能根本沒有結果？她被勾起好奇心，但他沒有繼續話題的意思。他打開第三個紙箱，拿出一個很大的信封，盯著看了至少五六秒，然後從裡面拿出一疊紙張，一頁一頁翻看起來。

她抬頭看著他，一如往常靜待指示。

片刻後他推開紙箱，空出桌面，將那幾頁文件攤放在桌上，信封遞到她面前。

「這應該就是你要找的東西了。」

信封邊角有「喬瑟佩・尚尼諾神父」和「一七一九年七月」的小字標示。

她望向桌面。桌上是弦樂總譜，第一行是獨奏小提琴，高音譜號後有四個升記號，前四個小節簡直怵目驚心。

「這……這是《四季》的開頭啊！」她大吃一驚。

那確實是《四季》協奏曲知名的開端，是《春》的快板樂章。但這樂譜並不完整，總共只有六頁。《春》的快板進行到一半就中斷了。

「信封裡只有樂譜，沒有信。」范哲安仔細檢查信封，「這是韋瓦第的音樂，理論上應該是他親筆。我看過他的手稿，但不記得他的筆跡。」

「我有存幾張他手稿的圖片。」

陳怡棻在電腦上叫出圖片。圖檔是韋瓦第一七四〇年譜寫的一首歌曲。音符的形狀與現在攤在桌上的樂譜確實相似，差別在於桌上樂譜是一筆一畫端正寫下，電腦上的比較潦草。

「應該是韋瓦第親筆沒錯。」范哲安輪流看著桌面和電腦，「一份是一七一九年，一份是一七四〇年。一七四〇年……就是他過世前一年吧？」

「神父，可能不用比對了。」

「為什麼？」范哲安轉過頭來。

「這上面寫一七一九年七月？」她指著信封，「《四季》第一次出版是一七二五年。出版之前，應該不會有作曲家以外的人知道譜吧？」

他點頭表示同意，「一七一九年七月寄到北京，表示這樂譜至晚在一七一八年寫成。這倒是支持你論文裡的觀點。他們一定是好朋友，而且是音樂上的好友，不然韋瓦第怎麼會願意把樂譜寄到那麼遙遠的地方？」

「那……怎麼摘要？」

「就寫：一七一九年七月，北京收到，收件人尚暹明，寄件人可能是韋瓦第，內容是

E大調小提琴協奏曲《春》快板第一樂章局部，共六頁，未完。」
他拿出手機，把信封和樂譜一一拍照，再小心收起樂譜。
「打好了？繼續吧？希望這箱還有更多相關的東西。」
不過到他們結束當日工作為止，紙箱裡沒有其他令人驚喜的信件。范哲安把已經處理的文件收入另一個紙箱，如常關燈鎖門，和她一起離開檔案室。過了晚上六點，長廊窗外天色已暗。
「對了，你說今天休假，晚上不上班，那我請你吃飯好嗎？」下樓梯時范哲安問。
「吃飯？」她有點意外。
「嗯。不應該嗎？你幫了我很多忙。」
「神父是你幫我的忙吧。如果不是你幫忙，我一輩子也看不到那份樂譜啊。」
「看到不一定表示可以在論文裡談到。」他微微一笑。他們已經下到一樓，穿堂彼端，大門外街道昏暗。
「啊，吃飯是為了談這個嗎？」
「主要是為了道謝，順便談談。」他顯然很有信心她會接受邀約，指著大門外，「這附近有一家不錯的西班牙餐廳，我們走吧。」
不錯的西班牙餐廳隱身巷弄深處，門口有修剪整齊的小樹叢，三道石階通往一個不大的空間，總共只有七個四人座，週六傍晚全部坐滿，好在他們還有吧台可棲身。她對西班牙菜全無概念，讓范哲安決定一切。他點了一些平易近人的菜餚，涼湯、海鮮飯和幾道tapas，還有搭配tapas的水果酒。

「關於檔案……」范哲安喝完涼湯，盤子推到一旁，「我想先和你達成共識。」

「共識？」她用牙籤插住一個醃橄欖，好奇抬起頭來。

「嗯，共識。」范哲安喝了一口水果酒，放下杯子，眼睛看著杯腳，謹慎考慮措辭，「你第一次來找我的時候，提到Floria Costa。我想你可能不知道，除了學者，她還有另一重身分，就是古董樂器獵人。不只她，她的朋友Joseph François也是。」

「嗯？」陳怡菨睜大了眼睛，聽他簡要說明兩人底細，驚訝得連橄欖都忘了吃。

「我想他們跟你應該不是偶遇。他們可能相信你的推論，趁François表演的機會來結識你。她可能希望透過你的檔案研究找出小提琴的下落。所以我希望和你有這樣的共識——不論在我們檔案室讀到什麼，請你不要把內容洩漏出去。如果有了足夠發現，希望你在寫論文的過程裡先和我商量。如果始終沒有足夠的發現可以寫成論文，也請你就已經看到的東西保密。」

「這樣啊……」她呆呆點頭，片刻後又疑惑起來，「就口頭約定，不用簽個什麼保密的文件嗎？那你怎麼知道我有沒有告訴別人？」

范哲安笑起來，「這是良心的約定。」

「喔……」

「那個橄欖還是趕快吃吧。」他提醒。

她吃了橄欖，放下牙籤，望著面前的水果酒發呆。

「怎麼了嗎？」

「能告訴我的好朋友嗎？」

「男朋友？」

「是同學，也是鄰居，他住我樓下。我們一起在 piano bar 打工。」

范哲安考慮了一下，「不行。」

「他很可靠的。」

「我相信。但不想讓人知道的事，還是越少人知道越好。」

「可是，我們常常會聊到工作，今天回去，他一定也會問。」

「你可以把我們剛才的談話告訴他，請他諒解，好嗎？」

范哲安神色和善而堅定，她只好默默點頭。他突然對她伸出右手，拇指壓在她額心，傾身向她靠過來。她只能睜大眼睛看著突然近在眼前他的襯衫衣領。她感覺他以拇指在她額心畫了十字聖號。他在他自己手上吻了一下。

「謝謝你，好孩子。」他低聲說，「我非常感謝你。願天主賜福給你。」

他收回右手，再度坐直身子，拉開兩人距離。她卻還因為這前所未有的經驗而發呆。

「繼續吃啊。」他用牙籤插起一個醃橄欖，遞到她面前。

「啊謝謝……」她慌忙接過，拿牙籤時碰到他的手。那是他的左手，拉小提琴時按弦的手。

之後她就心神不寧。說話時她想避免目光交會，卻總是不由自主看著他的眼睛。她第一次在網站上看到他的照片，就看出這個人很特別，但現在眼前這人給她的感覺遠過於此。他眼睛明亮，好像清澈的溪水，又像杯中的水果酒。她跟隨他開啟的話題閒聊，喝了幾杯水果酒，逐漸頭暈起來。

「怡棻？」她聽到范哲安叫她，「你是不是……你喝醉了嗎？」

「啊？」她迷茫抬頭，看見他的手覆上額頭。

「你喝不慣水果酒？你等我一下……」

他招呼人來結帳，然後跳下高腳椅，伸手扶她下來，摟著她往外走。

「我送你回去。我們去搭計程車。你小心腳步。」

坐進計程車，繫上安全帶，向司機報了地址，她靠著椅背閉上眼睛，過了一陣子才隱約醒悟，其實她靠的是范哲安的肩膀。她頭暈得厲害，臉也熱得厲害。

她在迷茫間試圖告訴自己，不要想太多。但越是自我告誡，心頭雜念越多。

不要亂想，他是神父。

他為什麼要當神父？

她聞到他身上淡淡的古龍水香氣，心頭頓時起了前所未有的慌亂。

「神父？」她設法擠出聲音。

「嗯？」

「為什麼……信仰可能沒有結果？」

他笑了，輕拍她手背。

「清醒時候再談信仰吧。」

秋天，台北忽冷忽熱，只有濕氣始終如一，讓人難得清醒，甚至無端焦躁起來。一切就像濕氣之於盆地，卡著不上不下。耶穌會的讀信工作也是如此。發現《春》的部分總譜後又過了一個月，他們沒再發現任何與尚遲明有關的文件。驟然轉涼這一天，陳怡蓁格外頹喪，突然失去讀信熱忱，只想結束工作，回家倒頭大睡。

她看著電腦螢幕發呆，直到范哲安將一封信件攤放在桌上。她回過神來，抬眼一看，信紙邊角以小字端正標記「喬瑟佩．尚尼諾神父」和「安東尼奧．韋瓦第寄自威尼西亞」。

她吃驚得立刻站起，膝蓋重重撞上桌沿，痛得差點叫出來。

「是你要找的東西沒錯，但你冷靜點。」范哲安一笑，指著信紙上端，把內容逐句翻譯出來：

一七一五年二月三日，威尼斯

我親愛的喬瑟佩：

你難以想像我收到你的信有多麼高興。我認為這代表之前的不快已經過去。我承認我曾經非常憤怒，甚至不願為你祈禱，但幾年沒有你的消息，讓我十分憂慮起來。每天晨禱我都掛念著你，期望你在遠方健康愉快。北京是個什麼樣的地方？你說已經見過他們的皇帝了，那是什麼樣的人？他喜歡音樂嗎？

寫信給我，喬瑟佩。

你永遠的摯友，安東尼奥

這不是單一信件。同一個紙箱裡還有一疊標示寄件人為「安東尼奥・韋瓦第」的信件，都寫在單張信紙上，折成信箋後以蠟封印。看來曾有人試圖整理這些信件，只是沒有完成。又或許當初整理完了，只是年深月久，幾經搬動又趨於紊亂。

除了一七一五年的短箋，一共還有六封韋瓦第來信，內文有長有短。

范哲安站在原地思索。陳怡棻一眼瞥見電腦上時間已過六點，頓時心向下沉。他們今天約定的時間到了，他大概要說下次繼續吧。

「你今天晚上有班嗎？」他問。

「欸？」她有些驚訝，「沒班。」

「有沒有其他的事?想不想乾脆趁今晚把這些信處理完?」

她大為驚喜，連聲答應。

范哲安清空桌面，將總共七封信全部攤平，逐個檢查日期。信件都在一七一五年和一七一八年之間。他微微皺眉讀著信，陳怡棻就坐在電腦前，目不轉睛看著他，直到他放下最後一封信。

「神父?還好嗎?」她問。

范哲安抬頭環顧四面白牆。

「我們……去散個步，吃個飯好嗎?」他收回視線，拿起椅背上的外套，「吃完飯再回來建檔。」

她不明就裡，連忙闔上電腦，拿著外套跟出去。

天氣真的變了。秋風吹來，一掃先前煩悶，她覺得眼睛都涼了。范哲安若有所思走在前面，過了相當時間才開口。

「那些信……」他雙手插進口袋，眼睛看著前方，「怎麼說呢，有點八卦。」

「八卦?」

「嗯。韋瓦第和尚遲明有糾紛，似乎牽涉一個女人。」

「啊?尚神父因為這樣離開威尼斯，跑去中國嗎?」

「從信裡看不出究竟，但總之他們之間發生不愉快的事，尚遲明離開威尼斯，幾年後才從北京寫信給韋瓦第。」

陳怡棻看著他的側臉。

「神父……你是不是不希望外界知道尚神父可能有過感情糾紛？」

范哲安噗哧一笑，轉過來看她，「那是十八世紀的事，無所謂吧。」

「那為什麼這麼嚴肅呢？」

「多少有點過意不去。」

「不小心偷窺人家隱私嗎？」

范哲安點頭，「你形容得很精確。」

他們在巷子裡繞了幾圈，最後來到之前光顧過的西班牙餐廳。今天餐廳有點冷清，沒幾桌客人，他們可以坐在安靜的角落。Tapas 和水果酒上來以後，范哲安和她互碰杯沿，玻璃杯發出輕響。

「其實感情問題在神職人員之間並不罕見。」范哲安說，「所以尚遲明和韋瓦第為一個女人爭風吃醋，我不意外。」

「有到爭風吃醋的程度啊？」陳怡棻睜大眼睛。

「那個女人的名字是 Brigida。韋瓦第信裡寫說，我從來沒要求 Brigida 聽從我。」

「三角戀愛？尚神父先表白，Brigida 卻說她喜歡韋瓦第，這樣嗎？」

「也許。」

陳怡棻疑惑起來，「可是，神父，神職人員可以追女生嗎？」

范哲安放下酒杯，「大家都認為不能。其實沒有哪個教條規定不能。」

「啊？」陳怡棻大為吃驚。

他攤開雙手，「就算現在我向誰示愛，事實上我也沒做什麼，不是嗎？不過就是說了一句話。」

「那，那到底什麼是不能做的呢？」

「不能發生性行為。」

「啊？可是……在那之前已經可以做滿多事了啊。」

「是啊。問題是你要不要去做。」

「難道神父追女生的事很常見嗎？」

「當然不是這個意思。」

「那神父你有追過女生嗎？」她鼓起勇氣問。

「進修會之前有。」

「幾歲的時候？」

「十六歲。」

「哇……那有追到嗎？」

「嗯，我們交往兩年，到十八歲我開始考慮要不要加入耶穌會，她就跟我分手了。」

「呃，有點糟啊。」

「怎麼會呢？對她來說只能這樣，我當然也希望她過得快樂。」

「你人真好。」陳怡棻想了一下，「那，你進修會以後還有追過女生嗎？」

「沒有。但我加入耶穌會，去義大利之後，還喜歡過一個女孩子。」

「啊？」陳怡棻睜大了眼睛。

「應該說，我現在還是喜歡她。」范哲安端起酒杯，「我要說的是，任何人都不會因為神職而失去人性。愛的感情人人都有，神職人員當然也有。」

「可是，愛有很多種……」

「修道有一部分就在於尋找愛的本質，對一切抱持同樣的愛。」

「那，你已經做到了嗎？」

范哲安一笑，「還沒有。」

吃完飯出來已近八點。他們沿著巷子走向耶穌會，突然背後響聲轟然，把她嚇了一跳。范哲安立刻伸手過來搭住她肩膀，穩住她的腳步，和她一起轉過身去。

有人在放煙火。艷紅和紫紅的煙火衝上夜空，四下散開。一叢完了又有一叢。

「好漂亮。」范哲安說。

她以眼角餘光偷瞄他搭在肩上的手，然後悄悄抬頭看他。他的側臉被煙火照亮，目光清晰，微笑迷濛。

煙火消失了。范哲安放開手，轉身往耶穌會方向走去。她連忙跟上。

他雙手插在長褲口袋，仰頭望著昏黑夜色。

「秋天的夜空，秋天的煙火，真美啊。」

七封韋瓦第寫給尚遲明的信，還有一份可能出自韋瓦第親筆的不完整樂譜，勾勒出一個似是而非情境。這七封信證實兩人確是摯友，卻也揭露兩人曾有嚴重嫌隙，乃至於數年之間不通音訊，一切似乎和名為布莉姬妲的女子有關。任何人看到這樣的片段資訊，都不免將之設想成兩名神父和一名女子不可告人的三角關係，但並沒有書面證據支持這一點。所有言語都太過模糊。

一連數日，每天早上陳怡棻醒來，腦中第一個念頭都是尚遲明和韋瓦第，她甚至感覺自己在夢中花了整夜的腦筋。不過這天早晨她醒來，腦海浮現一個新念頭：目前看到的信件也好，樂譜也好，為什麼竟然會被耶穌會保留下來？除了這些信件和樂譜，至今為止他們讀過的所有信件都與宣教或見聞有關。保留這麼私人的信件，似乎反常得過度了。

再進入檔案室，她把這個想法如實告訴范哲安。

「你的疑問很有道理。我也想到了。所以我請 Luca 幫忙，把所有寄給尚遲明神父的信都找出來。他已經檢查好幾天，暫時還沒有結果。」

「是想找到更多韋瓦第寄來的信嗎？」

「那是一部分。」他站在桌邊，摸著一個紙箱，那裡面裝著韋瓦第的七封信和樂譜，「另外也想比對一下，看保留下來的尚遲明的信是什麼內容，也許可以藉此推測保留這七封信的原因。」

「有部分樂譜也保留下來了。會不會後代的耶穌會學者發現那是《四季》，因此特別把韋瓦第的來信都找出來？」

「那得看多後代。」他輕敲紙箱，「韋瓦第過世後就被世人遺忘了，直到一九三〇年代才又再度風行起來。就算是二十世紀的耶穌會士整理檔案，也無法解釋十八世紀的私人書信為何被保留下來。」

「啊有道理。」她點頭。

「我有一個假設。」他思索著，「這些信被保留下來，一定是十八世紀就決定的事，也許後來乏人管理，就被大家遺忘了。至於當時為何要保留，唯一合理的解釋，就是尚遲明神父本人的交代。」

「咦？什麼意思？尚神父本人希望信件被保留下來嗎？」

「說不定正好相反。也許他希望銷毀這些信件。」

「因為牽涉太多有爭議的私人問題？」

他點點頭，「也許他所託非人，那個人反而把信件保留下來了。」

他從紙箱裡拿出一封信攤在桌上，「這封信的署名時間是一七二〇年十二月二十九日，最接近樂譜寄到北京的時間。」

我親愛的喬瑟佩，你給了我最寶貴的建議。若你願意將第九、十、十一行做相應的修改，那就太好了。從柔板弱拍開始，再轉為急板和強音，這是我的期望，事實上我已經寫得差不多了，會和最後一部分一起寄給你。這個冬天非常寒冷，我犯了兩次氣喘，幾乎無法參加子夜彌撒。除此以外，一切都很平靜，一如往常。

「這裡有足夠的線索。」范哲安指著信，「我認為這指的是伴隨《四季》的十四行詩。春夏秋冬每部協奏曲各有一首十四行詩，一直沒有人知道作者是誰，說不定是尚遲明。」

「他們在討論《春》的十四行詩第九、十、十一行嗎？」陳怡棻打開電腦，找到詩的中文翻譯。

范哲安搖頭，「他這裡說『從柔板弱拍開始，再轉為急板和強音』，應該是《夏》的第二樂章。第九、十、十一行都落在第二樂章，《春》和《冬》的第二樂章是廣板，《秋》是極柔板，只有《夏》符合這個描述。」

她坐在電腦前頻頻點頭。

「我猜尚遲明過世前可能請同僚銷毀他的信件，或許受託人看了信，決定要保留下來。可能主要想保留與音樂有關的部分，私人糾葛或許只是順帶保留。」

「為什麼？」

「也許私人糾葛和音樂有關。這不會很難想像。他們如果曾經為了 Brigida 發生嫌隙，卻都有意願和好，那些不愉快就必須昇華。」

「神父，」路加在門上敲了兩下，開門探頭進來，「找到一封信了。」

范哲安展開這封寄給尚遲明的信，不久後皺起眉頭。

「這是總會寄給尚遲明神父的指示。這封信有點奇怪。」

他把信攤平在桌面，雙手壓著桌沿，側頭思索著。

「這是一七一四年二月寄到北京的信，就是尚遲明抵達北京後兩年。信裡說尚遲明手邊有小提琴，他可以先用這把現成的小提琴換取晉見皇帝的機會，還責備他不配合。」

「尚神父的小提琴？」

「如果他的小提琴就是韋瓦第的琴，他當然不肯交出去。」

「中文史料上說，韋瓦第的琴本身就是名家製作。」她在電腦上打開另一個檔案，是她整理出來的年表，列出韋瓦第和尚遲明生平重要年分。范哲安也靠過來看。

「原來他以 maestro di violino 稱號獲聘為音樂教師和他晉鐸是同一年。」他指著螢幕，「這兩件事應該讓他地位大增，不再只是普通的音樂家。說不定他因此獲得當時名家製作的小提琴。」

「能查出當時威尼斯著名的製琴家有誰嗎？」她有些發怔。

范哲安思索片刻，拿出手機，滑了兩下。

「我試試看。」他說，「我有個朋友也許知道。」

他撥了電話，手機靠在耳邊，空著的手插進長褲口袋。

「Pronto.」電話很快通了，隱約聽見一個輕快聲音。

「Mia cara Rosa.」笑容在范哲安臉上綻開。

咦？陳怡棻睜大眼睛看著他那愉快的側臉。她還沒學多少義大利文，但至少聽懂他剛才叫對方「我親愛的羅莎」。

「Giuseppe caro!」電話彼端的女聲非常驚喜。

范哲安和對方愉快說話，陳怡棻可以聽懂一些單詞，也聽到他提起韋瓦第和小提琴，不久後他結束通話，笑容滿面轉過頭來。

「我米蘭的朋友說，一七〇三年之後，最有可能為韋瓦第製琴的是Amati。」

「Amati?」她相當驚訝，「這個名字我聽說過，很有名。但是，如果真的是Amati的琴，又是做給韋瓦第的，那為什麼會到尚遲明手裡？韋瓦第真的那麼大方，把昂貴的琴送給朋友？」

「你的疑問很精確。」范哲安點頭，「他們好幾年沒聯絡，韋瓦第曾經很生氣，說不定就是為了這把小提琴。也許韋瓦第沒有送琴，是尚遲明未經許可，把他的小提琴拿走了。」

「未經許可拿走？」她不禁一呆，「那不就是偷嗎？」

「推測正確的話，那就是了。」

「神父，你剛問的朋友是誰啊？好厲害喔，一下就回答出來。」

「她在高級樂器公司工作，有這方面的專業知識。」

「是不是很漂亮的女生？」她試探著問。

「為什麼這麼問？」他有點詫異。

「因為你臉有點紅欸。」她噗哧一笑。

「啊是嗎？」他摸了一下臉頰，「大概這裡太悶了吧。」

「神父，她是不是你之前提過，現在還很喜歡的女生？」

范哲安一笑，「你研究的耶穌會士是尚遲明，不是我吧？」

08 琴鍵上的無言歌，信賴與背叛

李彥行

悶熱的夏末初秋轉眼過去，十月台北陰雨綿綿，溫度不很低，但濕氣逼人，幾乎鑽入骨髓。天候實在尷尬，李彥行也放棄機車，和陳怡棻一起改搭捷運。

最近他和陳怡棻相處的時間比以前少了。她著迷於檔案室的新鮮工作，還帶回兩本義大利文課本，說是范哲安送她的自修教材。

「檔案不是十八世紀的義大利文嗎？」他頗感疑惑。

「嗯啊，神父說要先學現代義大利文，有點基礎以後才能學十八世紀的。」

「做檔案研究真不容易。」他好奇翻閱那兩本教材。一本是實用初階義大利語，有對話式的課文和練習題，另一本是文法書，以平實簡單的英文說明義大利文法。陳怡棻坐在沙發上，打開電腦檢查當日紀錄。

「才去兩次就有成果嗎？」他問。

「成果是沒有，因為信真的很多，也沒有分類，現在等於在整理。反正神父怎麼說，我照做就是了。」

他不禁好笑，「神父真狡猾，不聲不響募來免錢臨時工。」

「還好啦，滿公平的，人家也是免錢幫我的忙嘛。」

今天她又去耶穌會了。他搭捷運去社區學苑教課。身在擁擠的捷運車廂，他突然想起佛洛莉亞．柯斯塔。佛蘭索瓦離開後，她還在台灣待了一段時間，住在同一家飯店，晚上經常去 piano bar 捧場，小費給得很慷慨，直到陳怡棻婉拒委託研究。她不再出現，可能已經離開台灣，去中國和佛蘭索瓦碰頭。正這麼想的時候，他接到佛洛莉亞的電話，不免有些吃驚。她在電話裡客氣的說，希望他能撥冗五分鐘和她碰面，她可以配合任何他指定的地點。

她客氣得讓他不好意思拒絕，於是和她約在社區學苑門口。

「我再過五分鐘就到站了。」他設法在雜音極大的車廂裡壓低音量，「你多久能到？」

「我會準時到的。」她回答，然後就掛了電話。

佛洛莉亞準時出現在社區學苑門前。略有厚度的長褲和薄風衣取代之前輕飄飄的夏日洋裝，還戴上黑框眼鏡，頗有學術氣息。

「柯斯塔小姐，」他走入社區學苑，收起雨傘，「我以為你離開台灣了。」

「還沒呢。」她微微一笑，「我只是去旅遊。玩了一圈，又回來台北，聽說一樁消息，想找你談談。」

「什麼事呢？」

「你那美麗的女友進耶穌會檔案室做研究？」她推了一下眼鏡。

「你怎麼知道？」他有點驚奇。

她兩手一攤，「歐洲人在台灣也有小圈子和管道。」

「你想參與研究？」他想起之前陳怡棻說過，范哲安允許她進檔案室的條件就是不能和佛洛莉亞合作。

「我知道陳小姐沒有意願。也許她不習慣收費做研究，這我可以理解。但佛蘭索瓦對小提琴非常狂熱，他很想知道這把小提琴的下落，所以……我就來拜託你了。我不要加入研究，但希望能夠從中獲得一點消息。」

「這……不是我在做研究，你得問怡棻啊。」

「她一定會跟你分享研究進度吧？你能不能透露給我呢？」

「你要我瞞著怡棻告訴你？」他搖頭，「怡棻答應范神父，不會把讀到的內容告訴任何人，包括我在內。」

佛洛莉亞微微聳肩，嫵媚的笑起來，「憑你們這麼特殊的關係，只要你開口，她還是願意告訴你吧。」

「她不告訴我呢？」

「她告訴你的時候，你再聯絡我就是了。」她拿出一張名片，「這是我的電話和電子郵件，你可以傳訊息或寫信，看我在哪裡。如果我在台灣，你可以直接打電話給我。」

他接過名片，有點不知所措。

「還有，佛蘭索瓦說，如果你還是決定不回頭彈鋼琴，他願意指導你小提琴。」

「啊？」這真正令他大吃一驚。

「他很看重你的才華。你考慮考慮吧。」

佛洛莉亞撐傘離去，走上人行道，混入五顏六色的傘陣。

真是令人頭腦不清醒的提議，李彥行心想。

最近天氣轉涼，兩個貪玩的學生淋雨感冒，都請了病假，今天他只有茉莉一個學生，算是格外輕鬆的一天。他在琴房等茉莉，東一段西一段彈琴，腦中不時浮現佛洛莉亞的提議，還有，佛蘭索瓦願意指導他小提琴……

茉莉開門進來，打斷他思緒。

「老師你剛彈那是什麼啊？」茉莉問，導盲犬開羅一如往常站在旁邊。

他起身關門，試著回想剛才究竟彈了什麼。

「喔，是孟德爾頌。」

「好好聽喔，能不能再彈一次？」

他坐回鋼琴前，開始彈孟德爾頌《無言歌》G小調第一號威尼斯船歌。搖晃的水波，悠慢的節奏，船歌的基調就是悲傷。他突然想起陳怡棻告訴他，范哲安認為孟德爾頌小提琴協奏曲的速度應該要快一點，還推薦海菲茲的錄音，他出於好奇真的聽了，不得不佩服范哲安品味高尚。現在他彈的正是孟德爾頌的知名鋼琴曲，也許這個曲子加速，能賦予悲傷新的深度，不再流於濫情媚俗？

他提高速度，把短小曲子又彈了一遍，果然多了一分清醒。悲傷的性質改變了，從溫熱的水氣轉為兜頭而下的冷水，教人難以承受。是啊，悲傷不就應該令人難以承受嗎？

「快的好聽。」茉莉說。

「欸？你真有品味。」他不禁刮目相看。

「我要認真練習。我想學這個曲子。」

「這倒不是很困難，學完初級就能彈了。」

茉莉點點頭，坐上鋼琴椅，「上次說今天要繼續練習A小調。」

「你知道貝多芬的鋼琴曲《給愛麗絲》嗎？」

茉莉哼出開頭旋律，「這個嗎？」

「對。這就是A小調的曲子，曲子的第一部分比較簡單，你現在就可以慢慢練習，後面難的部分我們先跳過。不過現在先練A小調音階。自然小調、和聲小調、旋律小調。」

茉莉一如往常，興高采烈摸著琴鍵開始了。眼睛看不見，但她的觸感記憶很強，再加上準確的音感，彈A小調音階毫無困難，也毫不厭煩，左手右手，上行下行，他不喊停，她就一直重複這乏味練習，始終興味盎然。
「好。」李彥行拍著手，「接下來我們來學《給愛麗絲》。」
她靠著驚人的音感，很快就能分別把握左右手，幾次以後開始嘗試雙手。這就與音感無關，只能倚靠練習。
「老師，」她突然停下來，「老師，鋼琴很貴嗎？像這樣一台鋼琴多少錢？」
「YAMAHA 的直立式鋼琴，大概七八萬吧。」
「那我要買！」
「啊？你爸媽同意嗎？」
「以前我說要學琴，他們就叫我不要自找苦吃，更不可能給我買鋼琴了。他們還不知道我學琴呢。我想用自己存的錢買。我從小存的，已經快九萬了。」
「可是你買了鋼琴要放哪？放家裡爸媽不就知道了？」
茉莉喪氣低下頭，「可是我想練琴。還是……我可以租這裡的鋼琴嗎？」
「這倒是可以，只是我不清楚琴房租用狀況。你要我現在幫你問嗎？」
「好好好……」茉莉連聲答應。
他離開琴房，去找負責行政事務的阿姨，阿姨卻不在辦公室。他在那裡等了幾分鐘，還是不見人影，只好返回琴房。門一開，傳來的琴聲讓他大吃一驚。
茉莉竟然憑記憶在彈孟德爾頌第一號船歌。雖是拼湊而成，指法也混亂，但初學能彈到這種程度，實在太令他震驚了。

這樣說起來，《給愛麗絲》硬練也可以全部練起來，他心裡暗忖。面對有特殊天賦的學生，他應該更有彈性一點。

他走進琴房，反手關上門，茉莉聽到聲音，停下彈琴，高興的轉頭面對他。

「老師你家一定有鋼琴吧？我跟你租好嗎？」

「有是有，但是……」他有些遲疑。他本來就很少在住處彈鋼琴，受傷以後除了上班和教課，根本不碰鋼琴，要不是陳怡棻不時幫他清理，家裡那台鋼琴大概都要生蜘蛛網了。

「好啦，好不好啦……」茉莉不知道他遲疑什麼，懇求起來，他還是第一次被十幾歲少女這樣撒嬌，頓時不知所措。

「還是……你要先問師母意見？」

「我沒結婚啦！」

「是嘛？」茉莉歪過頭，「感覺上有很穩定的伴侶啊。」

「你靈媒嗎？」

「我第六感很靈喔。」茉莉一笑，「那這樣好了，老師你回去跟師母商量，幫我拜託，拜託拜託啦……」

「先彈琴。」他坐回原位，「你把《給愛麗絲》第一段再彈一遍，如果你能全部記起來，我就繼續往下教。」

「真的嗎？」茉莉大為驚喜，馬上坐正了開始練習。

「這譜上有 e sempre una corda 標記，要一直踩柔音踏板。」

「柔音踏板……柔音踏板……」她像唱歌一樣複誦他的話。

這麼聰明漂亮的女生，眼睛卻看不見，到底該說造化無情呢，還是該說上天公平呢？他看著茉莉認真的側臉，在心裡又搖頭又點頭。

當天傍晚他和陳怡棻搭捷運上班，說起茉莉異想天開，陳怡棻卻大表贊成。

「我覺得好欸。」她像平時一樣，一手搭著他肩膀，「這樣既幫到她了，你的鋼琴也有人彈，你還多少收一點租琴的費用。」

「我又不經營這個。」他笑著搖頭。

「你不是說她很天才嗎？那給她方便，讓她好好練嘛。」陳怡棻想了一下，「不然，她如果真的買得起鋼琴，不能放家裡，就放我那邊，她去我那邊練琴，比去你那邊更不用顧忌。」

「你跟她一樣異想天開啊？」

「那麼認真想學琴，一定是好孩子嘛。」陳怡棻抬頭一笑。

學音樂的一定是好孩子嗎？他想起浪子般的佛蘭索瓦，和他的風騷女伴佛洛莉亞。在他看來，這兩人都古怪極了，她的提議更是古怪，讓他直覺其中必有不妥。他決定連提都不要向陳怡棻提起。

他一直看著陳怡棻。她正轉頭望向車廂別處。雨天濕漉氣息充塞擁擠的車廂。乘客衣著五顏六色，不論站坐，每個人都低頭看手機。

休假的週六夜晚極為散漫。六點過後李彥行收到簡訊，知道陳怡棻不回來搭伙吃飯，乾脆用泡麵加蛋打發一餐。之後他就靠在床上鬼混，看看書，看看影片，直到偶然拿起手機，才發覺已經過了十點。他猶豫是否要打電話關心，忽然接到顯示為「怡棻」的來電，接起來卻是自稱「范哲安神父」的男人，說陳怡棻酒醉，他送她回家，現在已經在五樓住處。

他就這樣見到「范哲安神父」。對方斯文和善，帶著一點歉意說明情況。

「沒關係，神父，我在這裡照顧，你放心回去吧。」他轉頭去看陳怡棻。她躺在床上，臉色蒼白。

范哲安點頭，搭著他手臂往外走，「來，我有話跟你說。」

他不明就裡跟出去。范哲安直到大門外才停步，低頭思索了一下。

「神父？」

「怡棻說你們是好朋友，不是情侶，所以我想提醒你：人酒醉的時候比較脆弱，做的決定跟清醒時不一定一樣。如果今晚你們發生什麼事的話，希望你懂得保護她，好嗎？」

「啊？」

「我的意思是，你要跟她發生關係的話，記得戴保險套。」

李彥行徹底傻了，「神父，天主教不是反對保險套嗎？」

「你們不是教友吧？」

「我的意思是……按照你們的教條，你不應該這樣勸我吧？」

范哲安笑著輕拍他手臂，「我要說的就是這些。晚安。」

范哲安走了，他不無茫然關上門，回到臥室。陳怡棻睡著了。他倒來一杯水，放在床邊小桌上，打開她的床頭燈，關掉臥室大燈。

確定她睡熟後，他抱著一床棉被去睡客廳沙發。明明將近午夜，他卻沒有多少睡意。他想起范哲安離去前的話。

那傢伙……說什麼呀？好像他是怡棻的什麼人一樣！李彥行突然有些不大服氣。他比我們大不到十歲吧？當了神父就老氣橫秋的。

但他確實希望和她不只是朋友。范哲安的話說中他的心聲，讓他感到窘迫。此外他也有些不安。在他看來，范哲安太過出色，外貌，音樂才華，特殊的神職身分。他隱約感覺陳怡棻對范哲安抱著很大好感，或者說是特殊的好感。

他在胡思亂想之間逐漸入睡，再醒來已經過了上午九點。他慌忙跳下沙發，差點撞上從廚房端三明治出來的陳怡菉。

「你醒啦。」陳怡菉一掃昨晚委靡，笑容清新亮麗，「來吃早餐，我做了三明治。還有咖啡。」

「我……」他摸著自己臉頰，「我先回去刷牙。」

「哎呀，」她放下三明治，回頭拉住他，「先吃，吃完再刷。」

「我還沒洗臉……」

「有什麼關係啦，我又不是外人。」她笑著端起咖啡。

不是外人……他連眨幾下眼睛，伸手接過咖啡。

「對不起，昨晚害你睡沙發。」她往咖啡裡加了半包白糖，拿一個小湯匙慢慢攪拌，吐了一下舌頭，顯得俏皮可愛。

李彥行一笑，「你怎麼會喝醉？」

「不知道。水果酒甜甜的，一不注意就喝太多了。」

「沒事就好。」

「對了，茉莉是今天開始上課嗎？」

李彥行「啊」了一聲。經過昨晚的意外，他差點把這事給忘了。他最後還是同意茉莉的請求，在她第一期課程結束後改到他家來上更密集的家教課。

「我還滿期待見到她。一定是很可愛的女生。」陳怡菉笑著。

茉莉確實是可愛的女生，不過直到她帶著導盲犬開羅來到，和陳怡棻共處一室，他才注意到她們兩人相似之處。她們身高相當，都是長髮，只是陳怡棻頭髮微彎，茉莉卻是瀑布般的直髮。

兩個女生在窗邊交談了一陣。陳怡棻引導茉莉坐到鋼琴前，茉莉把琴鍵從左到右摸了一遍，之後順利彈起貝多芬的《給愛麗絲》。

陳怡棻悄悄走到他身邊，對他耳語，「你真的很會教欸。她彈得很好。」

李彥行一笑，「我沒什麼功勞，是她天賦異稟。」

茉莉彈了將近一分鐘，進入浪漫甜蜜的B段，中間一連串三十二分音符讓她亂了手腳，但還是不減速彈過去了，如釋重負回到A段。

「老師我彈得好差喔。」茉莉停下來。

「是嗎？」李彥行拉了一張椅子坐在她旁邊，「你一個禮拜只有那點時間彈琴，我覺得你彈得很好了。」

茉莉吁了一口氣，「我有哪些問題？」

「這首曲子裡有很多左右手連接的琶音。這要多練習才會順暢。」

「還有呢？」

「B段的三十二分音符亂了。你先減速練習，練熟了再加快速度。」

他示範給茉莉看的時候，陳怡棻端來兩杯果汁，放在旁邊的折疊桌上。

「你們忙，我回去整理檔案。我想今天寄檔案給范神父。」

「范神父？」茉莉仰起頭，「我也認識一位范神父喔。范哲安神父。」

「你怎麼會認識他？」李彥行和陳怡棻都很驚訝。

「在醫院遇到。他說我可以彈鋼琴，鼓勵我去找老師學。我第一次上課的時候有提過。」

「難怪我一直覺得這名字耳熟。」

「你們上課吧。」陳怡棻對他點頭，很快從窗戶出去了。

「老師，師母好漂亮喔。」茉莉轉向他，「感覺得到的漂亮喔。」

「誰是你師母？不要亂講。」

「老師你是不是臉紅？」茉莉調皮笑起來。

「哪有？不要亂講。」他耳朵已經熱了，但還是嘴硬。

茉莉突然伸出雙手，精準摸到他臉頰，「你明明就臉紅啦！」

這舉動讓他臉紅得更加厲害。他趕快推開茉莉的手。

「我的第六感最準了。」茉莉笑著，又回頭繼續練琴。

他看她彈《給愛麗絲》，臉上發燒逐漸退去，心裡卻一陣陣收緊。茉莉指法生澀，反倒妥切捕捉戀愛的幻想憧憬。就像心頭有萬千言語想對心上人傾訴，開口卻漫無章法。

正是因為一廂情願到了極致，才絲毫不覺苦澀。

從窗邊看出去，防火梯外夜空晴朗，城市燈火明亮，不時有亮麗煙火升起又消失。台北盆地躁動不安。李彥行毫無心情。

已經十點了。陳怡蓁早在六七點之間就該回來，沒有出現，當然是因為她又留在耶穌會了。她跟那個神父真的在檔案室讀信嗎？還是又去什麼西班牙餐廳了？

她大概忘記今天是台北花火節，他們約好要一起看煙火。他特別準備她喜歡的鱈魚和溪蝦，兩道菜在客廳桌上久放，早已涼了。

他坐在沙發上，呆呆看著桌上菜餚。手機突然響了，是個不認識的號碼。

「喂？」他接起電話。

「李先生？」一個甜膩的聲音講著口音濃厚的英語，「你現在方便講話嗎？」

「柯斯塔小姐？」他有些意外，「你又到台灣了？」

「是啊。我想跟你碰個面，可以嗎？」

「可是……我在等人，不能離開。」

「沒關係，你告訴我在哪裡，我去找你。我只需要幾分鐘時間。」

「可是……」

「就算聊聊音樂吧，李先生，好嗎？佛蘭索瓦也有忠告給你。」

他被勾起好奇心，儘管心中隱約感覺不妥，還是給了地址。

「啊，計程車司機說我們離你很近呢！」她在電話彼端笑著。

她果然在幾分鐘內到了。李彥行走下防火梯，對她招手。

「你和陳小姐是樓上樓下的鄰居？多麼浪漫！」她跟著走上防火梯，不算太高的鞋跟在鐵梯上敲出聲響。

「要從窗戶進去。」李彥行說。

「喔不，我站在窗外看看夜景就好了。」她笑著。

「你想跟我說什麼？」李彥行在窗邊站定。

佛洛莉亞拍拍她那漂亮的風衣，推了一下眼鏡，「我還是希望你能告訴我陳小姐在耶穌會的進度。」

李彥行搖頭，「我真的幫不上忙。怡棻答應范神父了。」

「看來你對這一點不很滿意？」佛洛莉亞一揚眉毛。

「沒什麼滿意不滿意。」

「你真的信賴那位喬瑟佩神父嗎？」佛洛莉亞笑起來，這古怪神色讓他心頭一跳。

「這是什麼意思？你知道范神父什麼事嗎？」

「是啊。」她眼中多了一點挑釁神色，「畢竟他在義大利待了很多年，我要知道他的底細並不困難。」

「什麼底細？」

「你想知道嗎？那就告訴我你女朋友在檔案室裡到底讀到什麼。」

「我真的不知道。」

「好吧。」她輕鬆一笑，「那我們談話就到此為止。」

她轉身就走，李彥行連忙又跟下去，防火梯被踩得哐啷作響。

「柯斯塔小姐，你說佛蘭索瓦先生給我什麼忠告？」

「如果你繼續拉小提琴，他願意指導你。關於那把小提琴的線索是交換條件。」

佛洛莉亞從他眼前揚長而去。他回頭慢慢走上防火梯，頹然坐倒在窗沿。

范哲安的底細？他看來像是正人君子，但佛洛莉亞似乎暗示他還有另一面。他拿出手機，看著陳怡蓁的號碼，想打電話給她，又不知道打了以後要說什麼。此外他更擔心，萬一撥了電話卻沒人接，他可能現在就要從防火梯上摔下去了。

他就這樣坐在窗外。夜風越來越涼。十一點四十分了。

防火梯突然動起來。他低頭一看，陳怡蓁正往上走來。

「怡蓁！」他頓時精神大振，「怎麼這麼晚？」

「今天有新發現。」她一臉疲倦，「發現韋瓦第的信了。」

「真的？」他瞪大眼睛，「可是……你可以跟我講這些嗎？」

「我又沒講內容。」她走上四樓，突然往他肩頭靠，「我好累喔……」

他沒料到她有這樣動作，呆了一秒後張臂抱住她。
「今天工作時間確實有點長啊。」
「嗯，因為發現七封信，所以乾脆把信翻譯過來……真累。」
「進來吧，我有準備海鮮。」
「真好。」
「已經冷了，我再去熱一下。」
他端著鱈魚和溪蝦走進廚房，一邊加熱一邊往客廳探頭。陳怡棻脫去外套，坐在地板上，看著沙發上的筆電，大概在檢查翻譯成果。
他突然感覺心臟被搥了一下。
他知道陳怡棻從來不設定電腦密碼，而且她總是把最近使用的檔案放在桌面。他知道陳怡棻對他有百分之百的信賴，他要偷看的話，很容易就能辦到。
你真的信賴那位喬瑟佩神父嗎？佛洛莉亞的話在他耳中迴盪。如果他偷看檔案，是不是就能交換關於范哲安的情報？
他端出魚和蝦，又盛來白飯和熱湯。
「真可惜，錯過煙火了。」陳怡棻有點懊惱。
「午夜還有最後一次。」
「只剩一分鐘了！」陳怡棻振奮起來，起身跑到窗邊，「先看煙火再吃飯！」

他跟到窗邊，站在她側後方，一手搭著她肩膀，同時悄悄回頭去看她的筆電。他視力很好，可以清楚看見螢幕上的檔案。

你上回的信令我驚訝。難道我們恢復聯絡之後，你又要追究當初？喬瑟佩，你不該為布莉姬妲生我的氣。我從不曾要求她聽從於我。就算我曾經和她說了什麼，你難道沒有為此報復我？我們都該祈求天主的寬恕，不是嗎？

窗外城市放起當夜最後的花火，砰砰砰響聲低微，燃亮了夜空。

09 約定交換情報

佛洛莉亞

追逐一把名琴，就像談一場戀愛，你必須愛得近乎偏執，才可能將對方據為己有。只是人世間沒有長久的愛情，也沒有不令人膩味的色慾，你遲早會甘心放手，把對方換為金錢。畢竟金錢作為價值，或者作為概念，比許多事物更接近永恆。

這段時間以來，佛洛莉亞·柯斯塔就是抱著這樣的信念，在台灣各地遊山玩水。她總是看著風景，想著心事，還打了很多電話，其中包括佛蘭索瓦的好友路易。這傢伙是私家偵探，以巴黎為據點，在很多地方都吃得開，是佛蘭索瓦最信賴的消息來源，當初他就是向路易打聽到陳怡棻的工作地點，特地住進隔壁的酒店，好在鋼琴酒吧不期而遇。佛蘭索瓦離開台灣之後，她打電話給路易，問來李彥行教課和住處的地址，順利見了兩次面。她以「喬瑟佩神父的底細」當作誘餌，果然很快奏效。今天她和李彥行約在台灣音樂學院側門外的一家 café，此外她特別約來那位詹教授，打算讓他分享一些消息，然後就和他分道揚鑣。

她獨自坐在靠窗的雙人座等待李彥行。她背後角落有幾張舒適的單人沙發，詹教授就坐在那裡，若無其事翻閱八卦雜誌。

「詹教授，」佛洛莉亞以眼角瞄著這即將禿頭的男人，「萬一李先生認出您怎麼辦？」

「我是無名之輩，不會有任何人認出我。」詹教授輕鬆回答。

不久後他向後倒入沙發，將八卦雜誌蓋在臉上。

咕。她收回視線坐正了，抬頭一看，李彥行正推門進來，門上擾人的風鈴叮噹作響。

他神色嚴肅，反而洩漏內心不安。她不難理解他心裡掙扎。像他們這樣的青年男女，總是為自己設下過多無謂的內心規矩，例如不能對心上人有所隱瞞，不能猜忌算計之類。再過十年二十年他們就會明白，那都是無聊愛情故事的胡說八道。但當然她臉上絲毫沒有嘲弄神色。她面帶微笑看李彥行走過來，對他身上的黑呢短外套暗暗點頭。這年輕人品味不錯。

「李先生，請坐。」她指著桌上兩杯咖啡，「我替你點了一杯咖啡。你不喜歡的話可以另外點。我請客。」

「謝謝你。」李彥行在她對面坐下，「這咖啡就好。」

「你那美麗的女友在耶穌會檔案室讀到什麼，你願意分享給我？」

「我不知道是否如你的願。」李彥行拿出手機，顯示幾張照片給她看，「這是怡棻的檔案。她在幫耶穌會做信件中文摘要。」
「你偷拍的？能把照片寄給我嗎？」
「不行。」他立刻搖頭，「但我可以翻譯給你聽。你自己記錄。」
佛洛莉亞微微一笑，「這麼謹慎？好吧，那就請你告訴我這是什麼信。」
「一共三封，都是韋瓦第寫給尚尼諾的信，從內容看來，他們已經好幾年沒聯絡，應該是尚尼諾和他斷了聯絡，後來又主動寫信來。韋瓦第信中說他非常高興收到信，還說相信不快已經過去。」
「不快？」她低頭在手機上記錄，「什麼不快？」
「不知道，信裡沒提。」他垂下目光，「另一封信提到一個叫做布莉姬妲的女人，似乎是不快的來源，也沒講到細節。」
「嗯，還有呢？」
「第三封信跟以前的過節無關。」他滑到下一張照片，「韋瓦第談到生病的事，說氣喘犯了。」
「全部就這樣？」
「只有這三封是韋瓦第寫給尚尼諾的信。」
她抬頭看著他，無法從表面判斷他是否說了實話。
「你那美麗的女友和喬瑟佩神父相處得如何？」

「我不知道。」他僵硬回答。

佛洛莉亞放下手機，露出理解的微笑。

「若是作為感情上的對手，喬瑟佩神父確實是個非常難纏的傢伙。音樂造詣就不說了，還有那麼出色的外表，和令人肅然起敬的神職身分，一個看重才華的年輕女孩對他興起愛慕也是必然。」

「你真的知道他什麼祕密的話，就請你直接告訴我吧。」李彥行移開目光，好像對她的笑容感到不快。

佛洛莉亞滑開手機，給他看一張照片。回眸一笑的明艷少女，難以形容的美麗容貌，一頭棕色捲髮剛過耳際，好像吸滿陽光的波浪，靜止畫面卻帶著動感。李彥行看著照片似乎呆了。

「這是誰？」過了幾秒鐘他才問。

「羅莎．蒙戴里尼，喬瑟佩神父小提琴老師的女兒，他的祕密情人。」

「你怎麼知道？」李彥行皺起眉頭。

她滑到下一張照片。熱鬧的露天派對，鏡頭中央是范哲安，穿著漂亮的西裝，手持酒杯，之前那個少女挽著他手臂，踮起腳尖親吻他臉頰。兩人都是幸福洋溢的模樣。

「這是他拿到最高演奏文憑後的派對。當時羅莎在美國念書，特地趕回米蘭幫他慶祝。」

「在派對上親臉頰應該不能證明什麼吧？更何況他是神職人員，現場還有這麼多人。」

「你太不了解神職人員了。」佛洛莉亞一笑，「神職人員越若無其事做的事，越可能有問題。」

「可是……」

佛洛莉亞滑開另一張照片，是范哲安和羅莎．蒙戴里尼的背影。他摟著她的腰，兩人似乎正要離開派對現場。她抬頭看著他，就像任何青春少女看著戀人。

「她幾歲？」李彥行問。

「和喬瑟佩神父差七歲。他們認識的時候，她才十六歲。」

佛洛莉亞滑開其他照片。都是范哲安和羅莎．蒙戴里尼的合照，有的在室內，有的在街頭。有好幾張照片是羅莎．蒙戴里尼挽著范哲安的手臂，倚靠在他肩上。還有一些照片裡他親暱的摟著她的腰。

「這還是不能證明他們之間真的有問題。」李彥行移開目光。

「你當然可以這樣想。」佛洛莉亞微笑著收回手機，「但看到這些照片以後，你就很難不去想，你那美麗的女友是否也像羅莎．蒙戴里尼一樣，投向喬瑟佩神父的懷抱。」

李彥行又轉回來看著她，「你有證據嗎？」

她手指輕敲手機螢幕，「我的原則很簡單──公平交易。」

李彥行緊抿著嘴，片刻後點點頭，「我會再跟你聯絡。」

他說完話就起身走了，咖啡一口也沒喝。佛洛莉亞看他開門離去，這次門鈴相撞比他來時厲害。她身後沙發突然有動靜。詹教授拿下臉上八卦雜誌，坐直身子，露出笑容。

「柯斯塔小姐，您也是天主教徒吧？汙衊神職人員，不怕下地獄嗎？」

「您就這麼相信喬瑟佩神父？說不定我消息正確？」

「我存疑。我不大相信他會犯這麼低級的錯誤。」

「男人很難抵擋內心慾望。」佛洛莉亞不無輕蔑的笑了。

「您說佛蘭索瓦先生？」詹教授也笑了。

「我說男人。」佛洛莉亞優雅的端起咖啡，慢慢啜飲。

「那麼，接下來您打算怎麼辦呢？」

佛洛莉亞放下咖啡，回頭瞟他一眼。

「我想，之後我們就各自行動吧。」

「我也預想您會說出這樣的話來。」詹教授並不意外，「但我恐怕這對您沒有好處。我們繼續合作才是最理想的。」

「恕我直言，詹教授——我不想和別人分享韋瓦第的小提琴。」

「這一點我從一開始就知道。」詹教授一本正經回答，「因此我提供您耶穌會的線索，換來今天旁觀情報交換的機會。我恐怕您接下來還是得和我合作，因為我現在就要提供您下一個線索。」

佛洛莉亞皺起眉頭。

「范神父和陳小姐在檔案室讀信，這代表十八世紀當時，耶穌會就注意到韋瓦第寫給尚尼諾的信了。不然韋瓦第過世後很快被世人遺忘，這些信沒有道理保留下來。」

「嗯，所以呢？」

「那麼，難道他們不該第一優先保管小提琴嗎？信件在，小提琴卻不在，怎麼說得過去呢？」

「您的意思是……」佛洛莉亞吃了一驚，「小提琴就在耶穌會？」

詹教授聳肩，「除了這個設想，您有其他更好的解釋嗎？」

「難道……喬瑟佩神父根本知道這一點，卻故意耗掉陳小姐時間？」

「不然又要如何讓人相信他們沒有小提琴？」

詹教授說完，把那本八卦雜誌放在腿上，用手仔細壓平，微笑抬起頭來。

「如今只有這位陳小姐進得了耶穌會檔案室。我建議您徹底說服李先生，讓他去向陳小姐揭穿范神父的真面目，這麼一來，她或許會願意認真調查小提琴的下落。」

佛洛莉亞緊盯著他，「您不是才說我汙衊神職人員？而且，您為什麼要和我分享這個消息？您最終希望獲得什麼？」

「我當然不願意和任何人分享消息。但歐洲古董樂器黑市對我來說，就像外星球一樣陌生，就算手上有小提琴，我也不知道要賣給誰，只好和您合作，希望日後對分龐大的利潤，能夠皆大歡喜。」

佛洛莉亞沉下臉色，正在思索，詹教授站起身來，八卦雜誌順手扔上旁邊矮桌。「柯斯塔小姐，您是極有魅力的女人，但請不要把魅力用在我身上。我不像佛蘭索瓦先生那麼善解風情，但我會誠心等待您下一步消息。」

詹教授帶著嘲弄神色告辭離去，佛洛莉亞轉頭去看他剛才坐過的沙發。重量壓過的痕跡顯然，光憑這景象，她幾乎都能感覺到人體餘溫，甚至氣息。她心頭猛然興起一陣嫌惡。

這樣又老又醜的男人，還妄想我會引誘他呢！她在心裡哼了一聲，回頭滑開手機，看著之前給李彥行看過的照片。

陽光般燦爛的羅莎．蒙戴里尼，靠在范哲安懷裡。他竟然也有同等明亮的英俊容貌和漂亮身形與她匹配。真是令人艷羨的男人哪，尤其因為他的神職身分。征服他豈不比玩弄佛蘭索瓦更能帶來成就感嗎？她心頭起了飄忽遐想，胸口隱約有股騷動。但她已經和范哲安碰過面，知道他不容易到手。

「通姦的誘惑之於俗人，財富的誘惑之於教士，知識的誘惑之於僧侶……」她看著螢幕上的一對璧人，手指敲打手機邊緣，「啊，喬瑟佩神父，除了羅莎．蒙戴里尼，你的誘惑是什麼呢？」

10

冥想，天啓，泰綺思

范哲安

我親愛的喬瑟佩：謝謝你寫來的四首十四行詩，春夏秋冬，多麼美麗。你的提議對我來說極為新鮮，我願意接下這挑戰，但我有個誠心請求：請你和我一起完成這部作品。我已開始譜曲，雖然有些零散。「春」是一年伊始，E大調的光明和平最為合適。啊，豐美的草原，打盹的牧人，酣睡的牧犬，當我發覺真能以音符逼真勾勒，我的心簡直就要跳出胸口……

他緩緩睜眼。房間昏暗，沒有完全拉上的窗簾縫隙透進一絲微光。清晨的光亮與任何時候都不相同，半透明而模糊，偶然一抹金色格外亮眼。

他推開棉被起身盥洗，在浴室鏡中看到凌亂的頭髮，不免失笑。大概最近在檔案上花多了心思，竟然做夢都夢到韋瓦第寫給尚遲明的信。他和尚遲明一樣，都叫做喬瑟佩，以至於每次讀信，都有一種收到韋瓦第來信的錯覺。

他在鏡前刷牙洗臉刮鬍子，換妥衣服，帶著迷你本耶路撒冷聖經離開房間。才過六點，廚房已經準備好早餐，但他習慣在早餐前先去聖堂靜坐一段時間。

教士專用的小教堂是名副其實的小教堂，還不到十坪大小，向東的一面有瑰麗的花窗，曙光透窗而入，將顏色投向柔軟的長毛地毯。這裡只有小小的祭壇，和一個矮矮的木頭圓桌，可容六七人圍桌席地而坐。

小教堂裡沒有別人。他在離花窗最遠的角落盤腿坐下，順手翻開聖經，是《瑪竇福音》第二十章，葡萄園雇工的寓言故事。

> 天國好像一個家主，清晨出去為自己的葡萄園雇工人。他與工人議定一天一個「德納」，就派他們到葡萄園裡去了。約在第三時辰，又出去，看見另有些人在街市上閒立著，就對他們說：你們也到我的葡萄園裡去罷！凡照公義該給的，我必給你們。他們就去了。約在第六和第九時辰，他又出去，也照樣作了。約在十一時辰，他又出去，看見還有些人站在那裡，就對他們說：為什麼你們站在這裡整天閒著？他們對他說：因為沒有人雇我們。他給他們說：你們也到我的葡萄園裡去罷！

耶穌會有《神操》的修練傳統，雖然現代生活忙碌，他無法如十六世紀聖依納爵所指示，花那麼多時間練習，但絕不會犧牲每天早晚的冥想。他總是順手翻來一段經書，以此為冥想基礎。現在他闔上聖經，略微抬頭後仰，靠著牆壁，閉上眼睛。

是盛夏的葡萄園吧，眼前逐漸浮現明亮怡人的風景，粗衣圍裙的工人在園中忙碌。日光很高，照得他頭眼昏花。不時有沙塵隨風而來，滲進耳朵和頭髮。

葡萄園主人開始分配工資了，果然如先前約定，每人都領了一個燦爛的德納銀幣。幾個早來的工人低聲抱怨：「這些最後雇的人，不過工作了一個時辰，而你竟把他們與我們這整天受苦受熱的同等看待。」

抱怨者抬手指著他的臉，把他嚇了一跳，低頭一看，他手中也拿著一個銀幣。

那家主朝他走來，伸手搭著他肩膀，回頭斥責抱怨者：

「朋友！我並沒有虧負你，你不是和我議定了一個德納嗎？拿你的走罷！我願意給最後來的和給你的一樣。難道不許我拿我所有的財物，行我所願意的嗎？或是因為我好，你就眼紅嗎？」

抱怨的人吶吶退開。他想看那家主的臉面，卻什麼也沒看到，正想開口的時候，家主又說話了。

「孩子，拿你的德納走吧。我知道你沒有認真工作，但我本來就沒有約定工作內容。你進了葡萄園，見證了一切，就算做了該做的工作了。」

他向前傾身，臉頰埋入雙手，彷彿躲避強光。腿上耶路撒冷聖經被撞了一下，悄聲落入長毛地毯。

主啊，保佑我，因為我信賴你……

許久後他抬起頭來，穿透花窗的日光更亮了，他卻因冥想得來的天啟而茫然。為什麼會有這樣的啟示？難道這麼長時間以來，我沒有認真工作？

他望著花窗發呆。窗上耶穌抱著十字架，白袍在日光裡越來越亮。突然有手放上他肩膀。

「喬瑟佩？怎麼了？」是他的老師陸神父。

「神父，這麼早就起來了？」

陸神父在他身旁坐下，和他一起看著晨光。

「神父，我要告解。」他拾起落下的耶路撒冷聖經。

「說吧。」

「我剛才冥想……」

他屈起雙腿，聖經放在膝頭，雙手交疊覆著聖經，頭靠在手上。這姿勢讓他自然降低音量，像是喃喃自語。

「剛才，我在冥想中進了葡萄園，但在聽人抱怨我拿了銀幣之前，我根本不知道自己也是他們當中的一個。這很奇怪不是嗎，神父？我理當自以為是葡萄園裡的工人，每日抱著自覺工作，為什麼冥想透露給我的卻是另一重意思？我是最後來的那一個。而家主說，他知道我沒有認真工作，但依舊給我一個銀幣。難道這麼多年來，我都沒有認真工作？還是，我做錯了什麼？」

「孩子，」陸神父搭著他肩膀，「我們每個人都是那最後一個進園的，也都是那個不曾盡全力的。你不需要在第一時間入園，也不必工作完美無瑕，只要持續嘗試去盡全力。」

他慢慢抬起頭，「我如何知道是否盡了全力？」

「你在懷疑自己，是吧？」

「懷疑自己？」

「你想花更多時間在音樂上嗎？你希望建立自己的音樂事業嗎？」

他有些錯愕，老神父卻是泰然自若。

「像你這樣的資質，又這樣努力，有這樣的期望也是自然的，不是嗎？」

「但我不可能兼顧目前的工作和音樂事業。」

陸神父在他背後輕拍兩下，按著他肩頭慢慢起身，「你不必現在做決定，但嘗試探索並不為過。」

難得上午沒課的清閒日子，他總算能在辦公室處理平日無暇顧及的雜務，細讀陳怡棻寄來的檔案。出現在他夢裡的那封信是上週的新發現。韋瓦第在長信中備述音樂構想。在此之前，無人知曉搭配《四季》的四首十四行詩出自誰的手筆，這封韋瓦第的親筆信函證明這是尚遲明的作品。他把信的內容翻譯給陳怡棻，她驚訝得眼睛都亮了。他可以想像這對從事音樂史研究的年輕學生來說是多麼重要。如果她打算繼續在學術路上前進，這了不起的發現大有助於建立名聲。

桌上市話突然響了，他接起電話。

「請問是范哲安神父嗎？」一個陌生的女聲。

「是，我是。請問您是？」

「我是《弦樂》雜誌的採編，我姓王。」

「王小姐你好。」

「我們正在做一個關於韋瓦第的專題，想要找一位小提琴專家為我們做解說，還想做音樂家的個人專訪。我們主編跟台北音樂學院張院長是好朋友，院長強力推薦，說神父你是年輕一輩優秀的音樂家。」

他在電話這一端眨了兩下眼睛，有點反應不過來。

「顧問的部分，我們會提供相應的報酬。我知道神父你很忙，不知道什麼時候方便接受訪問呢？」

「訪問要多少時間？」他看了一眼手錶，現在還不到上午十點。

「通常是一小時，至多一個半小時，之後訪問稿出來會先給你過目。」

「你方便的話，就現在吧。中午過後我就得離開辦公室了。」

對方十分驚喜，連連道謝掛了電話。他起身眺望窗外，雖然已是深秋，中庭的景觀植物還是一片青翠。

他想起米蘭那一天，他剛踏出音樂學院那扇歷史悠久的窄門，立刻被牽住了手，被拉著沿音樂學院街向南跑。四月的春風拂過臉頰，街邊樹木在風裡輕響，拉他的手有點涼，拉他的人有一頭光亮的棕色捲髮，七分袖白襯衫，秀氣的灰色長裙，纖細手腕戴著耀眼的銀手環。

「羅莎！你要帶我去哪？」他想拉她停下腳步，但她棕髮上陽光閃爍，隨奔跑步伐在他視野裡微微顫動，那美感前所未有，讓他不由自主跟著跑到街角。

她的單車靠在轉角，置物籃裡放著一個玫瑰小盆栽，開著艷紅的花朵。

「給我的？」他有些詫異，接過玫瑰盆栽，「為什麼？」

「放在你窗邊好嗎？」羅莎輕捏他衣袖，笑容燦爛有如陽光，「這樣你隨時都看到我。」

他微笑點頭，「好，我一定放在窗邊。」

「你要去哪？」

「回修院。」

「我陪你。」她牽起單車，跟他一起沿柯里多尼街向東走。

他不時低頭看那盛放的玫瑰花，突然聽到羅莎叫他。

「喬瑟佩，你知道我的祕密嗎？」

「祕密？」他轉頭看她，「我不知道你有祕密。」

她對他嫣然一笑，「我的祕密就是我愛你。」

他笑了，「親愛的羅莎，你知道我是修士，我不可能成為你的戀人。你這麼美麗，這麼可愛，為什麼不和能接納你的人交往？」

「因為我愛你。」她對他眨眼。

那是十年前的事，當時他二十四歲，到米蘭還不滿一年，不過在義大利已經四年，前三年都在羅馬的耶穌會修院。進入米蘭威爾第音樂學院後不久，他結識小提琴老師的獨生女羅莎。她才十六歲，人如其名，玫瑰般嬌艷，但沒有玫瑰的硬刺。純情，可愛，浪漫，溫柔。他在心裡愛慕她，經常和她散步米蘭街頭，不論晴雨。天氣好的時候，他們流連公園，他總是樂意為她拉上一兩首浪漫的小提琴曲。

羅莎的表白令他驚訝，但他沒有真的放在心上。數個月後的夏夜，又一次月下花前的散步，羅莎在有樹叢遮蔽的公園角落抱住他親吻他。他起了閃躲的念頭，卻沒有閃躲。他抱著她跌到樹叢底部。她的吻天真又熱烈，他當下就昏頭了。

「范哲安神父？」敲門和叫喚聲同時傳來。

門邊站著一個年輕女子，衣著和外貌同等樸素，半長不短的頭髮沒什麼整理，披散在肩膀，顯得有些心不在焉。他認出這是先前電話中的聲音，沒想到同一個聲音，當面聽來卻怯生生的。

「王小姐？」

「是。」對方雙手抱著文件夾，慌忙點頭，「神父你叫我玉玫就好了，玫瑰的玫。」

「玫瑰的玫。」他點點頭，向沙發擺手，「請坐。我這裡只有冰茶，請你將就。」

王玉玫似乎是採編新手，又或者是不擅寒暄，坐定後馬上切入主題。

「神父我想請問……」她看著攤在腿上的文件，大概是採訪綱要之類，「你有這麼好的條件，為什麼放棄音樂事業呢？」

這麼好的條件？短短一瞬之間，他腦海閃過許多東西。佛洛莉亞．柯斯塔問他，有相關文憑能在音樂學院教課，又為什麼放棄演奏事業？陸神父提醒他，你有這樣的資質，又這麼努力，期望建立音樂事業也是自然的，不是嗎？

「神父？」

「啊，」他又點頭又搖頭，「我沒有放棄任何東西。我是教士，有比上台演出更重要的工作。」

「唔。」她望著他，若有所思，「那，能請你說明嗎？」

街頭換上深秋風景。滿地都是行道樹落葉。涼風夾帶濕氣吹來，枯葉沿街旋轉奔跑，偶爾被大風吹上半空。這景象讓他想起韋瓦第的《秋》之協奏曲。他在米蘭的時候，他的老師蒙戴里尼給他一張CD，是羅馬「音樂家」室內樂團演奏韋瓦第《四季》，獨奏小提琴家是阿戈斯蒂尼。自從聽過阿戈斯蒂尼在一九八〇年代錄製的版本，他對韋瓦第的音樂就有了全新的領悟，日後這領悟逐漸加深，影響他對音樂的整體看法。

阿戈斯蒂尼主導的《四季》大氣從容，從第一個音符開始，不論春天和風鳥語，夏天雷電交加，秋天歡慶豐收，還是冬天風雪冷冽，總是那麼不疾不徐。當年他一遍一遍傾聽，了解到速度終究不過是速度，不會因為快到一個程度，而轉化成其他性質。他開始相信作為小提琴大師的韋瓦第，能讓樂迷尖叫昏倒的炫技小提琴手，其實並不在意炫技本身。

他把這樣的想法告訴蒙戴里尼。

「那麼，你如何確定你的想法符合作曲家本人的意願？」蒙戴里尼笑著反問。

蒙戴里尼和阿戈斯蒂尼是好朋友，兩人年紀相仿，甚至連外型氣質都有點像，容貌莊重，既親切又富有威嚴。

「作曲家本人的意願⋯⋯」當時這問題讓他沉思片刻，「韋瓦第究竟是什麼想法，我當然無法知道，但我相信一個原則：所謂信仰，就是相信我眼睛所不能見，而信仰的回報，就是終於看見我所相信的。」

「這不是你自己的思想吧，修士？」蒙戴里尼笑著揚起眉毛。

「是聖奧思定。」他微笑回答。

「聖奧思定？他是不是也說過，完全的自制比完美的調節容易得多？」

「似乎是……」

「神父你怎麼站這裡？」一個聲音打斷思緒。他回神一看，耶穌會大門石階下站著陳怡蓁。

「喔，我……」他四下張望，「出來透透氣。」

「今天風很冷呢。」陳怡蓁笑著走上階梯，和他一起入內。她穿著銀灰色羽絨短外套，顯得很亮麗。

「神父剛才想什麼呢？」上樓梯時她問。

「在想韋瓦第。」

和蒙戴里尼那番對話已有十年。當時他無從求證韋瓦第的想法，沒想到十年後的今天，他竟能讀到作曲家親筆。炫技小提琴手要的果然不是炫技，而是符合十四行詩的音樂情境。作曲家接受摯友挑戰，要以音樂描寫風景和情緒，這在當時樂壇根本聞所未聞。

他把十年前的往事告訴陳怡蓁，她立刻笑起來。

「所以，當初你跟老師說的沒錯欸。因為你相信看不見的東西，現在果然就看到你相信的東西了。」

他也笑了，「真美好的巧合。」

走進檔案室，他手機響了，是已經訪問過他兩次的王玉玫。

「對不起神父，我又給你找麻煩了。」她在電話中總是比當面俐落，「能不能再給我半個小時？主編要我補一些問題。」

「半小時……」他想了一下，「不然，我們今天晚餐時間談好嗎？」

「晚餐？」

「你方便六點到耶穌會嗎？這附近有一家我常去的餐廳。」

「好好好……那，我六點到大門等你。」

掛了電話，他把手機收進外套口袋，脫下外套，掛上門口的衣帽架。不知道為什麼，他有一種如釋重負的感覺，吁了一口氣。

「神父你常去的是什麼餐廳啊？」陳怡棻像往常一樣，把背包放上椅子，拿出筆記型電腦。

「就是那家西班牙餐廳，我們也去過。」他走到桌邊，打量桌上的紙箱。才過了一週，他竟然有點想不起上次進度。

「是那箱。」陳怡棻指著他面前的紙箱。

「好，那我們開始吧。」他打開紙箱，裡面有四封信。他檢視信件時間，照順序全部攤平在桌上。

親愛的喬瑟佩：昨天我完成《秋》的最後一個樂章，之後我將譜讀過一遍，十分安心入睡了。我喜歡你的十四行詩，從慶祝豐收的歡快舞蹈，到秋高氣爽酣眠，突然轉到狩獵，動物四下竄逃，多麼豐富，對我又是多麼大的挑戰。但我相信自己做得不錯。你讀譜後一定要給我意見……

「這表示他有把《秋》的總譜寄給尚遲明。」他停下翻譯，轉向陳怡棻，「你在摘要裡加上註記，這封信可能本來有樂譜，只是遺失了。」

陳怡棻點點頭，照樣在電腦上輸入，卻突然停了下來。

「神父，應該不是遺失了。」她轉頭看他，「信都留著，譜怎麼會遺失？一定有保留下來吧。像《春》就有十幾頁。」

「最初可能有保留下來。但後來離開中國，不見得有把樂譜帶走。」

「為什麼？樂譜很重要啊！」

「但國共內戰的時候，韋瓦第已經恢復名氣，《四季》的樂譜不難弄到。」

「作曲家親筆欸！」

「韋瓦第手稿保留下來的並不太少。也許當初北京的神父們覺得沒必要刻意多留一份。」

「好吧。」陳怡棻回頭面對電腦，「等我一下喔，我加上註解。」

她顯然對這解釋感到不服氣，微微嘟起嘴巴，神情有點可愛。他望著她的側影，第一次注意她有耳洞，戴著纖細漂亮的耳環。她鬢角有點亂，可能是風吹的，微彎的長髮分散披在肩膀和後背。她椅子只坐一半，另一半被黑色防水背包佔據。他走到她旁邊，幫她把背包移到桌上。

「欸？」她吃了一驚，抬起頭來。

「椅子不要只坐一半。小心摔下來。」

「喔……」她趕快拉椅子調整坐姿。

「你是不是有點緊張？」他輕拍她肩膀，「我不是你的老師，也不是在責備你。」

「呃，因為……可能因為你是神父吧。」她直視電腦螢幕，面無表情繼續打字，但很明顯臉紅了。

他轉身往房間另一端踱步。

他不是第一次在年輕女孩臉上看到這種神情。作為神職人員，他的年紀和外貌給他找了不少麻煩。他知道有些女生把他當成可以喜歡或投射幻想的對象，接近他不單純為了接觸信仰、學音樂或義大利文。以他的身分和使命，他不可能拒絕別人抱著這類名義來找他，只是難免無奈襲上心頭。

他停下腳步，雙手收進長褲口袋，仰頭看著高高的天花板。

你不會永遠是這個年紀，也不會永遠是這個外貌，再過幾年，年輕女孩會有新的追逐對象，你就不用煩惱這些了。

「神父？」

「嗯？」他站在原地背對著她，還是抬頭看著天花板。

「我想問你一個私人問題，但不是要探你隱私，我是想當作參考，好處理我自己的問題。」

他回頭看著她，不很確定是否理解她的意思。

「你說，進了耶穌會以後，還喜歡過一個女生，而且現在也喜歡她，那……喜歡但不能追求，心裡會不好受嗎？」

他臉色緩和下來。

「你有喜歡的人？真的喜歡就去追求啊。」

「但是……」陳怡蓁低下頭，「哎呀，反正有一些理由，可能不要追求比較好。」

「你問我好不好受沒有用。我好不好受，不代表你好不好受。」

「就……想有個參考，才不會那麼茫然。」

他想了一下，「有好受的時候，也有不好受的時候。我還沒有走到昇華一切情感的程度，當然有時候會想念，只是我可能比你多一些寄託。」

「音樂嗎？」她輕輕嘆了一口氣。

「還有禱告。」

「禱告……」她更加嘆氣，「我不會禱告。沒禱告過。」

「禱告沒什麼方式。你如果想知道更多禱告的事，我們完成今天的工作再說。等下一起吃飯。」他回到攤開的信件前。

「神父你跟人家約六點一起吃飯欸。」陳怡棻提醒。

他呆了一秒，禁不住笑起來，連連搖頭，「我最近怎麼搞的，忘東忘西的。」

「改天等你有空再說吧。」

他去門口的衣帽架拿手機，一邊回撥電話一邊點頭。

「那個是訪問，不要緊，我跟她改時間。」

「那怎麼好意思……」陳怡棻連忙站起。

「沒關係。」他微微一笑，用手比一下腦門，又握拳敲一下胸口，「關於心的事最要緊。我們是工作夥伴，當然優先顧慮你的需要。」

那天傍晚他們結束工作，前往西班牙餐廳之前，他回辦公室拿來一本迷你的英文版耶路撒冷聖經。

「想看就看看。」他和陳怡棻一起跨出耶穌會。風比下午大得多，也更涼了。

「我不看的話，不就浪費你的聖經了嗎？」她雙手捧著巴掌大的迷你聖經。

「不會。」他稍微拉起風衣領子，「人生路上沒有白費的步伐。」

天色正在黑去，風中落葉旋舞，遮去還不很亮的街燈，好像陰鬱的電影場景。他們轉進小巷，遠遠可以望見西班牙餐廳的招牌，金黃溫暖，隱身小樹叢暗影背後。

羅馬帝國埃及省。亞歷山大城市巍然，港灣，燈塔，圖書館。繁華、智慧與罪孽同在。修士從沙漠走來，在喧囂與燈火中望見名妓泰綺思紙醉金迷的生活。罪惡的靈魂，渾然不覺青春短暫，地獄之火卻是永恆。修士苦口婆心，引導她擺脫世俗情慾和享樂，當她成為虔敬的修女，他卻迷惑於她青春美貌，臣服在愛情腳下。罪人泰綺思獲得寧靜和救贖，修士卻墮入地獄。從那時候到現在，青春與愛情消逝了，文明也消逝了，只留下無謂的沉思，連同最後一個音符，淡入時光深處……

天色全黑了，巷內有些昏暗，只有西班牙餐廳透出明亮燈光。站在三級石階下，招牌燈金黃光暈裡，聽著《泰綺思冥想曲》小提琴尾音淡去，他不知何故興起恍如隔世之感。

他不禁搖頭失笑。這家餐廳平常都放〈Bésame mucho〉之類歌曲，今天卻一改風格，突然放起悠揚的弦樂。他走上階梯。王玉玫坐在吧台邊認真讀稿。這是近期內第三次見面，她本人還是顯得有些羞怯，不像電話中那麼事務性，那麼俐落。

「抱歉，」他說，「請你先過來這邊，結果我遲到了。」

王玉玫看了一眼手機時間，「還好，才幾分鐘。」

「想吃什麼？」他在吧台坐定，接過服務生遞來的 menu。

「都……可以。你決定就好。」

他點了幾樣 tapas 和海鮮燉飯，自己點了紅酒，王玉玫要了酒精濃度很低，近乎果汁的檸檬啤酒。服務生收走 menu。她把稿子放在他面前。

「這是訪問稿。請你先過目。」

一共三張Ａ４列印紙，內容應該還不到三千字，標題「落入凡間的音樂天使」讓他一看就皺眉。

「呃……」她注意到這微小表情，立刻緊張起來，「是不是標題不好？」

他抬眼一笑，「我是普通人，不是天使。」

> 還沒見到范哲安之前，你可能按照巴洛克大作曲家韋瓦第的形象來想像他。他們都是小提琴家，也都是天主教神父。畫像裡的韋瓦第戴著莊嚴的白色假髮，披著鮮艷的紅色外衣，眼神溫和但有距離感，范哲安卻很平易近人。他不只是耶穌會神父，分擔修會的工作，也在耶穌會神學院教義大利文，還是台北音樂學院助理教授，深受學生喜愛。唯一給人距離感的可能是他電影明星般的外貌……

他迅速讀完不大高明的訪問稿，面帶微笑抬起頭，手在稿件上拍了兩下。

「辛苦你了。」

王玉玫瞬間臉紅了。

「我是不是寫得很差？」

「我沒這麼說啊。」

「其實……」她低下頭去，「主編說我寫得很爛，他叫我給你看，照你的意思改。」

很爛倒是不至於，只是有點沒宗旨沒靈魂，會寫成這樣，也許是對主題欠缺想法，又或者是根本沒有興趣。他考慮了一下，設法將這意見婉轉表達出來，沒想到她不以為忤，反而大起共鳴。

「神父你真厲害。」她膽怯看他一眼，又馬上移開目光，「我最近對信仰的事……總之我很困擾。」

餐廳裡人聲光影交錯，在他們身後織出迷離羅網，舒適溫暖，他卻能嗅到某種艱困氣息。

「什麼困擾？」他彷彿坐在聖堂內，狹小的告解座裡。有人前來告解，已經開口了，卻又期期艾艾。

「最近……我跟一個修士走得很近。」

「嗯？」

「工作上遇到，後來保持聯絡……最近常一起出去……」

她聲音越來越小。他目不轉睛看著她漲紅的側臉，等她自己往下說。

「我跟他一起去九份喝茶，看夜景，看了一整夜。這樣已經三次了。」

「有發生什麼事嗎？」

「沒有……」她右手捏左手袖口，「只是感覺……怪怪的。」

「怎樣怪？」

「我想問他，到底我們是什麼關係，但我不敢……」

「你為什麼告訴我這件事？」

「因為你是神父，我想你比較懂……」

「玉玫。」

「嗯？」她用指甲掐著針織衫袖口，掐出一條細細的印子。

「你可以看著我嗎？」

她茫然抬起頭。

「你聽我說。」他輕拍桌面，「我了解這件事在你心裡是負擔，你很想找人說出來。你已經對我說了，我能理解你的心情。不過，你們之間有些曖昧，這部分我建議你不要再告訴別人。」

「為了保護他嗎？」她有些失望，再度轉開目光，「你連他是誰都不知道，因為他是修士就要保護他？」

「是因為你們之間沒有真的發生事情。」

「那萬一發生什麼呢？」她焦躁起來。

「發生了什麼，你才應該來找我。」

她回過頭來，「為什麼？」

他露出鼓勵的微笑，「當然是為了保護你。真的發生事情，你不知道該怎麼辦，那時候不找神父要找誰呢？」

王玉玫點點頭，陷入沉默，好幾分鐘都不說話。他安靜的喝紅酒，安靜看著她。

「神父，發生事情的話，真的可以放心告訴你嗎？你會為我著想嗎？」

「當然。」

「那……其實，昨天我們又一起去九份。」

他放下酒杯。

「他抱我，親我……還……滿長時間。」

「後來呢？」

「後來繼續喝茶，他一直牽著我的手。但到底這是什麼意思，他什麼也沒說。」她的眼眶紅了。

「你怎麼想呢？」

「我想知道這到底是怎麼回事……」她勉強講完，趴在桌上啜泣起來。

他嘆了一口氣，向後靠著椅子。她頭髮亂了，披散在肩，隨哭泣顫動。

背景音樂又回到《泰綺思冥想曲》。琴聲悠揚，好像一縷繚繞薰香。他略微抬頭，看著倒掛吧台上方形狀大小各異的玻璃杯。思緒一半沉入音樂，還有一半在琴音表面飄浮。

六分鐘後小提琴淡去，之後是巴哈無伴奏大提琴組曲。他重新在高腳椅裡坐正，伸手輕拍桌面。

「玉玫，關於這件事，如果你想聽建議，我可以給你建議。」

他安靜等著，王玉玫果然慢慢起身，拿面紙擦拭眼淚。

「修道，神職，這是一條很長的路，每個人都難免面臨考驗。我不認識這位修士，不知道他心裡怎麼想，但他和你親近，又什麼都不說，應該代表他也茫然。」

「他也茫然？」她呆呆重述他的話。

他考慮了幾秒，「我這麼說吧——不管他怎麼樣，重點是你自己要怎麼做。你要了解，他不是一般人，他可能正在修道和感情之間猶豫。他可能選擇兩者之一，或者就一直猶豫下去。但那是他的路，不是你的路。你的選擇不應該以他的選擇為前提。」

王玉玫吃了一驚，「這是什麼意思？繼續這樣下去？他這樣選的話，難道我也可以這樣選嗎？」

「當然。」他點頭，「有什麼問題嗎？安全的路，冒險的路，愚蠢的路，聰明的路，都是可能的選擇。」

「如果我去勾引他，讓他違背誓言呢？這樣……我有罪嗎？」

「根據天主教教義嗎？」他點頭，「有。」

「萬一我真的這樣做了，有一天會下地獄吧，照你們的說法。」她苦笑。

「你害怕下地獄嗎？」

「真有地獄的話，誰不怕？」

「你可以來找我。」

「嗯？」她茫然望來。

「你可以跟我講。至少我會告訴你：這不是罪大惡極，是可以原諒的事。」

她眼睛又紅了。

「玉玟，記得，」他抬手憑空比了一下，「世間沒有不能原諒的罪惡或過錯，不論大小。只要願意認錯，就都可以原諒。對他是這樣，對你也是這樣。」

王玉玟彷彿結凍，睜大眼睛看著他。淚水再度湧出眼眶，滑下臉龐。

光憑這麼傷心的神色，他可以想像得到，所謂看了一夜風景，大概不只是牽手擁抱親吻。修士或許沒有逾越最後的界線，但親近的程度已經讓她無法承受了。

他跳下高腳椅，走近輕拍她肩膀，表示情感上的支持。她咬著嘴唇，靠在他肩頭哭起來。

「神父……」她嗚咽著，「有沒有可能他根本就在玩弄我？說不定他對別的女生也這樣？」

「當然有可能。你相信是這樣的話，可以告訴他的上級，或者你要告訴我也可以。」

「我不告訴任何人呢？」

「那等於你對他寬大，給他好好思考的機會。」

兩分鐘後她停止哭泣，他也坐回原位，繼續喝了一半的紅酒。

他又抬頭看著吧台上方，倒掛的玻璃杯倒映屋內人物，扭曲變形。這可能就是世間縮影。原本就是哈哈鏡般的虛像，又因觀看愈加波動。觀看的行為本身擾動現實。

這個夜晚似乎比平時漫長，雖然晚餐八點就結束，沒有影響他晚上冥想禱告。十一點左右他關掉臥室燈，窗簾全部拉起，一片漆黑中在床上躺平，閉上眼睛。他聽見自己的呼吸，起初平靜，不知不覺變得急促。

啊，羅莎，親愛的……他緊抱著她，雙手摩挲她單薄的夏日襯衫。她長裙散開，雙腿與他交纏。他雙眼緊閉，臉埋入她胸口。她的襯衫扣子幾乎全開了，胸罩蕾絲邊搔癢他臉頰，豐腴乳房上下起伏，與他呼吸同步。

深夜無人的樹叢底部，他緊抱著她。愛情，慾望，像潮水一樣淹沒他。她再度貼上他的嘴唇。他吸吮她柔軟的嘴唇和舌頭，從來沒有這麼清楚意識到自己如此貪戀甜美。羅莎，你是我的玫瑰，世上最艷麗的玫瑰……

她解開他的襯衫，親吻他胸膛，多麼甜蜜的挑逗。她緊貼著他，手指糾纏他頭髮，另一手解開他的皮帶和鈕扣，伸進長褲裡。她握住他的那一刻，他無法克制那一聲呻吟。

「喬瑟佩親愛的……」她輕咬他耳朵，在他耳邊喘氣，「喬瑟佩……」

「羅莎……」他感覺全身毛孔張開，草地涼意滲進身體。

「喬瑟佩我愛你。」她的氣息也帶著玫瑰花香，令他徹底迷醉，「我想要你。你要我嗎？」

「我……」

「我已經想好了，只要你願意，我也願意。」

「羅莎，我愛你……」

他猛然睜眼。他獨自躺在深夜的耶穌會，他的房間裡。周遭一片死寂，眼前全然黑暗，只有他自己平穩的呼吸。

冬

L'inverno

親愛的安東尼奧：曼圖阿冬日不同於威尼斯潟湖，想必是一片寒凍原野。我想像你行走於冷風，克制不了牙關相叩。你勉力維持步伐，終於回到家中，壁爐溫暖安慰你的心。你在火旁看書，寫信，和我分享冬日見聞。這個冬天時有滂沱大雨，有時河面寒凍結冰。小孩在冰面嬉戲，你常在窗口提醒他們小心冰裂。這樣一天一天過去，直到某日敲叩門窗不再是寒凍冰雪，而是溫暖的南風。

11 暗戀，與布莉姬妲傳說

陳怡蓁

天空與海面同等迷濛，威尼斯的潮水遁入青灰，黑衣教士迎風行過聖馬爾谷廣場，一頭紅髮被刺骨北風吹起，溫暖觀者被風冰凍的眼眶。

那是一七〇三年，二十五歲的安東尼奧．路其歐．韋瓦第晉鐸之年。也是那一年，他開始在慈悲孤兒院教授音樂，孤苦無依的女孩得以習來一技之長，或許能夠扭轉惡劣的社會地位。一年後他因常犯氣喘，豁免堂區彌撒工作，更能專心作曲和教學。

雖然免去彌撒工作，但除了拉小提琴或提筆譜曲，他總是玫瑰念珠不離手。威尼斯人尊敬他的神職，愛慕他的音樂，更喜歡他烈焰般的頭髮，暱稱他「紅髮教士」。這樣一名年輕貌美的教士，且自少年時起就是炫技小提琴手，恐怕很難不引起孤兒院女孩愛慕。

韋瓦第信中提到的布莉姬妲，或許就是這樣的女孩。

布莉姬妲和兩名神父是何關係，在音樂上似乎並不重要，但信中簡短提及這個名字，隱約暗示她是韋瓦第和尚遲明翻臉原因。之後兩人天各一方，反倒言歸於好，尚遲明對韋瓦第提出作曲挑戰，最後成品是如今舉世聞名的《四季》協奏曲。若是這麼一想，就不能單純以無聊八卦駁斥布莉姬妲與兩名神父的關係。

韋瓦第、尚遲明、布莉姬妲的三角關係佔據陳怡棻心思。她期望在耶穌會檔案室獲得足夠資料，好將發現寫成論文，以書信佐證推論，將《四季》作為信仰的實踐來理解。但入冬後他們沒再發現韋瓦第寫給尚遲明的信。一七一七年，韋瓦第接受曼圖阿總督延攬，出任尊貴的宮廷音樂教師，離開了威尼斯。他關於十四行詩和譜曲的信都寄自曼圖阿，信中卻不再提起布莉姬妲。這讓陳怡棻感到煩惱。在沒有更多證據的情況下，她的論點至多算是揣測。

除了缺乏進度令人沮喪，每週至少見到范哲安兩三個小時，對她來說也成了困難工作。她從初次見面就受到范哲安吸引，起初佩服這個青年神父，而後逐漸傾倒於他的氣質與才華。昨天她在最新一期《弦樂》雜誌讀到范哲安的專訪，文章介紹他的音樂與神學之路，形容他是「落入凡間的音樂天使」，稱讚他外貌出眾有如電影明星。兩個跨頁的文章搭配三張照片，兩張是他在拉小提琴，另一張是熱鬧的派對，正中央是一名衣著體面的長者，手拿紅酒杯，笑容滿面，旁邊一左一右站著范哲安和一個美麗少女，圖說寫著：「范神父獲得米蘭威爾第音樂學院最高演奏文憑，與他情同父子的老師瑪利歐・蒙戴里尼為他舉辦慶祝派對，圖左為老師的女兒羅莎。」

她想起范哲安在檔案室打的那通電話，他叫電話彼端的人「我親愛的羅莎」，將這親暱言語出口同時，他顯得格外容光煥發。

「羅莎……」她站在書店雜誌架前，忍不住用指頭觸碰頁面上的羅莎．蒙戴里尼。好美的女孩，一頭棕髮漲滿陽光，微翹的嘴唇紅得那麼自然。這大概就是天生麗質。她和范哲安中間隔著瑪利歐．蒙戴里尼，反而顯得兩人非常親密，就像一對佳偶與家長合照。

羅莎．蒙戴里尼一定就是他曾提起，至今依然喜歡的女生。他可能把感情放在心裡，但這感情沒有隨他離開義大利而淡去，那是確定的。

她竟然為了素未謀面的羅莎．蒙戴里尼煩惱起來，更糟的是她知道她根本沒有煩惱的立場。羅莎．蒙戴里尼的形象令她失落，但就算沒有羅莎．蒙戴里尼這個人，范哲安是許下誓願的神職人員，她根本不應該對他抱有任何幻想。

她呆立書店架前許久，最後買下雜誌，默默回家。雖然那篇訪問寫得不怎麼樣，睡前她還是把文章又讀了一遍，望著他拉小提琴的照片發呆。正式的黑色禮服，光亮的小提琴，古老教堂裡溫馨的小型音樂會，白晝光亮透過花窗灑落所有人，彷彿天賜平安，像是太過美好反而令人不安的夢境。

她就這樣睡著了，醒來發現雜誌落在枕邊。今天下午要去耶穌會讀檔案。讀過報導看過照片以後，對於再見范哲安竟然有些心虛。

這是十二月初台北常見的陰霾日子。雲層很厚，濾去大半日光，不像會下雨的樣子，空氣平靜但有一股凝重感。她呆立人行道上，觀看這街景，直到路加過馬路走來。他雙手捧著一個紙袋。

「在這裡遇到太好了！」路加興高采烈，「今天是神父生日，三十五歲，我買了蛋糕，等下給他驚喜，就說是你買的。」

「為什麼要說是我買的？」她感到莫名其妙。

「神父不大熱衷過生日。我去年給他驚喜，他當場接受，事後還是埋怨我。」

「那說是我的話，他不就要埋怨我了嗎？」

「不會的。」路加很有信心，「神父對外人都很好，對我們比較嚴格。」

原來我是外人。她暗自嘆氣，隨路加走進耶穌會。

范哲安已經在閱讀室等著，看到路加手捧顯然是蛋糕盒的東西領陳怡棻進來，臉上立刻出現「你又來了」的表情。

「哎神父，不是我喔……」路加馬上辯解。

「是我啦。」陳怡棻舉起手，「上次聽 Luca 提到今天是你生日，就……幫你過生日，謝謝你的照顧。」

范哲安對這說詞有點懷疑，但還是起身道謝。

「不好意思讓你破費。」他從路加手中接過蛋糕放在桌上，回頭對她一笑，「改天請你吃飯。」

「啊，不必啦……」她突然心頭一緊，不知道說什麼才好。

「照理說檔案室不能吃東西……」他看了一下遠在桌角的紙箱，搖頭笑了，「算了，沒關係，就這樣吧。」

路加打開盒子。是精緻的方形水果蛋糕，五顏六色，鮮艷又不失清新，上面插著小巧玲瓏「3」和「5」的數字蠟燭。

「好漂亮。」范哲安對她報以讚嘆的笑容，「女生選的就是不一樣啊。」

「啊是嗎？」她低頭支吾，暗地佩服路加細心。

路加小心點上蠟燭，跑去門邊關掉大燈。整間閱讀室落入黑暗，給人微小燭光冉冉而起的印象，原本寬大冷清的空間突然顯得非常溫暖。

「要唱生日快樂歌喔。」路加高興的拍手領唱。

「祝你生日快……」

第一句還沒唱完，范哲安手機響了，他立刻接起來，向他們使眼色道歉，轉身走到最遠的角落，身影脫離燭光，陳怡蓁幾乎看不見他，但電話剛接起來時，她隱約聽見一個年輕女子嗚咽著叫「神父」。

「嗯，」他在角落低聲講電話，「你過來要多久？好，那你過來，我們當面說吧。我在樓下聖堂等你……你放心，我一定比你早到。」

結束通話，他再度走入燭光範圍。

「真抱歉，」他嘆了一口氣，「臨時有點事。我等下去見個人，處理一下。」
「哎呀神父就是這樣。」路加一臉見怪不怪，「簡直有求必應。」
「什麼有求必應？」范哲安白他一眼，是跟極熟絡的人才有的表情。
「吃完蛋糕再去吧。」路加說，「去多久啊？你跟陳小姐今天有三個半小時，不會全部挪去跟人談話吧？」
「不會的，談話頂多半小時。」他轉向蛋糕，不等他們再唱生日快樂歌，爽快吹熄蠟燭。
「呀，神父，不講一聲，燈在門那邊，萬一我跌倒……」路加摸黑走向門口，范哲安拿手機替他照明，轉頭對陳怡棻一笑，「Luca總是抱怨我。我真的該檢討了。」
三人慶生派對進行了大約十五分鐘，吃掉一小半水果蛋糕。范哲安看著手錶，交代路加留下，自己起身離開了。
「是教友找神父幫忙嗎？」陳怡棻好奇的問。
「還不一定是教友咧。」路加笑了，「任何人找他，他能幫都會幫的。」
「你是教友嗎？」
「是啊，而且我正在考慮，要不要加入耶穌會。」
「咦？你也想當神父嗎？」她大感驚奇。
「不一定要當神父。我更想一輩子當修士。」

「為什麼呢？」

路加拿塑膠小叉子輕戳免洗盤邊緣，「我想在修院安靜過日子。從小我就不喜歡和人接觸，或者說，我只喜歡和我喜歡的人接觸。」

「大家都是這樣吧。」

「我可能更嚴重一點。」

「看不出你這麼孤僻欸。我一直覺得你很親切。」

路加笑了，「因為跟范神父一起工作的關係吧。神父其實也滿孤僻的，只是他EQ很高，也有修養。我當他助理以後真的學了很多。」

「真羨慕你有好老闆。不像我的指導老師，每天忙外務，根本不理我。」

「你在這邊讀信，也是神父幫你啊。他等於你的老師嘛。」

「也對。」

她幫忙收拾免洗餐盤，陪路加把剩下的半個蛋糕拿去范哲安辦公室冰起來，下樓梯時他突然嘆了一口氣。

「剛剛那個人最近找神父好幾次了。」

「你知道是誰嗎？」她抬頭看路加。他看來實在很像青少年，難以想像已經二十四歲，還想當終身修士。

「好像是之前來訪問神父的王小姐。可能遇上什麼麻煩，最近經常找神父訴苦。」

「王小姐……也是教友嗎？」

「不知道。神父不會轉述人家的事。」

這勾起陳怡菉的好奇心。她藉口如廁，偷偷下到一樓。下午的穿堂沒有開燈，教堂大門敞著，裡面也沒開燈，只有淡淡日光從花窗透入，隱約可見遠端靠近聖壇的椅子上坐著兩個人。她悄悄溜進教堂，躲在最後一排，斷斷續續能聽到談話。

「為什麼最後還是這樣呢？」范哲安的聲音。

對方本來就在啜泣，現在哭了出來。

「我拒絕不了……我喜歡他……我知道這樣不對……」

「你們有避孕嗎？」

「沒有……」

「沒有把握的話，你還是先驗孕比較好。」

「神父我該怎麼辦？」

「這只有你自己能決定了。但你得先整頓心情，冷靜下來，不然也沒辦法做決定。」

「嗚……神父……」

女子哭得很傷心，整個人往范哲安懷裡靠。他立刻起身，往旁退開兩步。

「玉玫，最近你來找我都……這真的很不妥當。你跟修士的事，我能給的意見都給了，接下來就看你自己。如果情緒真的太糟，有需要還是得尋求專業協助，好嗎？就先這樣了。你保重。」

他轉身就走，陳怡蓁來不及閃躲，和他打了照面。他本來就不大好看的臉色瞬間變得更糟。他直直走到她面前，做手勢要她跟上，然後轉身跨出聖堂，一直走到穿堂遠端通向中庭花園的門口。

他一手靠著門框，望著冬天略顯冷清的中庭，又轉過來看她。

「你知道我和人約在聖堂談話？」

她想否認，又覺得此時說謊更加可恥，掙扎了幾秒鐘，終於點頭。

「你好奇來偷聽？」

她苦著臉點頭，「對不起……我……」

他嘆了一口氣，「好了，這件事情就算過去了。我們回去工作吧。」

她驚訝的看著他。

「剛才聽到的，就請你當作沒聽到，好嗎？」他臉色緩和下來。

意外知道范哲安生日，意外替他慶生，結果這天工作以窘迫收場。傍晚離開時，她想再說一次生日快樂，卻沒有膽量開口。她相信自己在他眼中已經變成差勁的人，只是就像路加說的，他EQ高，有修養，才沒有對她動怒。回家的一路上她都在想，也許路加不會再來電約時間了。也許范哲安想要好來好散，才把今天約定的工作做完。

她抱著煩惱上公車，下公車，走過小巷，踏上防火梯，來到四樓，李彥行窗外。他坐在沙發上研究樂譜。客廳只開一盞昏黃檯燈，充滿家的溫暖。

這段時間以來，不管在耶穌會讀到什麼，她都信守承諾沒有告訴任何人，也沒有告訴李彥行。但現在她想把心頭煩惱向他傾訴。他是她最親近信賴的朋友。她只要不提書信內容就不算食言。

她推開窗戶跨進屋內。

「回來啦。」李彥行扔下樂譜。「吃飯嗎？」

「我想跟你聊聊。」她拖著腳步走到沙發旁，放下背包，抱膝坐在他面前地板上。李彥行塞給她一個抱枕，也溜下沙發，在地板上跟她對坐。

她說了聖堂內的窘境。重述這狀況讓她既懊惱又羞恥，說的時候眼睛一直盯著地板。

「你覺得偷聽人家講話，道德有虧，又被當場抓包，很糗？」他問。

她點頭。

「不是吧。」他搖頭嘆氣，「你會覺得這麼不舒服，不是道德問題，你是喜歡范哲安，怕他討厭你吧。」

她抬頭瞪大眼睛看他，說不出話來。

他用拳頭輕搥地板，「別傻了，他是神父，你再喜歡他也沒用。」

「我沒有……」

「還有，他不一定是你想的那種人。」

「什麼意思？」

「我聽說……他不是很正派。」

「你聽誰說？」她想起聖堂內的情景。叫做玉玫的女人往范哲安懷裡靠，他馬上起身走了。

「音樂界的傳聞。」李彥行將臉轉開，「聽說他在義大利有祕密情人。」

她從背包拿出那本《弦樂》雜誌，翻到有羅莎．蒙戴里尼那一頁，遞給李彥行。

「你是說這個人嗎？這是他老師的女兒。」

「我知道。我還看過其他照片，他跟這個女生的。親吻的照片。」

「接吻？」她大吃一驚。

「不是，是這個女生親他的臉。」

「歐洲人不是會貼臉親臉頰嗎？」

「不是那種。」

「親臉……還好吧？」

「是嗎？你去親他一下？你親他他不躲的話，那是什麼意思？」

兩人沉默下來。她慢慢站起，拿起雜誌和背包走向窗戶。

「怡菜，先吃飯吧。」李彥行在她背後說。

她搖搖頭，從窗戶出去，慢吞吞走上五樓。

十二月初的台北，天黑之後依舊陰霾得無以復加。

慈悲孤兒院數十個孩子當中，有個十歲女孩最引起韋瓦第注意。她身材瘦小，一雙睛惹人憐愛，修女集合大家來見韋瓦第神父時，只有她躲在角落，半低著頭，極為羞怯。這孩子叫做布莉姬妲，膽小敏感，似乎很怕犯錯。隨著韋瓦第到來，她開始學習小提琴和歌唱，慢慢變得比較開朗。韋瓦第特別愛護弱小的布莉姬妲，因此孤兒院裡大家都戲稱她「紅髮神父的女兒」。她十五歲那年，耶穌會士喬瑟佩．尚尼諾神父從羅馬返回威尼斯，到孤兒院探望摯友韋瓦第，初次見到布莉姬妲，對她的音樂天賦大為讚賞。

那一年，威尼斯總督之子卡爾納羅偶然出席一場音樂會，見到拉小提琴的布莉姬妲。隔天他就親臨慈悲孤兒院，要為他的幼妹聘請布莉姬妲為音樂友伴。作為音樂教師的韋瓦第還沒開口，同時在場的尚尼諾就說，很抱歉，閣下，布莉姬妲已經答應慈悲聖母修院邀請，去跟修女們作伴，修院那邊一安排好，她就要搬過去了。

卡爾納羅拂袖離去後，尚尼諾也起身告辭，被韋瓦第追了出去。

「喬瑟佩！你為什麼撒這樣的謊？」他在孤兒院外拉住尚尼諾。

「難道你看不出卡爾納羅的居心？」尚尼諾回頭瞪著他，「什麼為了他妹妹，根本就是他想染指布莉姬妲！」

「喬瑟佩，」他吸了一口氣，「要不要進總督府，應該由布莉姬姐自己決定，你憑什麼替她回絕？」

「我怕她進了卡爾納羅的門，就再也走不出來了！」

「喬瑟佩，我依然是你最好的朋友嗎？」他突然岔開話題。

「那當然。」

「那麼，你和布莉姬姐的事……為什麼到現在不告訴我？」

尚尼諾的臉白了。

「我看到你親吻她。我看到過兩次。」

「安東尼奧……」尚尼諾往後退了一步，轉身要走，被韋瓦第抱住手臂。

「喬瑟佩，我希望你信得過我。我不會告訴任何人。」

「但你有話想說吧？」

韋瓦第嘆了一口氣，放開尚尼諾。

「你若堅持要布莉姬姐去慈悲聖母修院，她也同意的話，我作為音樂教師，沒什麼好反對。但我希望你三思。不論看到你做了什麼，我都不會背叛你，說於你不利的話，但若修女們看見什麼，不只你受懲罰，布莉姬姐的名譽也徹底敗壞了。你若真心喜歡她，就不該這樣對她。」

他回頭要走，這次輪到尚尼諾伸手拉他。

「安東尼奧，你以我為恥嗎？」

他搖頭，「你是我最親愛的朋友，是這世上我最不可能引以為恥的人。」

喬瑟佩，還記得那之後我們沿著廣場散步，談論的一番話嗎？我們談到對凡塵俗世的願望和慾望，你問我，難道我就沒有那些煩惱？我怎麼可能沒有？有時候我甚至想，或許我也曾經對布莉姬妲由憐生愛過。只是我比你幸運，當大家都喚她是我的女兒，我也就成功將她當作女兒看待了。每個晨光當中，我面海禱告的時候，總是想著你，和你心裡的煎熬。你熱情親吻她，我只消一瞥就能看清，那當中除了對她的愛情，還有你抹不平的慾望。這慾望或許會淡去，或許不會，但少女含苞的歲月短暫，她奉獻給你，就不能奉獻給任何其他人。當時我問你，你會為她還俗嗎？不會的話，又怎能期望她為你犧牲往後一切，幸福婚姻，美滿家庭？

喬瑟佩，與其說我關切布莉姬妲，不如說我關切你。你若真踏下無可挽回的一步，日後沉溺於悔恨無可自拔，屆時我能做什麼呢？如今我懊悔當時沒向你把話說得更清楚，以至於你以為我背後慫恿布莉姬妲離開你。親愛的朋友，我一點也不記恨你帶走我的小提琴。我痛心的是你竟然不告而別，而且一走就去了我難以想像的遠方，恐怕此生再會無期。

陳怡蓁坐在閱讀室桌前，目不轉睛看著電腦螢幕，生怕目光稍有飄移就被誤會。

上週的讀信工作窘迫收場，那之後她就情緒低落。她認為范哲安不會再和她一起讀信了，沒想到隔天就接到路加電話，約了三天後去讀信。

「我找到幾封韋瓦第的信，神父大概讀過，說跟你的研究有關，交代我儘量跟你約早一點。」

范哲安似乎並不惱怒她魯莽無禮，或者他真的寬宏大量全不計較。總之她一口答應路加約的時間，儘管那是晚上，她當天就得先向 piano bar 經理請假。

今天她抱著滿心期待來到耶穌會，出門前還花了心思打扮，穿上她唯一一套馬術風格的冬裝，繫上深紅色領巾。范哲安看到她跟著路加踏進閱讀室，似乎對她的裝扮感到意外，不過下一秒就露出微笑。

「你今天好漂亮。」他似乎是誠心這麼說。她立刻臉紅了，低聲道謝，又在心裡胡思亂想。他稱讚得這麼自然，大概正因為對我一點意思也沒有。

讀信翻譯的工作開始了，她總算收束注意力，把他的翻譯照樣輸入。

「關於 Brigida 的真相就是這樣。」他將一封長信譯完，轉頭看著她。

「你的意思是說，我要寫論文的話，用這封信來證明他們翻臉的理由就夠了？」

他點頭，「你當然可以繼續找其他的信，但已經不是必要的了。」

她不很確定這話中含意。是暗示她停止讀信嗎？

的。」

「但你要繼續讀的話，我當然很樂意繼續。」他說，「反正我要整頓這些信。」

「好啊好啊……」她馬上附和，又覺得太過明顯，有些臉紅。

「我們看下一封吧。」他轉向攤在桌上的另一封信，「這封是一七一六年，威尼斯寄出的。」

我親愛的喬瑟佩：

思索良久，我還是決定將這消息告訴你——布莉姬妲因為肺病過世了，還來不及找到一個愛她的人，過幸福的日子。我主持她的喪禮，卻忍不住落淚。突然間海風好冷，我想起童年犯氣喘特別嚴重的那個冬天，多虧你一直陪著我，病榻上才不太過無聊。我終究還是在記憶裡將你和布莉姬妲緊密聯繫在一起，才會有此想像吧。

我從來不曾像此刻這般懷疑自己。一連幾夜我自問，如果當初我積極鼓勵她去慈悲聖母修院，今日是否就會不同。啊，喬瑟佩，原諒我，請你原諒我……

「神父？」她似乎聽到范哲安哽咽，抬頭一看，他神色正常。

「真悲傷，是嗎？」他搖頭嘆息。

她突然心有所感，「當神父真的有那麼多掙扎嗎？」

「看人吧。但人性總有共通之處。」

「那神父你呢？」

他轉頭一笑，「我說過的吧？我還沒到昇華一切情感的程度，當然還是有心中不盡如意的時候……」他突然想起什麼，「對了，你之前說喜歡一個人，有去追求嗎？」

他果然不知道那個人是他。陳怡棻不禁臉紅。

「沒……呃……還在想……」

他露出理解的微笑，「凡事謹慎是好的，但也不要猶豫過度，錯過了時機。」

書信拼湊布莉姬妲的形象，和兩名教士圍繞她的誤會衝突。韋瓦第的信情深意真，即使談論的是三十歲的尚尼諾神父和十五歲孤女布莉姬妲的不倫戀，也不讓人感覺是八卦事件。他寫的是一個普通人的內心煎熬，信仰與神職的道路被突來愛戀打擾，下一步該怎麼走？天主旨意要向何處找尋？是否將一步踏錯而墮入罪惡深淵？作為神父，尚尼諾有權代恕世間罪惡，但他能否為自己求得原諒？旁觀的韋瓦第比任何俗人都能感同身受這疑懼和拉扯。

我記得，你不告而別離開威尼斯後，有好長一段時間，我經常獨自看海，猜想你去了哪裡。那時我持續譜寫小提琴奏鳴曲。我常常回頭去看第一首奏鳴曲，特別是你給我意見的樂段。「安東尼奧，有時我覺得你幾乎就要飛離傳統，但你還是聰明的沒走太遠。」那時你這麼評論，「我相信幾年之內你就要名揚歐洲，聲名再不止於威尼西亞，居時你可以大膽創新，眾人會更加拜服在你腳下。」喬瑟佩我親愛的朋友，如今你離我如此遙遠，我才敢於向你告解：你曾迷惑於青春少女，愛情甜蜜，又在承受不了時遠走他方。但我比你不如，因為音樂追求和名聲就是我的誘惑，而我既沒有遠處可以逃避，也不知道救贖在何方。

「是不是有句話說，不要隨便許願，小心成真？」翻譯這封信時，陳怡棻問范哲安。

「好像有。」他點頭。

翻譯完後，他還看著那封信相當時間，若有所思，神情說不上凝重，卻很有分量，不只讓她相應保持沉默，甚至下意識屏住氣息。

他看著那封信發呆的原因，在那之後一週變得明朗。那天下午她隨路加踏進檔案區，隔著層層書架，聽見閱讀室傳來悠揚的小提琴聲。

「神父在拉小提琴？」她放低聲音。

「嗯，神父有音樂會，這個月底。」

「神父也辦音樂會啊？」

「以前他經常受邀，但很少答應。這次是台北音樂學院和《弦樂》雜誌合辦的活動，之前神父當他們的專題顧問，還接受訪問，所以就答應了，只是有點趕。」

「以前為什麼不接受邀請呢？」她十分好奇。

「神父覺得不該追求個人名聲吧，我也不知道。」路加搖頭，「但我覺得好像有點苛刻。神父小提琴拉得很好，演奏獲得掌聲，應該很正當。」

她突然想起上週讀到的那封信。「音樂追求和名聲就是我的誘惑」，韋瓦第信中這麼寫。他說的是世俗的虛名榮耀，而他不知如何擺脫這種欲求。這麼說來，范哲安可能也抱著同樣煩惱。

「神父拉什麼曲子啊？」她聽了一個樂段，覺得有點陌生。

「韋瓦第的小提琴奏鳴曲。」

「這是韋瓦第？」她大感驚訝，「我還以為是巴哈。」

「神父說，韋瓦第是很創新的作曲家，巴哈也深受他的影響。」

「原來如此。」

路加等范哲安練習到一個段落領她進去。范哲安正微微蹙眉審視桌上樂譜，看到她進來，稍微舉起拿琴弓的右手。

「抱歉……請再給我兩分鐘。」他說完又繼續看譜。

她想回答「沒關係慢慢來」，又覺得這情景好像應該直接閉嘴。

他看著譜，拉起之前她在外面聽到的曲調。不過他只拉了一小段就作罷，小提琴收入琴盒。

「神父你繼續沒關係啊。」她說，「很好聽欸。只是有點悲傷，好像一個人獨白。」

「A小調的曲子，很難不給人這種感覺。」他將樂譜推到桌角，「這是韋瓦第很早期的小提琴奏鳴曲。」

「是尚遲明給他意見的那個奏鳴曲集？」

「尚遲明給意見的是第一首。這是最後一首。那時候尚遲明已經走了，可能因此悲傷吧。看來他們真的是非常要好的朋友，一起長大，一起學音樂，又一起選擇神職。」

「神父，你會像韋瓦第一樣，不敢渴望名聲嗎？」她鼓起勇氣問。

這問題顯然令他驚訝，但他並不迴避，倒很認真回答。

「我的問題在於，我不是很清楚我是不是想要那些。」他抬頭望向天花板，「我知道自己的水準，不需要群眾來肯定我。有時候我想要表演，有時候也想要掌聲，但同時我又不想要別人關注。」

「真的？」這次輪到陳怡蓁驚訝，「意思是……不喜歡成名嗎？」

他聳肩，「我不知道是不是不喜歡成名，但我不喜歡被膚淺稱讚。」

「我看到《弦樂》雜誌有你的專訪。你是指那種稱讚嗎？」

「大概吧。」他一笑，「對了，月底有音樂會，solo violin，你感興趣的話，我請 Luca

給你兩張票，你可以邀朋友一起。」

「啊謝謝。」她有點受寵若驚，「Luca 說你以前很少接受邀請，現在為什麼同意開音樂會？」

「我的老師陸神父告訴我，要不要去建構自己的音樂事業，應該以自己的心意為準，而不要以現在身上的義務為準。但我不很清楚我到底想不想要那樣的音樂事業，所以……為了弄清楚自己心意，那就做做看吧。如果不能接受，我還是可以回頭繼續單純的教育工作。」

「不很清楚自己心裡要什麼……有點難以想像。」

「哦？那你想要什麼？」

她想了一下，「我想把研究做好，如果檔案研究能有重大發現更好。」

「你已經有重大發現了吧。」

她點頭，「謝謝你的幫助。但有件事我想不通。」

「嗯？」他以眼神詢問。

「韋瓦第的信裡明白提到尚遲明帶走他的小提琴，跟中文史料比對的話，那把琴應該在北京。但現在我相信 Floria Costa 的推測，那把琴應該不在北京了。」

「為什麼？」

她指著桌上紙箱，「韋瓦第的信都保留下來了，琴怎麼會沒保留下來？」

「保留下來的話，在哪？」

「說不定就在耶穌會啊。就像這些信，不去找，就沒人知道它存在。」

「小提琴在耶穌會？」他呆了一下，馬上搖頭，「小提琴不像文件，不可能隨便扔在紙箱裡。如果那把琴真的是Amati，當年就價值不菲，怎麼可能亂扔？」

「那琴去哪了？」

「我認為尚遲明託人把琴送回歐洲了。他們已經言歸於好，他應該歸還小提琴才對。這一點很難查證，除非我們找到韋瓦第來信，說他收到尚遲明託人帶回來的小提琴。」

「嗯，」她歪頭思索，「也是一種可能。」

「開工吧。」他轉向紙箱。

「對了，神父，說到《弦樂》雜誌的專訪……那個，照片，你老師的女兒……」

「嗯？」他轉過來看著她。

「那個就是你現在還很喜歡的人對吧？」

「你這樣問，好像我同時擁有韋瓦第和尚遲明的煩惱。」

「呃，我沒有這個意思。」

他微笑揭開紙箱箱蓋，「繼續工作好嗎？」

讀信寫摘要的工作開始了。今天沒有新發現，以至於陳怡蓁兩個小時之間都有些心不在焉。她身旁就站著一名神父，而且每週都會見到，她卻越來越難理解神職人員的心理。

喜歡音樂有什麼不對？因為藝術成就接受喝采有什麼不對？她原先以為，透過這些書信，她可以了解神職人員如何以音樂為信仰的道路，現在看到的似乎卻是追求藝術的罪惡感。但藝術不是榮耀上帝的手段嗎？

完成工作離開檔案區時，她向范哲安提出這樣的疑問。

「真是大哉問。」他笑起來。

「沒辦法回答？」

他們走下樓梯，來到一樓穿堂，范哲安指著敞開的聖堂大門。

「我在聖堂回答你吧。」

他帶頭入內。沒開燈的高聳空間，淡淡日光透過花窗投下紅藍綠紫。走過一排排空蕩無人的座椅，他在前方站定，仰頭望著祭壇後方的耶穌受難像。

「信仰既簡單又複雜，」他望著苦像說，「有限的人心卻沒辦法同時領略兩者。這是人與神之間的距離。信仰者終其一生的工作，無非在於縮短這個距離。藝術是榮耀上主的手段，但瑕疵的人心往往在那當中尋求世俗虛名，往往在那條路上不知不覺遠離信仰。若韋瓦第在一生輝煌的作曲事業當中，不曾感覺自己迷戀世俗虛榮，他就不會寫那樣的信給尚遲明。我以為他的問題不在於他沉溺繁華虛名，而在於他太過驕傲，竟然不能容許自己有此雜念。我就是讀到他那封信，才決定接受這次邀約。我想確定我是不是也犯了同樣自視過高的毛病。」

她看著范哲安發表近乎獨白的言論。這當中的坦誠令人驚訝，她到當天夜裡還在回味。他望著耶穌受難像的側影像一幅畫，讓她看了既傾心又迷惘。她知道這是她喜歡不到的人，但要放下也不知從何做起。此外她不斷在想，他的人生離她好遠。在認識他之前，在讀到韋瓦第的信之前，她根本想像不到有人以一生的時間關切那些看似虛無飄渺的問題。

12 第六感，與年末的獨奏會

李彥行

好像要下雨了。窗外日光比上午暗淡，連防火梯也模糊得如同影子。他怔怔望著那侷促窗景。週末城市喧囂隱約。耳邊有清脆琴音起落，慢慢將李彥行拉回現實。

茉莉在彈鋼琴。她已經記熟《給愛麗絲》，雖然還不能以統一的水準彈完整首。他打從心底佩服這個學生。她不是那種三分鐘熱度的少年人，或許天資讓她少吃一些苦頭，但盲人學鋼琴畢竟比常人困難許多倍，她卻欣然接受所有挑戰，一切交付耐心。曲子終了時他誠心鼓掌，茉莉卻轉向他，說了突兀的話。

「老師，你跟師母出了什麼問題？」

「我……」平常他總會糾正，說「誰是你師母」之類的話，現在卻吃驚得忘了。

「你們鬧彆扭對不對？」茉莉歪過頭。她腳邊的導盲犬開羅稍微抬起眼皮看她。

「你到底怎麼知道？」他感到匪夷所思。

「感覺得到。」她舉手彷彿在觸摸空氣，「有一種氣氛……反正可以感覺得到。」

聽說盲人其他感官比常人靈敏，沒想到第六感也在其中。

「老師你告訴我嘛，說不定我幫得上忙。」

他苦笑搖頭，「你幫不上忙。」

「誰說的？我第六感真的很準。你告訴我怎麼回事，說不定我能感覺師母的想法。」

這話離奇又帶著孩子氣，但她每次論斷他的心情，確實每次都說中，也許在眼睛看不見的情況下，她真的能嗅到氣息也不一定。他猶豫片刻，決定一試。

「怡棻她……」

他開口後才想起，茱莉在醫院遇見范哲安，聽從他的建議來學鋼琴，她大概不樂聽人質疑范哲安，但現在閉嘴已經晚了，他只好設法講得婉轉。「怡棻去耶穌會做研究，范神父幫她很多，結果她好像喜歡上神父了，但是我聽說一些跟范神父有關的流言，很替她擔心。」

「流言？什麼流言？」茱莉認真追問。

「嗯，聽說他在義大利有祕密情人。」

「情人？他是神父欸。」

「所以我擔心怡棻嘛。」

茱莉側頭思索，一邊敲著琴鍵，「神父有情人的話，就表示他是雙面人囉？這樣內心應該有衝突吧。但我覺得范神父……嗯，怎麼說，不算很有衝突的人哪。他的內在還滿平靜的。其實你的內心衝突比他大喔。」

「我有什麼內心衝突？」

「你有很多內心衝突。」茉莉一笑，「我第一次去上課，不是連你怕 Cairo 都感覺得到嗎？」

這倒是真的，他不得不承認。

「你說的流言，范神父在義大利有祕密情人，是哪裡聽來的啊？」

講到這個程度，他已經有點失去主見，乾脆把事情從佛蘭索瓦來台表演說起。茉莉靜靜聽完，一雙手在琴鍵上摸來摸去，不知道想什麼。

「老師，」最後她說，「我覺得你最好什麼都不要說，什麼都不要做。」

「什麼意思？」

「其實你不知道范神父是不是真的有問題，那兩個歐洲人可不可靠，你也沒把握，那就應該不要廢話，先看事情發展嘛，不然你真的惹毛師母就完蛋了。」

他不禁苦笑，「我已經惹毛她了。」

「應該沒有喔。」茉莉竊笑，「你們晚上還要一起上班，她不可能不理你的啦。」

「最好是這樣。」他嘆了一口氣。

茉莉又彈起《給愛麗絲》，把中板速度放慢到行板。

「我昨天聽一個音樂的 podcast，講到這個曲子。」她一開口，手上立刻亂了。

「說什麼？」

「說應該慢一點彈，才有戀愛的感覺。」

「戀愛……」

她再次停下彈琴，鄭重轉向他。

「老師，你跟師母之間沒有什麼戀愛的感覺。你們好像……很穩定的夫妻那樣。」

「你又知道什麼是很穩定的夫妻？」

「反正我的感覺是這樣。」茉莉強調，「我的意思是說，師母喜歡范神父，應該只是一時戀愛的感覺，不要緊啦，你不要小題大作。」

「你還是彈琴吧你。」他把她的手拉回琴面。

茉莉的第六感確實不錯。當天傍晚，陳怡棻一如往常跟他一起去上班。她提及接到范哲安助理的電話，說發現重要信件，約大後天去讀信。

「所以他對你沒有惡感嘛。」他不知所云的打圓場。

「嗯，可以繼續讀信就太好了。」她回答，彷彿她從頭到尾關心的都只是這一點。

明亮日光，冬天街道，人群衣著厚重，街上車輛川流，看著這一切，李彥行一反往

常，並不覺得吵雜厭煩。他站在台灣音樂學院側門口，望著街道彼端的 café。今天他和佛洛莉亞有約。他打算告訴她最後一次偷看到的檔案內容，之後就和她保持距離。也許是茱莉的話鼓勵了他，又或許是親眼看見陳怡棻在范哲安身上受了挫折，他開始相信一切會在她讀完檔案寫完論文以後塵埃落定。范哲安畢竟是神父，與她只是一時道路相交。她是聰明理智的人，一定會在一段時間之後放下一切。既然如此，又何必追究范哲安是否真的在米蘭有個叫做羅莎．蒙戴里尼的祕密情人？

他抱定宗旨踏進 café。佛洛莉亞坐在角落的沙發，優雅自適的裝扮，學者風的眼鏡，說話時顯得慵懶。

「你美麗的女友發現喬瑟佩．尚尼諾神父的祕密，」佛洛莉亞調整交疊的雙腿，輕拉呢料長裙下襬，「你反倒因此不再擔心另一位喬瑟佩神父了？」

「沒什麼好擔心。怡棻的工作也快結束了。」

「真的？」佛洛莉亞微微一笑，從手袋拿出一本雜誌，翻到某一頁，伸長手臂越過兩人之間的玻璃矮桌，放在他腿上。

那是《弦樂》雜誌，范哲安的專訪。

「你能讀中文啊？怎麼知道有這訪問？」

「我在台北也有我的辦法。」她嫵媚一笑，「照片你已經看過了，但你可能不知道王玫這個人？」

「王玉玫？」他低頭看一眼雜誌，「就是這篇專訪的作者。」

「嗯。你知道她和喬瑟佩神父的事嗎？」

「有什麼事？她有煩惱找范神父哭訴，怡棻提過。」

「是啊。這位王小姐跟一位修士有些不清不楚，可能感情受了傷，竟然就投向喬瑟佩神父的懷抱了。你看這訪問也知道，她很仰慕他呢。」

「太誇張了。我不相信。」

他要將臉轉開，佛洛莉亞卻把手機遞到他眼前。那是一男一女的照片。女的坐在吧台高腳椅上，靠著一個男人肩頭在哭。角度的關係，無法看清女人面孔，但男人的側臉非常清晰，他不想認出來都不行。

那是范哲安。很難形容他的表情。似乎是惋惜或同情。

「她靠著范神父哭也沒什麼。」他將視線移開手機。

「那是一家餐廳，他們做什麼也不會在那裡做。」

「就算他們怎麼樣，也跟我沒關係。」

「如果這位王小姐換成你的女友呢？」

「如果有的話，怡棻就不用跟我說那些了。」

「她跟你說了什麼？」

「她說的應該就是這位王小姐吧。」

他簡略說明之前令陳怡棻煩惱的事件，佛洛莉亞立刻放肆笑起來。

「柯斯塔小姐，請問你笑什麼？」他皺起眉頭。

「李先生，」她側頭摸著頸後短髮，那姿態挑逗與挑釁兼具，「你不是天主教傳統之下長大，平常又不接觸神職人員，大概很難想像神職人員具有的權威感？喬瑟佩神父和王小姐並不清白，只是事情過後不想理她而已。他對你那美麗的女友那麼寬宏大量，恐怕因為他的下一個目標就是她吧。不計較她偷聽，邀她繼續工作，等把她騙上床以後……」

「夠了，柯斯塔小姐。」他鐵青著臉起身，「我不想聽那麼多齷齪事。天主教世界對我來說太難理解。我先走了。」

「《弦樂》雜誌和台北音樂學院要替他辦獨奏會呢。」佛洛莉亞在他背後說，「到時候還有好戲，你等著吧。」

他沒有理會，快步踏出café，逆著人潮走向學校後門，回到琴房。周遭一旦沒人，他竟然有些腿軟，頹然在鋼琴前坐下，雙手壓著膝頭，瞪視淺灰色的地毯。

范哲安那傢伙竟然近水樓台，跟《弦樂》的採編亂搞？真的嗎？可是茉莉說過，他不是什麼內心很多衝突的人。但這也可能是因為他並不覺得身為神職人員和女人亂搞有什麼不妥。只要內心能安，當然就沒衝突了吧？

他掀開琴蓋，在琴鍵上來回摸了幾下，彈起拉赫曼尼諾夫升C小調前奏曲。這曲子對專業鋼琴家來說不算困難，但他一開始就把八度音彈重了，中段增強速度和力道也缺乏層次，彈完反而沮喪。

「心情不好彈拉赫曼尼諾夫？」背後傳來聲音。他那學指揮的好友傑克不知何時進了琴房。

「誰心情不好？」他輕敲琴鍵。

「人家拉赫曼尼諾夫是聽到克里姆林宮的鐘聲，為社會底層的黑暗吶喊，你是擔心老婆被神父搶走，有差啦，當然彈不好。」

「幹！講屁話！」他起身回頭毫不客氣一拳就往傑克頭上打。

「三小啦……」傑克敏捷閃開，躲到角落。

他吐了一口氣，又坐回原位。

「停一下，」傑克在角落抱膝坐下，「聊聊嘛，說不定我幫得上忙啊。」

「沒事需要幫忙。」

「我說你啊，為什麼不表白呢？」傑克輕敲吸音牆，「我覺得阿棻其實不知道你對她的感覺欸。」

他從不談論感情生活，現在覺得非常尷尬，還好他背對傑克，不會被看到臉色青紅不定。

「她至少知道我們是好朋友吧。」片刻後他開口回應。

「那當然，但你們可能相處太自然了，結果她沒把你當男人。」

他哼了一聲，「那神父呢？神父能算男人嗎？」
「哎呀，不管神父有什麼戒律，他生理上是男的沒錯啊。」
「神父不能追女生吧？」
「理論上啦。」
「幹！」他轉身瞪著傑克，「你是不是知道什麼？」
傑克連連搖手，「沒有啦！我只是說有這樣的可能嘛！」
「你高中同學是他學生，有沒有聽說他人品怎樣？」
「他風評很好啊。」
「好煩……」然後他想起佛洛莉亞說的音樂會，「聽說台北音樂學院要辦他的音樂會？」
「有聽說。」傑克點頭，「小提琴獨奏，據說鋼琴伴奏會從學生裡挑一個。」
「這麼短的時間練習啊。真行。」他不禁搖頭。
「欸，阿彥，你要不要去參加啊？」傑克突然眼睛一亮，「你去伴奏啊，外校的應該也行。」
「神經病。我不彈鋼琴了。」
「你現在坐在鋼琴前面咧。你剛還彈拉赫曼尼諾夫呢。」
「少囉唆。」

「我是認真的欸。」傑克走到鋼琴邊，「你也需要一個起步吧？就算你真的想拉小提琴，也沒道理不碰鋼琴啊。」

他看了傑克一眼，不置可否。

「欸，傑克，其實我不是很煩惱跟怡棻表白的事。」片刻後他說。

「那你煩惱什麼？」

「這個……牽涉他人名譽，你能保密嗎？」

「我口風最緊了。」傑克一笑。

他大概說明佛洛莉亞的事，傑克頓時斂去笑容。

「阿彥，你……」傑克看一眼緊閉的房門，又轉回來看他，「你瘋啦，偷看阿棻檔案？她知道了怎麼辦？」

「除非你講出去。」

「我當然不會講。」傑克一揮手臂，「問題是那位 Costa 小姐，她做得出現在的事，當然也能出賣你。白痴啊你。」

「反正我已經跟她說我不管了啦。」

「我覺得你應該去向阿棻坦白。」

「找死？」

「你比我了解她吧？她很重視朋友互信。」

「我知道。」

「就算不是現在，你遲早得向她坦白，除非你不想跟她在一起。」

「我問你，Costa 說的那些，你覺得有可能嗎？」

「范神父在義大利有祕密情人，在台灣也跟女人亂搞？當然有可能，他條件那麼好。只是從外表看來他不像這樣的人。不過就是不像才做得到吧。要是一臉心術不正，就沒人要跟他亂搞了。」

「我不懂。」他吐了一口長氣，「我真的不懂。」

「我也不懂。」傑克聳肩。

那天晚上下班回家，洗完澡上床前，他在浴室凝視鏡中的自己。就他記憶所及，他從來不曾花這麼長的時間端詳自己。他外貌不如范哲安出色，但與多數人相比也並不差，以嚴苛標準審視的話，現在他認出他究竟哪裡不如范哲安——他沒有范哲安那富於哲思的眼睛。范哲安整個臉部容貌的魅力大概不在於漂亮的眼睛，而在於深刻的眼神。這一點甚至從學院網站的照片都能看出來。那張站在校園某處，對著鏡頭微笑的照片。他的微笑裡有別的東西，似乎他的自我還在什麼地方若有所思。

睡前他冒著冷風打開臥室窗戶，探頭望向樓上。陳怡棻的臥室亮著昏暗的燈，悠揚弦樂和歌聲隱約傳來。他認得這音樂，前一段時間她放給他聽過。是韋瓦第以聖經《聖詠集》詩句譜成的歌曲。那時她拿出范哲安送她的袖珍版耶路撒冷聖經，邊聽邊對照閱讀。

若不是上主興工建屋，建築的人是徒然勞苦。若不是上主在護守城堡，守城的人白白儆醒護守……

他感覺心往下沉。聖詠音樂，韓德爾也好，韋瓦第也好，總是這麼令人動容，直探靈魂深處。現在她聆聽韋瓦第，對音樂之美的愛慕卻不屬於三百年前，而投射在今朝。她聽的是韋瓦第，想的是范哲安吧。

范哲安的小提琴獨奏會在台北音樂學院的音樂廳舉行，李彥行和陳怡棻一起出席最後一場，就在十二月最後一天。據說這是范哲安自己選定的日期，以此為一年畫下句點。這天台北遭到寒流侵襲，白天卻是陽光亮麗，天黑之後夜空晴朗，雖然城市光害遮擋群星。

李彥行對范哲安的感受很複雜，沒有太大好感，卻也談不上有什麼惡感。最近陳怡棻突然拿他和范哲安相比。

「彥，」某天早餐時她說，「你不要把自己逼太緊了。」

「怎麼突然講這個？」他不禁茫然。

「小提琴練太兇的話，左手韌帶也會受傷。你要注意休息。」

說完她就低頭默默吃三明治，吃兩口又抬起頭來。

「你總是覺得自己沒進步，沒成就，可是……」

「我是沒進步沒成就啊。」他回答，「都幾歲了，還在想演奏的事。真正能建立演奏事業的人，二十歲不到就已經在台上了。」

「還有人十歲不到就在台上呢。你幹嘛跟天才比？有些人資質跟你差不多，只是環境比較好，所以起步比較容易。」

「那還不夠悶嗎？」他吃掉半個三明治，開始喝柳橙汁。

「我們不是要去范神父的音樂會嗎？」

「啊？」

「范神父三十五歲了欸，他也沒有演奏事業啊。」

「可是他有神職啊。他在別的方面有成就。」

「你也是啊。你學音樂一直都靠自己，還幫助弟弟妹妹，這也是一種成就啊。」

「那不是成就。」

「好吧，如果只有某些東西算成就的話，那你能不能接受現實，不要自怨自艾？」

「自怨自艾？」這讓他吃驚了，「我自怨自艾嗎？」

「你沒有表現出來過。」

「那為什麼說我自怨自艾？」

「依我對你的了解，我覺得你內心深處是有這樣的情緒。」

他聳肩一笑，「連我自己都不知道。」

她因為范哲安慣常談論的話題，開始想些玄之又玄的東西了。他有一種搭不上邊的感覺，此外他也不想拿這些問題煩惱自己，乾脆裝作沒有這番對話。

音樂會當天他第一次踏進台北音樂學院音樂廳。小音樂廳最多只能容納數百人，建築新穎，略嫌高冷。他和陳怡棻的贈票在第五排中央，很好的位置。坐定前他左右張望，看到傑克在後面舉手打招呼。他想告訴陳怡棻傑克就在後面，但她十分認真在看曲目單，他只好對傑克點頭眨眼算作招呼，回頭安靜坐下。

台下燈光準時暗去，舞台側門開了，兩名盛裝男子一前一後出來。前面是台北音樂學院的鋼琴碩士生，後面是范哲安。兩人走到舞台中央，向台下鞠躬，伴奏到鋼琴前就坐，范哲安回身看著，彷彿能用眼睛看見一個適當的開始時刻。漆黑如夜的燕尾外衣，雪白的襯衫和背心，還有那端正的白領結，側身姿態使他顯得格外英挺，甚至讓李彥行感覺刺眼。

一開始就是炫技曲目，塔替尼G小調小提琴奏鳴曲《魔鬼的顫音》。這樣情感與技巧都極強烈的曲子，范哲安卻沒什麼表情，但也不是板著面孔，若一定要形容，或許可以說他顯得抽離。不是抽離於音樂，而是抽離於觀眾，好像台下沒有幾百人在聽他演奏。

范哲安的舞台表現讓他想起佛蘭索瓦。佛蘭索瓦在台上幾乎不移動腳步，也沒有大的肢體動作。范哲安的表情甚至更少，接近格外需要留意的段落和音符會動一下眉眼。李彥行想像自己以這樣的姿態演奏《魔鬼的顫音》，突然間一股涼意浸透全身。他醒悟過來：減少身體動作，表示要安靜吸收音樂帶來的衝擊，這會讓演奏者內心更受震動。

他們為什麼不像其他獨奏家那樣，擺出華麗甚至浮誇的動作？他們不跟隨時下流行，那就是自命清高了？但佛蘭索瓦並不清高，總是志得意滿。他不在台上以肢體增加音樂表演的可看性，想來是他的音樂堅持。眼前的范哲安大概也是如此。

李彥行略微側頭，以眼角餘光偷瞟陳怡棻。她今天很漂亮，全黑的冬季裙裝，黑色長靴，頭髮綰在腦後，幾綹瀏海散在頰畔很有青春感，還戴了精緻的銀耳環。她懷裡有粉玫瑰和白百合的別緻花束，是音樂會結束後的獻花。

她看范哲安的神情讓他心往下沉。他馬上收回視線，望向台上。

第二首是貝多芬《克羅采奏鳴曲》，也是他改拉小提琴以來感覺最費解的曲子。這曲子就個別技巧而言可能不是最難，但要演繹得具有說服力，非得良善掌握各種技巧和演奏表情不可。他至今不曾試著挑戰這曲子，現在看到范哲安在台上以極簡動作演奏，顯然游刃有餘，不禁皺起眉頭。他心裡隱然不服，同時也知道這念頭很無稽。人家都拿到小提琴最高演奏文憑，當然比你半路出家的高明啊。

音樂會下半段以韋瓦第的兩首小提琴奏鳴曲開始，最後結束在沒有鋼琴伴奏的帕格尼尼第五號和第二十四號《隨想曲》。這種能讓小提琴手皮破血流甚至拉斷韌帶的曲子，范哲安依舊動作不多，但額頭和臉頰的汗珠被舞台燈光照得微微發亮。

最後一個曲目演奏完畢，范哲安放下小提琴，回身請出鋼琴伴奏，兩人一起鞠躬，接受熱烈的掌聲，之後順應觀眾要求演奏三首安可曲。第一首是克萊斯勒《愛之悲》，既悲傷，又甜美，彷彿晨煙裡的夢境，之後是德布西《月光》和馬斯耐《泰綺思冥想曲》。充滿愛戀感的《冥想曲》琴音淡去，燈光亮起，前排有個穿黑色低胸露背禮服的女子起身，臂彎裡抱著一大束鮮豔奪目的玫瑰。她走入舞台燈光時，范哲安眼睛一亮，顯然又驚又喜。他將琴弓交到左手，上前到舞台邊俯身接過花束，拉她的手親吻，說了一句什麼，又起身回到舞台中央。

燈光完全亮起，有獻花和要求合照的觀眾上前，范哲安微笑道謝，說要和鋼琴伴奏先回後台，五到十分鐘後回來，請大家稍待。但他沒有立刻離開。他把小提琴和花束交給伴奏，自己空手走到舞台右側的階梯口，等待之前的女子過來。她一踏上階梯，他立刻緊緊抱住她，親吻她的臉頰。李彥行不知道如何理解這種擁抱和親吻。這分明就在大庭廣眾之下，應該代表他們沒有不可告人之事，但他們給人的感覺又十足像熱戀中的情侶。

范哲安摟著她的腰走向舞台側門，兩人很快消失在門後。李彥行回頭看陳怡棻。她的臉色不很好看，但一感覺到他的目光又立刻恢復正常。

「等下神父回來，你陪我一起獻花喔。」她的笑容很美，也很勉強。

傑克把一切看在眼裡，也上來閒話。

「剛那女的好美喔。」他佯作一無所知，「是范神父的義大利朋友嗎？」

「是他小提琴老師的女兒，叫做 Rosa Montalini。」李彥行回答，跟傑克一樣，用眼角偷瞟陳怡蓁的反應。

「真的很美。」陳怡蓁表示同意，「而且有氣質。」

「他們義大利人真熱情開放啊。」傑克設法說些無關痛癢的話。

范哲安不是獨自回到舞台，而是跟羅莎．蒙戴里尼一起。他牽她的手到鋼琴邊，看她坐上鋼琴椅，理好微蓬的公主裙，這才轉向台下。這彷彿暗示她是他的什麼人。李彥行和傑克對望一眼。

陳怡蓁抱起粉玫瑰和白百合的花束走上舞台。范哲安看到她，立刻回頭對羅莎．蒙戴里尼伸手，說了一句李彥行聽不懂的話。他和傑克跟上台，站到陳怡蓁旁邊，范哲安牽著羅莎回來，對話切換成英語。

「這就是協助我整理檔案的怡蓁。」

「你就是怡蓁！」羅莎笑容燦爛，上前搭著陳怡蓁肩膀，在她臉上親了一下，「喬瑟佩說你幫了他很大的忙。」

陳怡蓁有些不知所措，只好遞出手中花束，「這是給范神父的。」

「好漂亮。」羅莎主動接過，又遞給范哲安，在眾人眼前靠著他肩膀，側頭欣賞鮮花，「喬瑟佩，百合花真漂亮。」

范哲安微微一笑，似乎完全沒意識到他們姿態多麼引人側目。

「上次我打電話給你問小提琴的事，怡棻也在。」
「嗯，你信裡有提到。」
「信？」傑克插嘴，「是說電子郵件嗎？」
羅莎轉向未經介紹的傑克，對他燦然一笑。
「是信。喬瑟佩喜歡寫信。不過寫信花時間，他一年只寫幾封。」
「我一輩子也不會寫幾封信……」傑克表示佩服。
「神父，讀信的事，不是不能告訴外人嗎？」李彥行問。他刻意用「外人」這個詞，但講的時候又刻意不去強調。這有點挑釁。他想范哲安可能會回答，「羅莎不是外人」之類的話。雖然陳怡棻不會喜歡聽到，但說不定有助於她死心。
「確實。」范哲安點頭，「但耶穌會的檔案由我負責，我當然知道什麼能提什麼不能提。怡棻比較不知道，因此暫時請她全部保密，不是把你當成外人的意思。而且本來就不是為了防範你而這樣要求她的。」
他沒料到范哲安竟然這樣回答，頓時尷尬起來。
「我……我不是那個意思……」他設法擠出一句話。
「啊，是嗎？抱歉我誤會了。」范哲安笑起來，顯得非常輕快。
李彥行在困窘中轉頭望向台下，發現茉莉在人群裡。她穿著適合年紀略顯可愛的洋裝，手裡拿著一小束玫瑰花，在開羅的引導下走上舞台。他連忙迎上前去。

「你怎麼沒事先告訴我要來？」他問茉莉。

「Surprise.」她露出調皮的笑容。

范哲安顯然記得她，也很高興看到她，笑容滿面向羅莎介紹。茉莉聽不懂他們講義大利語，但一直面帶微笑向著羅莎。

「神父，」范哲安講話告一段落時她轉向他，「你幫我翻譯好嗎？我想摸你女朋友的臉，可以嗎？」

「女朋友？」范哲安噗哧一笑，摟住羅莎肩膀，在她光亮頭髮上吻了一下，說了一句什麼。

「他說什麼？」李彥行小聲問陳怡棻。

「Pensava fossi la mia ragazza...」陳怡棻複誦一遍，「她以為你是我女朋友，大概是這意思吧。」

羅莎欣然同意茉莉的請求。范哲安把茉莉的手拉到羅莎臉頰。她從額頭、眉骨、鼻梁、嘴唇、臉頰、下巴，摸遍了整張臉，慢慢將手收回。

「神父，你女朋友好漂亮。」茉莉誠心讚嘆。

范哲安一笑，「她不是我女朋友。」

「是嗎？」茉莉側頭好像要傾聽什麼，「但我感覺得到，你們……怎麼說……你們很相愛吧。」

范哲安一呆，又馬上露出笑容，「是吧。我很愛她的。」

「好特別的感覺。」茉莉說。

范哲安開始和其他觀眾寒暄，其中許多是他學生，把他圍在中心，七嘴八舌說話。羅莎抱著眾人獻花回到鋼琴邊坐下。滿鋼琴的鮮花，花旁的華服美女，令人心動的笑容，李彥行也不禁呆看。

佛洛莉亞說她和范哲安差七歲，那她現在就是二十八歲，正是極有風姿的時候。跟之前看過的照片相比，她顯得成熟了。花型鑽石耳環和項鍊點綴耳垂與胸口。她的胸形豐滿漂亮，被合身的黑色禮服細緻襯托。他很難不去想像，衣料之下，那是怎樣誘人的身體，更難想像范哲安這樣的男人對她抱有愛意的同時還能克制慾望。

那天回家路上他一直偷看陳怡棻神色。羅莎．蒙戴里尼的出現顯然令她錯愕，又或許根本就是震驚。范哲安作為神職人員，卻在眾人面前和一個年輕女子這樣親暱，還公然承認「我很愛她」，讓他不禁懷疑這是心胸坦率還是故弄玄虛。陳怡棻想必比他更覺茫然。

雖然穿著禮服和高跟鞋，陳怡棻還是選擇走防火梯。李彥行一路跟上五樓，看她開窗進去，打開客廳的小照明燈。

「還好嗎？」他在窗外問。

她看了一下桌上時鐘，露出笑容。

「當然好啊，音樂會很不錯吧？我洗個澡，等下去找你。我們還要跨年欸。我來煮好吃的，我們一起吃大餐看煙火啊。」

這若無其事模樣恰正說明她苦於心事。但現在不是多話時候。他配合她的態度，也露出同樣的笑容。

「好，那你快去吧，我也回去洗個澡。」

她消失在房門後。他回頭望向盆地夜色，慢慢走下防火梯。他想在午夜時分許個新年願望，希望她不再暗戀范哲安，最好也別再踏進耶穌會了。

13 難把持的熱望

佛洛莉亞

年終小提琴獨奏會後，佛洛莉亞發覺她很難將范哲安的形象從眼前抹去。他的舞台風格和佛蘭索瓦很像，但他顯然不像佛蘭索瓦那樣自以為是。自從親眼見識他與羅莎·蒙戴里尼的親暱舉動，她就再也澆不熄心中火焰了。她回到下榻的旅館，在浴室鏡前更衣卸妝，不由自主幻想被他那雙拉小提琴的手撫摸。她想像現在他就站在身後，雙臂圈住她腰身，掌心慢慢向上游移。她會在他手下發出呻吟，也會感覺他在身後起了變化。

可恨的是她至今碰不到這個男人。

她認為音樂會後，他一定不會放棄和羅莎·蒙戴里尼獨處的機會，已經通知合作的徵信人員去偷拍。只要拍到東西，她就有要脅的資本了。

她在浴缸裡放了熱水，水才半滿已經滿室氤氳。她將自己沉入水中，閉上眼睛幻想和范哲安做愛情景。她不知道他加入修會之前有沒有性經驗，但這無關緊要。她幻想他在床上就跟在台上一樣高明，冷靜溫和的外表可能表示他其實熱情如火。她想像他的端正容貌被慾望淹沒，總是若有所思的眼神變得朦朧。

「啊，喬瑟佩神父……」她在水下撫摸自己，仰頭輕輕吐氣，「不知道你的喘息和呻吟是怎樣……喜歡什麼方式呢……」

她手機響了，聽鈴聲知道是幫她偷拍的徵信人員。她不想理會，但還是勉為其難裹上浴巾出去接聽電話。

「柯斯塔小姐，」是她已經聽慣了的事務性男聲，講英語帶著台灣口音，「目標拉上窗簾了。」

她皺起眉頭，「你有拍到任何東西嗎？」

「有。一男一女在窗戶旁擁抱親吻，後來坐到床上，但之後就把窗簾拉上了。」

「照片傳給我。」

她掛掉電話，拿著手機回到浴室，坐在浴缸邊緣等待，很快收到三張照片。

那是個華麗窗景，一半被深色窗簾遮去，另一半可見擁抱和親吻的兩個人，是范哲安和羅莎．蒙戴里尼。他一手捧著她的臉，低頭和她接吻，另一手攬著她的腰，手靠在她臀部，她的裙子被捏皺在指間。窗內金色燈光照映身穿禮服的兩人，好像王子公主的童話故事。

第二張照片。兩人離開窗邊。范哲安坐在床沿，羅莎坐在他腿上，雙手搭他肩膀，頭和身體向後仰，散開一頭燦爛棕髮，雙眼緊閉，雙唇微張，透露當下沉醉。范哲安緊擁著她，親吻她的鎖骨，鑽石項鍊的光彩在他唇邊閃爍，簡直像精心設計的電影劇照。

第三張照片是羅莎仰頭正在拉窗簾的特寫。多麼漂亮的女人，嘴唇宛如熟透的蘋果，眼睛裡有星光。

「現在……」她手指壓上手機螢幕，「喬瑟佩神父，正和羅莎．蒙戴里尼享受性愛的歡愉嗎？」

這個跨年夜她睡得不大安穩，好幾次醒來，總感覺做了慾求不滿的春夢，難受卻又流連忘返。有時她夢見被范哲安緊擁在懷。他的手臂堅實強壯，但並不粗魯，對待她就像對待小提琴。有時她夢見旁觀范哲安和羅莎．蒙戴里尼做愛。那親暱愛戀令她妒火中燒。她想像終於成功勾引范哲安，讓他甘願被挑逗擺佈。征服的快感無與倫比，征服教士尤其如此，但她從來沒能成功引誘過教士，現在滿心熱望想要對這青年音樂家下手。

隔天上午十點多，她帶著輕微頭痛醒來。可能因為做了太過激烈的夢，也可能單純因為空調太冷。她起床盥洗，才剛穿好衣服，床頭電話響了，是樓下櫃台，通知有位意外訪客，自稱「詹教授」。

這將她從整夜迷夢拉回現實。她不知道詹教授為何上門，但料想得到絕非好事。她不情不願和他在樓下 café 見面，也是他們初次碰面之處。那時台北艷陽高照，她穿著輕薄夏裝都不免流汗，現在坐在屋外卻嫌冷了。

「您想必已經獲得要脅范神父的把柄了？」詹教授慢條斯理喝著咖啡。她非常討厭他這種隱約嘲諷的姿態。

「那又怎麼樣呢？」她垂下目光，手指輕推冒著熱氣的咖啡杯。

「昨天范神父的音樂會我也去了。」詹教授似笑非笑，「我看到您在場，還有一位可以和您比美的女士也在場。」

他說的是羅莎．蒙戴里尼。他故意把一個明顯比她年輕漂亮的女人說成能和她比美，自然不是真心如此認為，而是故意挖苦她。

「那又怎麼樣呢？」她面無表情重複剛才的話。

「我知道您一定雇人偷拍他們，這畢竟是您慣用伎倆。」

他刻意頓了一下，故作懸疑。她故意不理會他。

「我雖然不像您這樣大手筆，也雇人跟蹤他們。」詹教授放下咖啡杯，轉向她露出討人厭的微笑，「范神父昨天深夜進了蒙戴里尼房間，就一直沒有出來。」他拿起手機，「沒人打電話通知我，就表示他現在還在那個房間裡。」

她沒有回答，只是在桌面下調整坐姿，交換雙腿交疊的位置。

「我想建議您的攝影好手和我的跟蹤專家會合，說不定能拍到他們離開旅館後的畫面。」

「好啊。您認為有必要的話。」她不置可否。

「另外，我建議您設法竊聽陳小姐和她的朋友。」

「哦，為什麼？」

「之前那位李先生已經拒絕再為您偷看陳小姐的檔案。而陳小姐昨晚顯然經歷不小的衝擊，日後恐怕不會再踏進耶穌會了。這麼一來，不就斷了所有消息來源嗎？」

「她不再去耶穌會，我竊聽她又有什麼用？」

「她已經花了這麼多時間在上面，論文總還是要寫，最後還是得和范神父聯絡，這是第一點。」

佛洛莉亞看著這故弄玄虛臉孔，等他自己說下去。

「第二，」詹教授似笑非笑再度端起咖啡杯，「說不定她最後還是情不自禁，又去見范神父呢。」

她考慮了一下，「我倒願意再去和她談談，但竊聽？何必做這麼費力的事？」

「您嫌麻煩的話，我去執行也可以。有所進展就會和您聯絡。」

詹教授一口喝完咖啡，放下杯子起身，眼睛看著花園周圍約有一人高的常綠樹籬笆，說了聲再見，竟然拔腿就走了。佛洛莉亞看著那背影，和被風微微吹動的稀疏頭髮，起了一陣噁心感。

所謂「有進展就會聯絡」恐怕是反話。他無非希望她出錢去竊聽。但她就是不想被這討厭的男人擺佈。

當晚她踏入久未光顧的 piano bar，出現在吧台邊。陳怡棻似乎因此感到困惑。

「我來和你重提舊話，陳小姐。」她故作輕鬆，一邊向酒保點紅酒，一邊將手袋在腿上放正。那裡面有她為此行準備的一支空手機，裡面只有三張范哲安和羅莎・蒙戴里尼的照片。

「是指研究嗎？」陳怡棻面露難色，「我已經說過，沒辦法接受委託。」

「我了解。」佛洛莉亞微笑，「但現在情況可能有些不同。」

她從手袋裡拿出手機，放上吧台，滑開螢幕。陳怡棻低頭一看，神色頓時變了，李彥行的臉也白了。

「你……」陳怡棻抬起頭，「你這是偷拍嗎？」

「是吧。」佛洛莉亞笑了，「你該不是想要報警吧？你要是報警，喬瑟佩神父的祕密可就曝光了。」她轉向李彥行一笑，「李先生，你身為男人應該很清楚，這些親密舉動之後，喬瑟佩神父和蒙戴里尼小姐之間會是怎樣。」

李彥行沒有回答，但伸手摟住陳怡棻肩膀，好像要給她支持。這貼心小動作讓佛洛莉亞一笑。

「你給我看這個要做什麼？」陳怡棻垂下目光，看著范哲安腿上的羅莎・蒙戴里尼。那燦爛模樣想必刺傷她的心。

「我想請你替我和喬瑟佩神父談談。我想知道尚尼諾神父的小提琴下落。」

陳怡棻嘆了一口氣，「我在耶穌會讀信幾個月，確實有找到寫給尚尼諾的信，但都沒有提到小提琴的下落。」

「有沒有任何線索支持你最先的推論，尚尼諾的小提琴原本屬於韋瓦第？」佛洛莉亞不動聲色的問，同時看了李彥行一眼。他因為那一眼而緊張起來。

「沒有。」陳怡棻搖頭。

「是嗎？」佛洛莉亞笑起來。這女孩撒謊真乾脆。

「真的沒有。」

「我這麼說吧——我認為喬瑟佩神父沒讓你知道真相，因為，那些書信留下來，小提琴卻沒留下來，這完全說不通。你都不懷疑小提琴就在耶穌會嗎？」

「我想到過，跟神父提過，但神父說，小提琴不是文件，不可能隨便扔在箱子裡。我覺得很有道理。」

「是不能隨便扔在箱子裡，但有可能收藏在某處。」

「就算這樣，他不告訴我，我也沒辦法。」

「那麼，」佛洛莉亞用手指在手機上點了兩下，「你就拿這個去給他吧。」

「你……」陳怡棻瞪大了眼睛，「你要我去威脅范神父？」

佛洛莉亞微笑，「不需要。你只要把照片給他看，請他跟我聯絡就好了。」

陳怡棻搖頭，「我已經決定不去耶穌會了。」

她轉向李彥行，對他眨眼，「李先生，你和陳小姐是好朋友，勸勸她吧。」

陳怡棻推開李彥行的手，一言不發走開，轉進吧台內，鐵青著臉繼續工作。

「坦白說我對此事已經有些厭倦。」佛洛莉亞搖晃紅酒杯，看著臉色不佳的李彥行，「我希望早點水落石出，我好早點離開。輪休的一年已經有大半年都耗在這裡了。」

「我希望你不要為難怡棻。」李彥行說，「她不想再見到范神父。」

「你去見喬瑟佩神父也可以。」她微笑，「你應該沒忘記，你曾經辜負你這美麗女友的信任吧？需要我去提醒她嗎？」

他臉紅了，「你要脅我？」

她聳肩，「我只是提醒你有這麼一回事。」

他深吸一口氣，拿起吧台上的手機。

「我會去見范神父，之後把情況告訴你。但請你不要再打擾怡棻，她已經很難受了。」

「那當然。」她放下紅酒杯，稍微向前傾身，伸手以指甲輕輕畫過他的領帶，「她要是知道她最信賴的朋友辜負了信任，一定會更難受。」

他退了一步，「請不要這樣，柯斯塔小姐。」

她撇著嘴角，又端起紅酒杯，露出一臉無趣模樣，轉頭看向別處，李彥行也很快離開吧台去彈鋼琴。今天客人不少，他彈的都是些乍聽華麗，其實毫無難度的浪漫鋼琴曲，她越聽越無趣，喝了兩杯紅酒就結帳離去，回到旅館房間才發現收到新的照片。

那是桃園機場出境大廳。人群中有擁吻的兩人，是范哲安和羅莎．蒙戴里尼。已經換下禮服改著便裝，還是顯得那麼亮麗。

「竟然當眾擁吻哪，喬瑟佩神父。」她將手機扔到床上，走去靠在窗邊，眺望夜間的台北。

自從和佛蘭索瓦初次來訪，已經過了好幾個月，她在義大利和台灣之間來來去去，現在感到乏味至極。她想儘快離開這令人厭煩的城市，甚至想直接找范哲安攤牌。但她直覺認為范哲安不會接受要脅，由中間人前去遊說才有可能。

「再等兩天吧。」她看著城市燈光喃喃自語。

14

克羅采，戀人，禁忌與懺悔

范哲安

十六歲和十八歲之間，尚未加入耶穌會之前，他有過一個女友，是他的初戀情人。他們有過一段浪漫熱情時光。當他開始認真考慮是否加入耶穌會，她不想當那個被決定被拋下的人，向他提出分手。他有點受傷，但更希望看到她快樂，於是接受提議，儘管當時他還沒決定加入修會。

人說男人最難忘的就是初戀情人，但他只交過這麼一個女友，因此這說法在他身上似是而非。他加入耶穌會，將一切寄託在信仰，以為不會再以同樣的方式喜歡誰，直到五年後他由羅馬前往米蘭，進入威爾第音樂學院，不久後在老師蒙戴里尼家中見到他的獨生女羅莎。

他在兩人目光交會的那一刻就知道，眼前這個女孩對他來說與眾不同。她棕色的眼睛明亮得彷彿山巔小溪，總有光彩躍動。有時他到蒙戴里尼家中接受指導，拉小提琴給老師聽，羅莎會悄悄走到琴房門邊，靠著門框，微微側頭，出神看著他，聽他拉琴。

有一次他練習克萊斯勒《愛之悲》。羅莎靜立一旁，他的心隨著她凝視慢慢融化，匯入甜蜜安靜的河流。愛戀感隨弦音延展。

他放開最後一個音符，鋼琴旁的蒙戴里尼笑了。

「喬瑟佩，這是《愛之悲》，不是《愛之夢》。」

他不算臉皮很薄，但當下就面紅過耳。他垂下雙手，不知道說什麼才好，羅莎卻跑上前來，一把攬住他的腰。

「爸爸！你明明看到我站在那裡，他分心了嘛！」

「他看到你就墜入愛河了？」蒙戴里尼大笑起來，「日後他上台演出，台下有多少你這樣的女孩，他豈不每場表演都要走調了嗎？」

「爸爸！」

蒙戴里尼笑著一揮手臂，示意羅莎退開，同時掀起鋼琴琴蓋，「來吧，喬瑟佩，我們再試一次，這次加上鋼琴。」

蒙戴里尼一點都不介意獨生愛女親近耶穌會士，這反而讓他警惕該把握的界線。他不想辜負老師信賴，也不想放鬆自律，雖然他從來沒能拒絕羅莎來找他。他接受那盆玫瑰，放在修院寢室窗邊，細心照顧，每天看著，就像隨時見到她。

直到那個夏夜，深夜公園隱密的樹叢底部，幾乎無光的草坪上，他和羅莎緊緊相擁，肌膚相親。她解開他的襯衫，皮帶，長褲鈕扣和拉鍊，在衣服下愛撫他。他記得這種感覺，慾望像火一樣燃燒起來。她的襯衫也散了。他輕易解開她的胸罩，雙手覆上她豐潤的乳房。她的肌膚光滑溫暖，在他的撫觸下變得緊張。她微微顫抖，等待他的動作。

「羅莎，我愛你……」

他翻身壓倒她，解開她的裙子。平時紅艷的玫瑰，如今是熾烈的火焰。他想要投入這烈焰。

但他猶豫了。

大約有三五秒的時間，他們凍結在那個不方便的姿勢。然後她伸手摸他的臉。

「喬瑟佩親愛的，」她撐起身子靠上來親吻他，「我們……不要繼續吧。」

「什麼？」他感覺她雙唇溫潤，卻不理解她的話。

「喬瑟佩，我了解你，其實你還沒有準備好為任何人放棄神職。你的猶豫證明這一點。就算今天我們繼續下去，不代表你真心選擇我，只表示你一時沒能抵抗誘惑。我不要這樣。」

他改變姿勢，側身抱著她，手肘撐著草地。

「喬瑟佩，我愛你，我不要你為了我後悔。」

「那我們……」

「其實我今天是來向你道別。」

「道別？」他大吃一驚，扳起她下巴，和她對上目光，「你要去哪？」

「美國。我要去紐約念書，藝術管理。這個秋天就開學了。」

「紐約……」

她起身坐著，雙臂圈住他肩膀，側頭親吻他。

「去了紐約，我還是一樣愛你。放假我會回來看大家。分開的時候，就當作我們的考驗。如果有一天，你決心為我放棄神職，就來追求我，若那時我還是一樣愛你，我會接受你。」

「但是，」片刻後她補充，「你不能帶著修士或神父的身分來追求我。我不會接受一個連自己心意都不明白的男人。」

她依然衣衫不整，他們還是肌膚相貼，但先前的激情和慾望已經褪去。他看著這年僅十七歲的少女，她不再只是他愛戀的對象，現在他對她的感情裡多了讚嘆和尊敬。

「謝謝你，羅莎。」他緊緊擁抱她，親吻她赤裸的肩膀，臉頰貼著她細膩頸項，「我愛你。我真的愛你。而且我永遠都會像今天一樣愛你。」

十年就這樣過去了，他終究沒有選擇她。而且，拿到小提琴最高演奏文憑以後，他也沒有選擇演奏這條路。他回到台北，找到教職，把精神投入在教育，就像當年的陸神父。四年前他晉鐸，但神父的身分沒有改變什麼，他還是繼續一樣的工作。直到最近半年。

回台灣以後，他很少以演奏者身分上台，但最近半年這類邀約越來越多。他以抽不出時間為由一一婉拒，但這只是一方面的事實。另一方面，他不知道該不該踏出那第一步，去追求屬於個人的音樂事業。

然後他接到王玉玫的電話。這是他生日當天那尷尬事件後她第一次打電話來。她向他道歉，說當時情緒太糟，才會有不當舉止，希望他不要介意。

「我不介意。你不用放在心上。」他回答。

道歉不是她打電話來的主要目的。她在電話裡解釋，《弦樂》雜誌獲得一筆贊助，打算找台北音樂學院辦一系列售票音樂會，從十二月底直到明年五月。他們計畫以小提琴獨奏拉開序幕，這人選理所當然落在他身上。

「但現在已經十二月了。」他一時反應不過來，「就算辦在月底……有必要這麼趕嗎？」

「據說本來不是找我們合作，但不知道為什麼，跟原先的合作單位鬧得不愉快，才找到我們這邊。多數時間人選都已經敲定，偏偏小提琴獨奏這位出了問題。」

「是找替代者？」他笑了。

「你絕對不比那位差。」王玉玫說，「更何況我們恰好也出了你的專訪和你指導顧問的專題。」

確實，整體看來非常剛好，他沒有道理拒人千里。

「好，原則上沒問題。」他回答，「只要我能決定選曲。這麼短的時間，非避免協奏的曲子不可。」

「那是一定的了。我手上有一份期望的曲目，等下就寄給你，希望你從裡面挑。你有特別想演奏的曲子，我們也會尊重。還有合約什麼的，我儘快整理給你。」

事情就這樣說定了。他掛了電話，穿上大衣，冒著冷風出去散步。過了一個冷清的十字路口，他在人行道邊緣站定，從口袋拿出一張名片。

珍珠白色絲綢般細緻的名片，印著義大利頂尖音樂經紀公司的logo。名片主人的名字很陌生，但捎來這張名片的信件內容很明白。他們偶然間從他的老師瑪利歐．蒙戴里尼聽到他在米蘭威爾第音樂學院的錄音，韋瓦第作品第二號十二首小提琴與通奏低音奏鳴曲，想要詢問他灌錄商業CD的意願。

「巴洛克音樂正在歐洲復興，」那信中寫道，「您若願意重錄這十二首小提琴與通奏低音奏鳴曲，以您的身分和音樂品味，必然能在大西洋兩岸獲得好評，至於紐澳和亞洲，那裡的古典樂市場總是追隨歐陸，更是不在話下。」

當年在米蘭，他有很多這樣的機會，但他選擇較為安靜的道路。現在要回頭走那條稍嫌張狂的路嗎？他收起名片，抱著些微迷惘沿街漫步。經過六個或冷清或繁忙的十字路口，他在一座公園對面停下腳步，拿出手機，打電話給羅莎．蒙戴里尼。

任何時候只要聽到她的聲音，他整顆心都輕快起來。他們交換簡短的問候，然後她告訴他一個大消息——她訂婚了。

「真的嗎？」他在冷風街頭睜大眼睛，「你訂婚了，怎麼沒先告訴我？」
「你人又不在米蘭。」她笑了，「而且我之後一定會告訴你。」
「他是什麼樣的人？做什麼工作？」
「很可靠的人。他是樂器鑑定師。」
「跟你很相配。下次我去米蘭，我要請你們晚餐。」
「喬瑟佩親愛的，你為我高興嗎？」
「當然。」他感覺眼眶都熱了，「我當然為你高興。我好高興你找到合適的人，要擁抱幸福的婚姻了。」
「謝謝你。不過你打電話給我，一定有事吧？」
他望著對面公園，告訴她最近的錄音邀約。
「鮑爾德里吉的合約一定可靠。但我不知道該不該接受。」
「接受吧，喬瑟佩。」羅莎說，「不嘗試你不會知道自己的真心。人生裡的一切不都是這樣嗎？」
「嗯，你說得對。」他望著街景點頭，然後將話題轉到月底的小提琴獨奏會。她非常驚喜，不厭其煩追問細節。
那天晚上回寢室之前，他在小教堂獨坐相當時間。關掉所有的燈，點上一個小蠟燭，無風處火焰定定，看著那光亮，他的心思也逐漸沉澱。

主啊，求你賜福給我最心愛的女人，羅莎．蒙戴里尼。她就要結婚了。求你賜給她與她純潔心性相配的婚姻，單純，穩定，美滿的愛與家庭……

燭光好亮，亮得他視線模糊，不得不閉上眼睛。

他和鮑爾德里吉公司接洽，對方奉上優渥的合約，除了韋瓦第作品第二號十二首小提琴奏鳴曲，還有其他錄音計畫，他可以等學校放假再前往米蘭錄音。同時他敲定月底小提琴獨奏會的曲目，和為他伴奏的鋼琴碩士生。大家驚訝他選的不是最優秀的學生，他卻認為這學生具有某種值得期許的特質。

「也許這孩子不是我們一般所謂的最優秀，」當時他告訴院長，「但這不正代表他比更優秀的學生需要機會？當然也許我自視過高。也許替我伴奏對他來說稱不上什麼機會。」

「喔，神父，」院長笑了，「我知道你的水準，也知道你在米蘭很受好評，你只是一直不願意以演奏家身分經常上台，但只要你踏出這一步，你對這孩子的幫助是很大的。」

因此他儘量排開其他工作，多花時間和名叫阿修的學生一起練習。但阿修不知何故對兩首韋瓦第小提琴奏鳴曲束手無策。那部分毫不困難，連他自己都能勝任，這聰穎的學生卻總不能讓他如意。他十分困惑，練了又練，阿修頗感挫折，他才逐漸明白過來，問題不在阿修，而在他自己身上。

「阿修，」了解這一點時他垂下雙手，「我知道問題出在哪了。」

阿修一臉頹喪，「好，老師你直說吧。」

「是我的問題。」他放下小提琴，走到鋼琴邊，正要開口，忽然瞥見有人透過門上玻璃向內張望，他立刻認出是王玉玫，但那模樣似乎和之前不太一樣。

他開門讓她進來。這是他生日後他們首度見面。

她不像以前那樣簡單樸素，冬裝頗為時尚，妝容明艷但不過濃，頭髮吹整得服貼漂亮，這模樣倒吻合電話中的爽快俐落。他以為她有急務，她卻說不急，主動退到角落。

他點點頭，再度轉向阿修，設法簡潔說明一切：作曲當時，韋瓦第還很年輕，在孤兒院教小朋友音樂，演奏樂器，組織合唱團。

「說到作品第二號這第一首奏鳴曲，」范哲安說，「作曲的時候，他從小一起長大最要好的朋友從羅馬回到威尼斯。那人也是神父，也是小提琴手，給了他一些作曲建議。當時這朋友心裡抱著一個重大祕密，韋瓦第無意間知道了，他沒有說出來，但寫進曲子裡。G小調的曲子，行板開頭，好像輕快，又好像很憂鬱，是韋瓦第望著潟湖大海的思索。」

他拿起小提琴，琴弓指向阿修面前的鋼琴譜，「我的部分是他的思緒，是前景，你彈的是他的心情，是背景。想像一下，他看著大海，為好友感到煩惱，又有很多期望和祝福。海風，潮水，冷暖，行板……」

他拉起短短兩分半鐘的行板序曲，眼睛沒看按把的左手，一直看著阿修。

起初阿修有點慌亂，但很快鎮定跟上，彈奏時睜大眼睛，目光在樂譜和范哲安臉上來回，從他的眼神獲得提示。結束這一樂章時阿修長長吁了一口氣。

「Bravo, bravissimo.」范哲安放下小提琴，走去雙手搭著阿修肩膀，鼓勵的拍了兩下。

「我沒有這樣想過……」阿修看著譜，又仰頭看他，「我覺得我這方面很欠缺，老師你有沒有開這種課？我想上。」

他微微一笑，「目前沒有。你想聊音樂，常來找我就是了。」

阿修翻出另一首小提琴奏鳴曲的鋼琴伴奏譜。

「這是第十二首。」范哲安在譜上點了兩下，「韋瓦第寫這首的時候，朋友跟他鬧翻，去了很遠的地方，曲子才這麼悲傷。」

阿修輪流看著樂譜和他的臉，「老師，你能不能給我半天……一天時間？我想研究一下這個 piano arrangement。我去找韋瓦第最早出版的總譜。」

「你想重新考慮轉位和弦？」

阿修點點頭，不等回應，已經起身收拾樂譜。

「一天時間夠嗎？」范哲安一笑，「你想得越清楚，我們配合越容易，多花一點時間沒關係。」

「先一天，不行的話再跟你說。」阿修抱著樂譜，拿起背包和外套，笑容滿面跑出琴房。

范哲安轉向角落裡的王玉玫。她一臉佩服看著他。
「我從小大到沒遇到過好老師。剛剛第一次見識好老師的重要。」
「你過獎了。」他不禁一笑，「什麼急事找我？」
他預期話題與演奏有關，或者可能又是顧問邀約，卻全然不是那麼回事。
「我不是來談公事。」她看他一眼，垂下目光，「我是……我想了很久，我覺得要來向你坦白……懺悔。」
「懺悔？」他看著她，明顯感覺她很緊張。但有什麼事值得「懺悔」？
他拉了一把椅子到角落和她對坐。
「之前向你哭訴……」她捏著手指，低下頭去，「其實還有原因……」
她拿出一張佛洛莉亞．柯斯塔的名片，說佛洛莉亞不知如何得知她要前來採訪，以優厚的報酬雇她來誘惑他。
「誘惑我？」范哲安皺眉，「誘惑我對她有什麼好處？」
「她想製造要脅你的把柄。」
「要脅我做什麼？」
「這我就不知道了。」
他的目光越過王玉玫，望向白色吸音牆。佛洛莉亞．柯斯塔關切的，必然是韋瓦第的小提琴。看來她堅信能在耶穌會探得小提琴下落，以至於這種離奇手段都使得出來。

「神父，我真的很抱歉。」王玉玫說。

「你道過歉了，不用再道歉。」

「上次是為我行為不當道歉，這次是為我接受金錢報酬引誘你道歉。」

「過錯的本質都是一樣的。」他溫言回答。

「你原諒我嗎？」她看他一眼，又低下頭。

他想起曾經讓她靠在肩頭哭泣。那時候和那之後，她說的關於某修士的一切都是謊言嗎？或許是，或許不是，但總之當時他感受到真正的傷心，也誠心安慰她。當時他提醒過她，只要真誠懺悔，就沒有不能原諒的事。

「玉玫，謝謝你。」他說。

「謝……謝？」她訝異抬起頭。

「我說過，你真的無助可以來找我。你今天會來，也是這個原因吧。我很高興你信賴我。謝謝你告訴我這些。」

王玉玫看著他，驚訝得說不出話。

「神父，」她低下頭，「關於修士……那是真的，不是為了接近你而捏造的。」

「那你現在一切都好嗎？」

「還好。我有驗孕，沒事。」

「那就好。」

「我仔細想過你的話，現在跟他已經沒聯絡了。」

「辛苦你了。」他點點頭，又補充一句：「以後也千萬記得，第一優先保護自己。」

王玉玫離去後，他收拾心情，回頭溫習剛才的小提琴奏鳴曲。沒有低音部，緩板小提琴宛若獨白。

韋瓦第譜寫這首奏鳴曲時，尚尼諾已經離開威尼斯，帶走他的小提琴，也帶走他內心平靜。他把這茫然譜成音樂。茫然就像潮水與海風，沒有定向，來處與去處同樣渺無痕跡。他寫著無法寄給尚尼諾的信，料想有一天要全數扔進壁爐，不意天主聽見他的禱告，尚尼諾終於從遠方捎來消息。他急著在每次覆信時也附上當初的信。

名聲地位成就，和榮耀上主的事工，彼此相輔相成又相互悖離，這樣的煎熬自古至今不獨我有，我卻不因別人認清或克服難端而獲得救贖。喬瑟佩，這些煩惱我早想對你訴說，只是你在我開口之前已然離去。如今我只能向紙張訴說一切。我在威尼斯很成功，這並非我不知羞恥的想像，而是盡人能見的事實。孤兒院樂團發展得很好，我的樂譜賣得很好，歌劇委託不少，每次我上台，都有人興奮得暈倒台下。我走過廣場，總有大膽少女上前要摸我的教士袍，甚至摸我的手。我不可能對此毫無快感，但是，啊，親愛的喬瑟佩，告訴我，如何擺脫這種驕傲？我尚尼諾大概在信中詢問，如今你擺脫了那種驕傲嗎？韋瓦第回答：

最親愛的朋友，喬瑟佩，我恐怕我沒能做到。不但沒能做到，現在我甚至渴望更多更大的成功。曼圖阿總督菲利普親王有意任命我為他的宮廷樂師，只要我願意離開威尼西亞前往倫巴底，我將擁有比此地更多更好的機會。對此我感到煩惱，已有兩夜睡不安穩。我無法在三五日內決定，但你收到信時，此事必已塵埃落定。我是否沒能抵抗成就與名聲，你在下一紙信封上便能一目瞭然。

或許，范哲安心想，或許前往曼圖阿不是韋瓦第的沉淪，而是救贖。他將在那裡收到尚尼諾的挑戰，以曼圖阿四時風景譜寫《四季》，釋放他們之間的怨懟，儘管韋瓦第信中反覆寫道：「我心中對你充滿友情和感激，從無怨恨。」

屈服於對成就的渴望，韋瓦第抱著內心衝突前往曼圖阿，他心裡一定想過，有朝一日將為愛慕虛榮受到懲罰，但或許天主俯察他的內心，反而看重他的悔恨與掙扎。

鏡中人身著最正式的燕尾禮服。黑色鑲緞戧駁領雙排扣外套，側雙條緞帶黑長褲，白背心，白色翼領單疊袖襯衫和白領結，精緻袖扣上有米蘭威爾第音樂學院校徽。這不是他自己花錢訂做的禮服，而是他拿到最高演奏文憑時，瑪利歐・蒙戴里尼出錢為他做的。

「音樂家經常需要。你作為小提琴獨奏家更是需要。」蒙戴里尼說。

「我不一定會走演奏的路。我也想和您一樣，成為優秀的音樂教師。」

「你的性情倒也適合當老師。但你看看我，即使當老師，也經常需要登台。」蒙戴里尼微笑拍他肩膀。

范哲安拍拍自己左肩，算是肯定衣裝妥當。他回頭審視他的小提琴。這是他拿到最高演奏文憑返回台灣後，陸德仁神父送給他的。他知道這是陸神父多年珍藏，據說製造時間上溯十九世紀末。這把小提琴的指板比現在標準規格的小提琴略長一些，琴橋略寬一點，外型非常優雅，看得出頗有年代，他很快就喜歡上這把小提琴，不論上課或演出都使用。

他擎起小提琴，略微側頭將下巴靠上腮托，舉起琴弓，拉起貝多芬《克羅采奏鳴曲》。這曲子的技巧和情緒要求極高，而且以奏鳴曲來說，實在長得不像話，演奏起來約三十五分鐘，對獨奏者構成不小壓力。當初選曲他曾經猶豫，最後還是決定以這首浪漫奏鳴曲為核心，此外有巴洛克時期的作品如韋瓦第的小提琴奏鳴曲，也有塔替尼和帕格尼尼的炫技曲。事實上他將比較容易被觀眾接受的曲子都放在安可演奏。

他有些思緒飄忽。也許這選曲反映他心底深處真實想法？或許他比自以為的更期望獲得肯認？他向來有自知之明，自我肯定無須借助他人掌聲，但也許他不只想在學院裡以老師身分傳授他對音樂的理解，也想將感受以演奏者身分傳達公眾。從小到大他苦練琴藝不就是為了具備足夠技術做此表達？

A大調《克羅采奏鳴曲》從第一樂章起就匪夷所思，貝多芬等於強命一支小提琴和一架鋼琴創造出一整個室內樂團的音樂效果，堪稱四條弦和八十八個琴鍵上的協奏曲。之前阿修問他，準備時間這麼少，為什麼偏偏要挑《克羅采》，他的回答很簡單：「因為貝多芬對人性的理解最深刻。」

他想起多年前那一天，三月的米蘭陽光亮麗，空氣輕寒。他在蒙戴里尼家練習這曲子，蒙戴里尼暫時離開，原本坐在花園聆聽的羅莎走到窗邊，抬頭看著他。玫瑰色羊毛披肩包裹她單薄春衫。她眼睛如此明亮，他頓覺腦中一片空白，不由自主停下來。

「我喜歡你的《克羅采》。」她說。

平實簡單的一句話，立刻融化他的心。

「謝謝。」他竟然有些不好意思，稍微低下頭。

「你知道這曲子的故事嗎？」她好奇側頭看他。

「大概知道。」他放下小提琴，傾身以雙肘靠著窗台，靠近和她說話。

「我在書裡讀到，這曲子是一八〇三年五月底在維也納奧花園劇院首演，貝多芬本人擔任鋼琴，當時知名的炫技琴手布里奇陶爾擔綱小提琴。但貝多芬到最後一刻才完成譜曲，他們沒有時間彩排，布里奇陶爾只能當場視譜演奏。」

「這麼難的曲子，當場視譜演奏？」她非常驚訝。

「很難想像吧？若是我的話……大概會一直出錯，說不定演奏不到最後。」

「不會的。我對你有信心。」她伸長了手，輕摸他臉頰，又很快將手收回。

「謝謝……」這次他真的臉紅了。

為了轉移焦點，他講起《克羅采》首演過後，貝多芬和布里奇陶爾翻臉之事。炫技小提琴手口沒遮攔，嘲弄某位女士，渾然不知她是作曲家心上人。貝多芬一怒之下，在奏鳴曲題獻抹去布里奇陶爾之名，兩年後樂譜出版，改題獻給當時聲譽最高的小提琴手克羅采。

「但克羅采本人從沒演奏過這曲子。」他補充，「據說克羅采認為這曲子莫名其妙。」

「克羅采也有他的道理。」羅莎抿嘴一笑。

他真喜歡看她笑。他可以為此在這裡站一整天，不說話也沒關係。

「你去過《克羅采》首演的維也納奧花園劇院嗎？」她突然問。

「沒有。我沒去過維也納。」

「我記得小時候跟爸爸去過，但沒有多少印象了。」

「你想去嗎？」

「嗯，你跟我一起去的話。」她露出大方的笑容。

啊，天哪……他被那笑容感染，也笑起來，其實他有些心慌。他左手撐著臉頰，略微低下頭。

「喬瑟佩？」她手伸過窗台，覆上他右手，「你要跟我一起去嗎？」

他抬起目光，她那玫瑰般的臉龐就在眼前。

「你不跟我一起去嗎……」她雙手一壓，踮起腳尖，向他靠過來。他下意識稍微側頭閃避。她在他臉頰輕吻一下。

「我……」他眼前是她波浪般的棕髮，閃爍著陽光，「我當然跟你一起去。」

但他們沒有一起去維也納造訪奧花園劇院。一個月後她送他玫瑰盆栽，向他表白。又過了幾個月，她在深夜樹叢下與他肌膚相親，卻是前來告別。

阿修在外面敲門，一臉苦澀探頭進來。

「怎麼了？」他放下小提琴。

「老師我好緊張。」阿修關上門，在屋裡團團轉。

「你過來。」他笑著擺手，「你領結不正。我幫你弄。」

阿修走到他面前，稍微抬起下巴。

「已經最後一場了，怎麼突然緊張？」他仔細端詳領結。

「就怕最後搞砸啊。」

「胡思亂想才會搞砸。」

「老師你都不緊張啊？」

「多多少少。緊張是正常的。」

「可是我很緊張啊……」

「《克羅采》對吧？」他調整好阿修的領結，笑著拍他手臂，「那我們再練一下。你要有信心啊。彈《克羅采》的時候，你就是貝多芬了。」

「貝多芬？」阿修一呆。

「走吧。」他拿起小提琴，推著阿修出去。

最後一場演出一切順利，不只阿修，他也有如釋重負之感。演奏完最後一首安可曲，他和阿修一起鞠躬，接受熱烈掌聲。台下亮起些微燈光。前排有人抱著花束起身。那曼妙姿態與眾不同，還沒走入舞台光亮，他已經認了出來。

那是羅莎．蒙戴里尼。她裝扮得像個低調的公主，抱著一大束艷紅玫瑰，燈光下如此燦爛。他彷彿看到十年前那個春天，拉他的手向前奔跑的女孩。他幾乎能聞到她的髮香，春天的味道。

他連忙將琴弓交到左手，上前在舞台邊緣俯身接過花束，拉起她的手親吻。

「羅莎親愛的，我好高興見到你。」他低聲說，「等下我到樓梯口接你。你跟我一起回後台。」

他原本因為演奏完畢大為放鬆，但羅莎出現打亂了一切。他感覺心跳加速，幾乎喘不過氣。他把花和小提琴交給阿修，迫不及待到階梯邊緣等她，在她過來時緊緊抱住她，親吻她臉頰。

「我親愛的羅莎，你怎麼會來？」他問。

「你的音樂會，我當然要來。」她嫣然一笑。

他摟著她的腰，兩人一起走上舞台，「我們先回後台，喝點水，休息一下。」

他沒看前方，目光一直定著在她臉上。她的笑容有顏色，有溫度，有香氣，令他暈眩。她的眼睛彷彿晨星令人陶醉。若不是還在大庭廣眾之下，他真想一把抱住她，熱烈親吻她。

他在她腰間輕壓一下，她露出略顯羞怯會意的笑。

「就算是冰山，也會被你融化吧。」他低聲說。

他萬萬想不到她會出現在這場音樂會上。照理說現在正是她籌辦婚禮最忙碌的時候。音樂會後他搭計程車送她回旅館，問起她的未婚夫。

「我只來三天，有什麼關係？」她嫣然一笑。他們坐在計程車後座，被安全帶限制在左右兩端，但上車一坐定就牽著手。

「而且，」她補充，「爸爸告訴卡羅：喬瑟佩是羅莎最重要的朋友，他終於願意舉辦音樂會，羅莎一定要去鼓勵他。」

他微笑低下頭，「蒙戴里尼先生的話經常讓我難為情。」

她傾身靠向他，親吻他臉頰。

「爸爸了解你對音樂的期望，所以也了解我們吧。」

踏進旅館房間，他放下琴盒，她打電話向 room service 點了紅酒和小點心，兩人靠在窗邊看繁華的跨年煙火。他摟著她的腰，讓她靠在身上。她的髮香不時飄來。

窗外絢爛煙火逐漸消退，他放下紅酒杯，側身擁抱她，輕撫這玫瑰般的臉龐，望進這眼瞳宛如星光。

他親吻她，探索她唇齒舌尖，吸吮葡萄酒的餘香。這份甜美敲打胸口，加快他的心跳與呼吸。他的手從她半裸的後背下滑，經過細膩絲綢紮起的腰際，到她緊實圓潤的臀部。他手指一收，抓住那又涼又暖的黑緞，輕微聲響讓人陶醉。

他抱她坐到床沿，她側身坐在他腿上，雙臂環抱著他，頭與半身向後仰，承受他的撫觸和親吻，隨他手指動作微微顫抖。

這寧靜似曾相識。此刻好像十年前那個夏夜的延續。

羅莎去紐約念書以後，到他拿到文憑回台灣之前，他們還在米蘭見過幾面，但不再有私密親近的時候。他曾經煩惱過，也認真考慮過，最後他無法說服自己為她放棄神職，卻也無法放棄心頭愛戀。他認識許多出色的音樂家，但沒有人像她那樣，以最天真自然的方式理解他在音樂和信仰上的追求。或者說，她憑著直覺就能體會，他天生嚮往心性的昇華，渴望理解美的本質，而音樂是他的指引。就像目不能視的盲人，置身一片漆黑，卻能隨導盲犬安步前進。

她了解他，而且鼓勵他去追尋自我。他們發展出一種奇特的關係。他知道她交往過幾個男友，他竟然並不嫉妒。他在台北晉鐸時，她打電話來恭喜他，也不為他倆感到惋惜。她是他最天真的知音，也是他最世故的戀人。

「喬瑟佩？」

「嗯？」

「今晚你在這裡過夜好嗎？」

「過夜？」他抬起頭，「不好吧。」

「為什麼？」她明亮的眼睛含笑看他。

「我……萬一我把持不住呢？」

「你一定把持得住。」

「你怎麼知道？」

「我不允許你，你不就把持住了嗎？」

他先是一呆，旋即笑了出來，「確實。我絕不會侵犯你。」

「喬瑟佩親愛的，今晚留下陪我。」她輕吻他嘴唇，「我有好多話想跟你說。你沒有話要對我說嗎？」

他笑著點頭，「有。我能說一夜。」

「好，那我們先洗澡吧。」她從他腿上輕快跳下，跑去拉上窗簾，頓時阻絕外面的色彩和躁動，房內只剩下玄關燈的金色暖光。

「你先洗。」他起身脫下那累人的燕尾服外衣。

她拿走燕尾服，扔上沙發，回頭拉住他雙手。

「我們一起洗。」

「啊？」這次他真的吃驚了，「親愛的……不要吧。」

「為什麼？」她俏皮的伸手捏他鼻尖。

「你知道為什麼。」他竟然臉紅了。

「喬瑟佩親愛的，」她認真看著他，「我想和你親近一次，越親近越好，但我不會要你做不想做的事。我這樣要求，因為今夜過後，我們就和以前不一樣了。我們會走上各自的道路，不會成為彼此的牽絆和阻礙。」

他大概理解她的意思，微微點頭。

「是，你結婚之後，我就再也不能這樣親吻你了。」

她牽他的手走向浴室。浴缸裡放起熱水。明亮燈光下，他在鏡子前替她褪下禮服和貼身衣物，最後她身上只剩花型鑽石耳環和項鍊。她回過身來，卻不抬頭看他。他知道她臉紅了，他自己也臉紅。她開始解他的扣子。

「親愛的，」他握住她的手，「我自己來好嗎？」

「為什麼？」

「你幫我脫的話，我會不好意思。」

「那你自己脫，我進浴缸等你。」

「哎，不要，你還是站在這裡吧。」他將她拉近一點，「你不要盯著我看。」

「我喜歡看你。」不過她還是依言低頭，看著衣物散落的光潔磁磚地板。

領結，背心，袖扣，襯衫，長褲，內褲，襪子，他一件一件褪去身上衣物，最後只剩頸間有耶穌苦像的銀鍊。他感覺有些窘迫。一旦沒了衣服，他的身體反應被看得一清二楚。但同一時間他也感到放鬆。終於能夠正視自己的慾望，也坦然讓人審視這慾望。

解下項鍊後，他們分坐寬大浴缸兩端，帶著一點窘迫微笑看著彼此。水氣溫熱迷濛。

「羅莎，」他看著她，「加入耶穌會以後，我很少意識到自己的性別。只有面對你的時候，我才發覺我是以男人的身分看著……」

「看著？」她在水中撫摸他的小腿。

「看著想要的女人。」

她稍微向前傾身，輕撫他膝蓋和大腿。

「我看得出來。」她俏皮的笑了。

「如果你就是我的誘惑，那我真的很幸運。」他忽然心有所感，「你從來沒有讓我置身困境。」

「因為我愛你。」她鄭重的說，「雖然我心裡也有慾望。我想和你做愛。如果我們不能真的做，我可以為你口交。」

「羅莎，你真的成熟得我不認得了。」他本來已經臉紅，現在更是耳根發熱。

「你要嗎？」她認真的問。

他微微一笑，「不要吧。我們已經遊走邊緣了。」

「教會只允許夫妻間的性行為，甚至不允許自慰，但現在有幾個虔誠教友遵守這樣的原則？」

「很少。我也會勸教友使用保險套，儘管教條不允許。」

「那為什麼不讓我做呢？」

他看著她。為什麼不要？不是因為他的身體不喜歡，而是他心中不很確定該怎麼想這樣的行為。如果他真心相信這麼做不違背信仰和諾言，他就不會在意教條。畢竟教條的改變總是發生在群體思想行為改變之後，而不是之前。但看著她的此刻，他心裡很明白，他沒有時間慢慢想清楚。回米蘭結婚之後，她會忠於自己的選擇，忠於她的丈夫，此後他們之間只能人前親暱，至多就像今天音樂會後，他牽她的手，吻她的手，吻她的頭髮，吻她的臉，摟她的腰，但再也不會像現在這樣，以戀人身分裸裎對坐。想要的話，這就是他最後一次機會。

他試圖滌淨思緒，像觀賞名畫一樣端詳她的身體。豐滿的乳房，緊緻的腰身，圓潤的臀部。她的陰毛比髮色淡，修剪得很短，在熱水中顯得模糊。她大腿內側連接臀部的弧線很美，但坐姿的關係，他只能看見一點，卻因此出神。

「喬瑟佩。」

「嗯？」他抬起頭。

「你覺得貞潔誓言真有必要嗎？」

「有。」他立刻點頭，「你不能既過著世俗生活，又說自己不在世俗當中。那是不可能的。這是一個近乎物理性的問題，位置的問題。位置決定感官和思想能夠作用的空間。至少這一點對世上多數人都適用。」

她若有所思點頭，「喬瑟佩，我越來越相信你該走這條路。你很早就被選擇了吧。」

他想起那個秋日清晨的冥想。他讀了《瑪竇福音》第二十章葡萄園雇工的寓言故事。那之後他還以那段經書冥想過幾次，意識到自己總是被召喚進入葡萄園，就像此刻羅莎說的，是被選擇了。如果這一切是天主的選擇，而選擇的到來有早有晚，受選擇而工作的報酬卻總是一致，那就表示身在園外只須煩惱何以不受選擇，一旦入園就無須煩惱，只要認真工作。

然而天主給每個人設下的道路不盡相同。有人走得格外崎嶇。陸神父曾說他像聖保祿充滿熱情，這大概表示他的老師早就看出他並非正統道路的追隨者，就像保祿本非使徒，曾經迫害教會，之後反而成為重要的信仰傳播者，影響既廣泛又深刻。

這是否意味他在這條路上也必須經歷坎坷？

「喬瑟佩……」

羅莎改變姿勢，移坐到他面前，他大腿之間。他將她摟在懷裡。她拿熱水淋濕他頭髮，用玫瑰花香的洗髮精幫他洗頭，細心按摩頭皮。

「你都這樣洗頭嗎？」他問。

「嗯，你不是嗎？」

「我沒這麼仔細，只要不油膩沒灰塵就好。」他如實回答。

「男人都這樣吧。」她笑起來，「聽說男人洗澡只洗胸口、腋下和陰部。」

他哧的一笑，「有點誇張，但大意是這樣沒錯。」

「那我幫你洗，示範給你看。」她用滿是泡沫的手指點在他眉心。

但那與其說是洗澡，不如說是愛撫。她把同是玫瑰花香的沐浴乳抹在他身上，先是水面以上的肩頸和胸部，然後腋下，搔癢感讓他幾乎笑出來。之後是水面下，他的腰腹腿，最後她握住他勃起的陰莖，慢慢摩挲。

他並不意外。但明明是誘惑激情的時刻，慾望和快感隱約浮現，他們卻停在那個姿勢，坐在熱水裡。她看著他，停下手的動作。

他彷彿再次看見當初那個十七歲少女，微張的紅唇期盼戀人的吻，花朵般的身體等待愛的交合。他忽然有所領悟。她期待美好的愛情，偏偏她喜歡的是我。她從一開始就知道我不是俗世中人，所以她違背自己真正的心意來和我交往。她給我機會，希望我考慮，結果我沒有選擇她。她的每一段關係，都是給我的機會。她說我不能維持神職又追求她，這不過是保護我的託辭，其實只要我開口，只要我追求，她一定會接受，而我……

他看著她，突然熱淚盈眶。

「喬瑟佩？」她驚叫起來。

他低下頭，眼淚落在熱水裡。

「喬瑟佩？」

他想回應，但喉頭哽咽發不出聲音。

我最親愛的羅莎，我愛你，我真的很愛你。可是，我有什麼資格說我愛你？

新年假期過後，李彥行未經預約，中午時分出現在范哲安辦公室，帶來令他震驚的消息。他馬上想起那天王玉玫在琴房吐露的內情。原來佛洛莉亞．柯斯塔不僅雇用她，還利用陳怡棻和李彥行。

「神父你不要誤會。」李彥行說，「怡棻沒有把你們讀信的內容告訴任何人。」

「那 Costa 怎麼一口咬定尚遲明的小提琴本來屬於韋瓦第？」

「因為我偷看……告訴她的。」李彥行低下頭。

「為什麼？」他十分詫異，「你不是她最好的朋友？一開始她還希望能跟你分享工作內容。你為什麼辜負她的信任？」

「因為怡棻……喜歡你。我想知道你到底是什麼樣的人，就同意和 Costa 交換。」

李彥行無從判斷佛洛莉亞言語真假，但憂慮心上人被敗德神職人員欺騙，想以情報換取情報，乍聽荒唐，卻非常合理，范哲安一聽就認為這必然是實話。現在陳怡棻受了刺激，不想再來讀信，更拒絕佛洛莉亞的要脅，也就是說，從現在起，他得自己面對這個糾纏不清的音樂學家。

「問題是……」他思索著，「你看了怡棻的檔案也知道，我們實在不知道那把小提琴的下落。我跟怡棻說過我的推測，我認為尚遲明託人把小提琴帶回歐洲了，但除非找到相關書信，沒辦法證明這一點。」

「Floria Costa 不相信耶穌會不知道小提琴下落。」

「事實不是由她的意願決定。」

「神父，你打算怎麼辦？你會跟 Costa 聯絡嗎？」

「不會，因為我根本不知道小提琴在哪裡。」

「你不怕她惱怒之下真的把你抖出來？」

「我和 Rosa 的事？就憑那三張照片？」

「你們舉止合乎教條嗎？」

「我確實舉止不當。我願意為此接受懲罰。」
「你跟 Rosa Montalini 到底是什麼關係？」
「這是我跟她的私事。」
「你不覺得耽誤她嗎？」
「我沒有耽誤她。她已經訂婚，春天就要結婚了。」
李彥行困惑了，「那你們這些舉動……神父，你有違背誓言嗎？」
「沒有。」他乾脆回答。
「好吧。」李彥行放棄似的嘆了一口氣，「那，怡棻……」
「很抱歉讓她難受了。她不想繼續讀信，那就這樣吧。如果我們內部有新的相關發現，我會請 Luca 通知她，她有興趣的話，可以再來找我。另外，我希望論文部分能按照之前的討論，她投稿之前要獲得我們同意。」
「我會轉告。你有沒有什麼其他的話要對她說？」
他搖頭，又點頭，「我會為她祈禱。」
李彥行離開後，他拿起李彥行帶來的手機，仔細端詳那三張照片。看來是從附近高樓以遠鏡頭拍攝所得，影像清晰，甚至帶有攝影作品的美感，顯然出自有設備有技術者之手，應該是佛洛莉亞．柯斯塔在台北雇人所為，看來她消息靈通，人面也廣，而且不在乎花錢。但不論她怎麼期望，沒有的東西就是沒有，他只能期望她及早認清現實，及早放棄。此外他也很明白，他不能坐等佛洛莉亞將他的私事掀出來。

他帶著聖經和玫瑰念珠離開辦公室，上樓前往神父住所。他清楚陸神父的習慣，老神父現在應該獨自在小教堂內。

他踏進小教堂，關上門。老神父坐在矮桌邊看書。他抱著聖經和玫瑰念珠上前，跪倒在老神父腳邊。

「神父，我要告解。我要向你懺悔。」

「說吧，孩子。」老神父似乎並不意外，伸手輕拍他後頸。

「十二月三十一日，最後一場演奏結束以後……」

那天夜裡，他突然意識到自己錯得多離譜。十年來第一次，他終於醒悟，羅莎給他時間和餘地，起初是在等他，但到她來參加音樂會那天，她已經不再期望與他共度一生，而是想要一次，哪怕只是一次也好，看到他把她放在信仰之前。

那領悟像烈焰一般灼傷了他。片刻之間許多念頭閃過腦海。《泰綺思冥想曲》的沙漠修士至少誠實拜倒愛情腳下。喬瑟佩．尚尼諾至少承認錯誤，選擇遠走高飛。王玉玫往來的修士至少明白打破誓言。相比之下，十年來他簡直沒有誠實過一天。他以為說多少次我愛你就彌補了什麼。他以為能為她高興就代表他不嫉妒不自私。但那不過是空洞言語。實際上他沒有拿出任何東西來證明：羅莎．蒙戴里尼，我愛你。

他被愛戀和苦澀淹沒。他拿起蓮蓬頭，洗淨他們身上的汗水和泡沫，抱她跨出浴缸，用浴巾包裹她火熱的身軀，踏出浴室，和她一起倒在床上。
「羅莎……」他俯身親吻她，和她裸體相貼，十指交扣。
「喬瑟佩？」她被他的親吻和愛撫融化，卻還有些疑惑。
「羅莎，我愛你。」他靠在她耳邊，「我愛你。我想要你。我今晚就要你。」
他閉上眼睛，親吻她的耳垂，臉頰貼著她芳香濕漉的頭髮。他的手順著她豐潤的乳房往下撫摸，經過緊實的小腹，到修剪得很短的陰毛。她的陰部溫熱濕潤。他愛撫她，聽她輕輕呻吟，感受她的顫抖。這種被渴望的感覺讓他想要投入，哪怕這是萬丈深淵。過去他總想避免失足，如今他自願跌落，因為他終於了解，他不能口頭說愛，卻始終沒有付出。
他以他知道的所有方式取悅她。她在他手指唇間達到高潮，他想在此時進入她，她卻雙手摀臉哭了起來。
「羅莎！」他大吃一驚，「你為什麼哭？」
「喬瑟佩……」她嗚咽著，「你不需要彌補我，也不需要為我犯錯……」
「親愛的，是我錯了，對不起。」他感覺淚水在眼中湧動，「十年來我說我愛你，但從來沒有選擇你。」
「喬瑟佩，傻子……」她揮手似乎要打他巴掌，結果只在他臉頰輕摸一下，「我愛你。我愛你……你聽不懂嗎？」
「羅莎……」他一把將她抱起，親吻她臉上淚珠，「別哭，親愛的，別哭了。我聽懂了。沒有什麼比知道你這麼愛我更珍貴了。」

信仰，誓言，教條，他一時之間無法思考那麼多。他只想讓她不覺得受傷。但這晚就像十年前，終究是她包容了他，保護了他。他們陪著彼此哭了一場，靠在一起說了許久的話，最後相擁而眠。隔天下午他送她上飛機回米蘭，他在出境口做了一件危險的事——大庭廣眾下和她吻別。不是親吻臉頰，也不是沾一下嘴唇，而是真正的吻。

也許微不足道，也許不能和十年光陰相比，但至少代表他的愛不是空口白話。

「羅莎，」他輕撫她臉頰，「去吧。如果時間安排得過來，我會去參加你的婚禮。不行的話，等我去米蘭，再請你們晚餐。」

「你一定要來，喬瑟佩。」過了昨夜，她顯得容光煥發，「我等你。」

手一鬆，聖經和玫瑰念珠落入長毛地板。

「除了這些，你有違背誓言嗎？」老神父問。

「沒有。」

「你希望我怎麼處置你？」

「該怎麼做就怎麼做吧。」

老神父考慮了一下，手掌覆上他後腦。

「你一直以來都錯了，但不是你以為的那種錯。你錯在始終糊塗，把自己放在模糊地帶，於是製造出更多困難。你和羅莎能夠安然走到今天，實在出於幸運。你們有穩定的性情和開闊的心胸，才沒有做出更多荒唐傻事。你也錯在自視太高，以為心平氣和就是坦蕩。」

「是。」

「就這樣吧。」

「神父？」他十分意外，抬起頭來。

「內心煎熬就是嚴厲的懲罰。我想你已經受夠了。那就夠了。」

「但佛洛莉亞．柯斯塔可能拿羅莎來要脅我，如果她不相信我的說法，可能還會把我和羅莎的照片交給上級。」

「到時候再說吧。」老神父又考慮了一下，「孩子，我問你：如果你手上有這把小提琴，你願意拿它交換你的名譽嗎？」

他有些錯愕，但很快搖頭，「我如果該受懲罰，就不該拿任何東西去交換迴避。更何況，我怎麼能拿韋瓦第的小提琴去交換？」

「也許你該考慮一下。畢竟這不單純是你受罰，羅莎．蒙戴里尼的名譽也在其中，更會影響瑪利歐．蒙戴里尼。」

「但……」

「尚尼諾神父的小提琴可能真的在這裡。」

他大吃一驚，「哪裡？我從來沒見到過。」

「現在應該在你房間。」

「我的小提琴？」他吃驚過度，跌坐在地毯上，「我的小提琴……你給我的時候不是說，那是十九世紀末、二十世紀初製作？」

「不然我該怎麼說？」老神父微笑搖頭，「在你未經歷練之前，我可不想直說那是尚尼諾神父的小提琴。」

春

La primavera

親愛的安東尼奧：春天終於降臨曼圖阿。和風與眾鳥，溪流和草原，放眼所見都是欣然綠意。春天不時吹起風雨，慌亂而來，匆忙而去，雨過天青又是春光明媚。和風吹動繁茂大樹，枝葉沙沙作響。牧人在樹下打盹，腳邊趴著春日懶狗，羊群也昏昏然。遠方風笛聲中，寧芙仙子與牧人婆娑起舞，如此柔媚的春日原野。

15

白日與月光奏鳴曲

李彥行

農曆年後整個台北盆地陷入清寒氤氳。天色澄清，淡藍近乎冰雪。不論望向何方，總好像隔著薄霧玻璃，也是李彥行心情寫照。

去年十二月三十一日范哲安音樂會過後，陳怡棻開始構思論文。她重讀之前與范哲安合力完成的書信翻譯，動筆後一直維持穩定進度，生活規律因此略有變化。她一改往常，不去學校寫論文，白天都待在家裡，為此他早上也都不去琴房了。他如常拉小提琴，直到某天茉莉突然建議他改彈鋼琴。

「老師，你真的應該放棄小提琴，我覺得。」茉莉的手滑過琴鍵，「有兩個原因。第一，師母每次都說你應該彈鋼琴。她是旁觀者，一定看得比你清楚。」

「你講話真老氣。」

「還有就是，現在她一聽到小提琴，一定馬上想起范神父，你每天在這裡拉小提琴簡直自找麻煩。」

他倒沒想過這一點，不禁有些發怔。

「還有，第三，」茉莉補充，「你聽她的話，她才會相信你真的把她放在心上。」

雖然出自十五歲少女之口，這當中的人生智慧令他刮目相看。

但重拾鋼琴對他來說並非易事。

前年六月車禍之前，他正在準備一場鋼琴獨奏會，雖然不是他人生的第一場獨奏會，卻是學院外第一次，對他來說是跨出校門，踏出演奏生涯重要的一步。他在這樣的門檻前重重摔了一跤，之後或許出於自尊，或許出於害怕，他選擇相信醫生「不可能回復到手術前」的判斷，轉向小提琴。他寧可在另一條路上沒命追趕，也不願意回頭面對當時難堪。

那天晚上他在鋼琴前獨坐許久，用受過傷的右手摸過全部琴鍵，想像茉莉彈鋼琴的感受。她眼睛看不見，卻要在對的時間準確觸及琴鍵，不但學會《給愛麗絲》，現在已經開始練習孟德爾頌第一號威尼斯船歌。他想像有一天茉莉開始彈蕭邦，那時他還在原地打轉嗎？

第二天早上他起床盥洗完畢，第一件事就是坐到鋼琴前，思索要彈什麼曲子。他知道陳怡棻已經起床，可能正在吃早餐，而他想彈一首曲子，讓她一聽就知道他在考慮重拾鋼琴。

最後他選擇貝多芬《月光奏鳴曲》。去年佛蘭索瓦來台演奏，要他在 piano bar 彈完整的《月光》。他還記得彈完炫技的第三樂章望向吧台，陳怡棻滿臉笑容為他鼓掌，那時她笑得多燦爛，現在卻很難在她臉上看到了。

左手按下第一個D，他很快融入這低迴旋律。清晨七點的《月光奏鳴曲》，好像也不突兀。清晨與深夜本來有相似之處，就像升C小調的《月光》與C大調的關係。

他彈完低迷的第一樂章，轉頭一看，陳怡棻站在窗外，睜大眼睛望著他。他面帶微笑起身開窗。

「早安。吃過早餐嗎？」

「吃過……」她點頭，顯然不知道說什麼才好。

他拉她進來，「吃過就進來坐。聽聽我彈得怎樣，給點意見。」

他坐回鋼琴前，她坐在他背後沙發上。他看不見她，卻突然有了信心。他從第二樂章接續下去。雖然這麼久沒彈了，他還是不需要看譜，因為當初被車禍打斷的獨奏會上，貝多芬的《月光奏鳴曲》也是曲目之一，他熟稔到做夢都能彈。

有比這更炫技的曲子，但若論考驗演奏者對音樂和人性的理解，恐怕還是貝多芬的難度較高。范哲安的小提琴獨奏會以貝多芬《克羅采》為核心，大概也是基於同樣理由。難得他想到范哲安時不感覺挫折，卻有種所見略同的愉快。

他彈完全曲，回過頭去。陳怡棻赤腳坐在沙發上，雙臂環抱屈起的雙腿，歪頭靠在膝蓋上，帶著淡淡微笑看他。他不很確定這表情和姿態的意思。他起身坐到沙發邊緣，對一切感到遲疑。他想要靠上前去，但她比他更早動作，傾身靠向他，低頭將前額抵著他手臂。這個姿勢讓他無法貼近她的臉。他感到失望，卻也沒有忽略這個動作流露的親近和信賴。她會有這個動作，表示她知道他的心情，這個當下或許不想接受，卻也不想拒絕他這個人。

「彥。」

「嗯？」

「你是不是……」

「是。」他直認不諱，不用為難她出口。

「什麼時候開始？」

「什麼時候？」他看著她還沒怎麼梳理的頭髮，「一直。」

「為什麼沒說？」

「不敢。」

「你一定對我很失望吧，後來？」

「沒有。一點都不失望。我不彈鋼琴才讓你失望了吧？」

「不失望，只是很難過。」

「對不起，害你難過。」

「彥。」

「嗯？」

「我們……先這樣好不好？我現在還是覺得心裡很亂。」

「當然。我們本來也是這樣啊。」

「謝謝。」

「是我謝謝你。」

他伸手撫摸她頭髮，然後摟住她肩膀，手在她肩頭握了一下。

「你坐這邊。我彈琴給你聽。」他站起身，刻意不看她的臉。他猜想她現在可能既迷惑又不好意思，還是不要盯著她看。

他回到鋼琴前，彈起莫札特第十一號鋼琴奏鳴曲輕快的第一樂章，彈到一半卻忘了，她在背後笑出來。

「真糟。」他笑著搖頭，「彈別的好了。」

「看譜也可以啊。」她笑著起身，「你等我一下好不好？我去拿電腦，我想在這邊工作。」

這是近來她第一次說要在這裡工作，和他同處一個空間。他求之不得，笑著看她跨出窗戶，跑上不穩定的防火梯。

那天就像迷霧中突然有了光亮。那之後他們幾乎每天如此，一起早餐，之後他研究樂譜，彈琴，她寫論文。下午她繼續工作，他去社區學苑教琴，或者在家裡教茉莉，傍晚他們一起去 piano bar 上班，再一起回家。

二月下旬這一天，他結束社區學苑的鋼琴課，回家和陳怡棻會合，她卻坐在客廳地板發呆。

「怡棻？」他推開窗戶，跨進屋內，「怎麼發呆？」

「我接到 Luca 的電話。」

「有新發現？」

「他說，范神父的小提琴，就是他老師陸神父送他那把，應該就是韋瓦第的琴。」

「啊？」他完全沒聽懂。

「陸神父生病了，心臟病，可能日子不多，就告訴范神父，那把小提琴是耶穌會一直保存的，最初是尚遲明神父的琴。我們讀信的結果，認為尚遲明的琴就是韋瓦第的琴。為了求證，范神父一月去了一趟米蘭，鑑定結果那是一把 Amati，從時間上來說，當初最有可能做給韋瓦第。」

這消息實在太過離奇，讓他張大了嘴巴。

「那……」片刻後他問，「告訴你這件事的意思是？」

「Luca 說，范神父答應過我，有新發現會通知，所以就來通知我了。如果我要把這個寫進論文，他們也同意。」

「他們同意？」他有些驚訝。

「嗯。Luca說，公開下落的話，Costa他們就不能再肖想了，就算弄到也不好脫手。他們可能還會請《弦樂》雜誌來報導。」

她又低頭發呆。他轉向防火梯切割的窗景，也逐漸恍惚。

他想起年末那場音樂會。范哲安用韋瓦第的小提琴演奏韋瓦第？是因為那把小提琴，那兩首韋瓦第奏鳴曲聽來才那麼纏綿悲傷？

與陳怡棻的關係沒什麼進展，但他開始期望這安靜日子越長越好。他總是每天至晚七點起床，盥洗好就上樓找陳怡棻，吃她準備的早餐。很久以前他們就一起採買食物，分攤開銷，現在分攤的範圍更廣了，各種雜支都算入其中。他隱約感覺她以這種方式為心情做準備。也許真如茉莉所說，她只是需要一點時間走出范哲安的影響。如果他能好好支持她，她一定會對他更有信心。

然而一切在三月初的下午乍然變調。他走上防火梯，看見她在窗邊看手機，臉上神色難看至極。他隱約感覺空中飄散一種緊張。他突然想起茉莉的「第六感」。茉莉總是能在空氣中嗅到人的情緒，甚至思緒。

「你……」她垂下拿手機的手，「你為什麼偷看我電腦？」

他像遭了晴天霹靂，說不出話。

「你聽誰說我看你電腦？」他支吾著，腦中閃過僅有的知情者：佛洛莉亞、傑克、范哲安。

「你為什麼看我電腦，要看誰告訴我來決定嗎？」她聲音和臉色一樣冰冷，「好，我說——是 Floria Costa。她說你為了當 François 的學生，拿我的檔案去交換。」

「她說謊。」他立刻反駁，「我不是為了當他的學生才……」

「所以你承認看了？」她臉上出現怒色。

不承認也不行了，他暗地深吸一口氣，現在不承認的話，只會徹底摧毀她的信賴。

「是，我承認。」他說，「但真的不是那個理由。」

「那是為什麼？難道是為了錢嗎？」

「不是為了錢。」

「那為什麼？」她突然哽咽了，眼中泛起淚水，「我這麼信賴你，你為什麼……」

「因為我真的喜歡你！」他脫口而出，「可是你喜歡范神父……Costa 跟我說他不是好人，他會欺騙你，我想知道是真是假，我不想你被他傷害，才拿檔案跟她交換。」

她咬著嘴唇，眼淚還是流下來。他想跨進窗內，但被她阻擋在外。

「你不要進來……」

「怡棻，對不起，是我錯了，當時我……」

「你不要說了。」她用衣袖擦去眼淚，「我們先……分開……安靜一下。」

沒有在一起過的兩個人要分開，這話讓他啼笑皆非，也讓他打從心底感到難過。他沒再說什麼，安靜走下防火梯，回到自己的客廳，坐在沙發上望著窗戶。

樓上傳來悠揚音樂，是韋瓦第作品第二號第六首小提琴奏鳴曲。C大調，明亮，優雅，平衡，溫暖，純淨，美麗。這是她想到誰的心情？他的心往下沉。他不大相信這是她對他的感覺。所以，此時此刻她想的還是范哲安吧。

他感到十分悔恨，又心有不甘。本來他可以陪她療傷，沒有意外的話，最後他們會走在一起，畢竟她已經表現出那樣的意願。但他還沒來得及坦誠，就被她發現這祕密。他的理由在她看來大概都不是理由。但他真的是出於關心，非常害怕她受到傷害，才會和佛洛莉亞那種危險的人交易。

他不知道佛洛莉亞為什麼突然把這件事透露出來，想來不外是報復。陳怡棻拒絕再去讀信，他雖然去見范哲安，並沒有帶回任何消息，因此她懷恨在心，也想搞砸別人。

就算不是出於這個理由，他也沒興趣知道了。

他突然想起范哲安對佛洛莉亞的評語。

「Floria Costa 說，你提供小提琴消息，Joseph François 就收你為學生？」

「嗯，她是這麼說的沒錯。」

范哲安側頭思索片刻，「我認為她胡說。」

「你怎麼知道？」當時他很驚奇。

「Joseph François 可能私生活方面比較熱情，」范哲安選擇含蓄用語，「但他在音樂上很堅持。我不相信他會拿自己的專業當籌碼。」

「籌碼？」

「意思是，要不要收學生，他應該不肯拿這個出來交易。他恐怕不知道 Costa 講了這樣的話，不然應該會生氣吧。」

他想起佛蘭索瓦留過一張名片，說「有機會到巴黎可以來找我」。他找出那張名片，看著上面的電話和 email。寫 email 他不一定馬上看見，打電話太貴，還是傳訊息好了。幾經考慮，他傳了儘量簡短的英文訊息：「佛洛莉亞・柯斯塔說，我提供韋瓦第小提琴下落情報，你就收我為學生。這是真的嗎？」

他傳完訊息，十秒內手機就響了，竟然是佛蘭索瓦。

「你跟我開玩笑嗎？」他劈頭就問。李彥行聽到旁邊有女人的聲音。現在歐洲正是深夜，他大概正在享樂，沒想到立刻拋下女伴來電，看來范哲安所言不錯。

「不是玩笑。」他回答，「是真的。」

「Merde!」佛蘭索瓦以法語罵了一聲，「聽好，年輕人，我不會拿這個當條件。佛洛莉亞也沒資格代我說這樣的話。意思就是——我不會收你為學生。」

「是，我了解。」

「可惡的女人，簡直敗壞我名譽。」佛蘭索瓦又罵了一聲，但馬上恢復正常，「好了，年輕人，謝謝你告訴我這些。」

「不客氣。告訴你這個是因為她破壞怡棻和我的關係。我對她很不高興。」

佛蘭索瓦放肆大笑起來，「我想像得到。」

他想到之前陳怡棻說，耶穌會打算公開韋瓦第小提琴的下落。既然已經和佛蘭索瓦通上話，乾脆把佛洛莉亞還不知道的內情栽贓成她對同伴隱瞞重要消息。

「你聽說韋瓦第小提琴的事了？她告訴你了嗎？」

「什麼事？」

「耶穌會已經公開小提琴的下落，據說一直都在神父們手上。現在使用這把小提琴的是一位喬瑟佩．范神父。」

電話彼端沉默了兩三秒。

「好，謝謝你，年輕人。」佛蘭索瓦說，「對了，你現在拉小提琴，還是彈鋼琴？」

「鋼琴。」

「很好。好好保護手，繼續吧。覺得有信心的時候，寄錄音給我，對你未來可能有幫助。」

這是他第三次聽到佛蘭索瓦明白鼓勵，還是跟第一次聽到同等驚訝。

「Au revoir.」佛蘭索瓦以法語道再見，乾脆掛掉電話。

這算是小小報復可恨的佛洛莉亞。他扔開手機，向後躺倒在沙發上，望著天花板發呆。不服氣的感覺慢慢在胸口升起。他思索片刻，起身翻出韋瓦第作品第二號總譜，找到之前陳怡棻放過的C大調第六首。他把樂譜放上譜架，拿起小提琴，深吸一口氣後下弓。

他知道他在小提琴上遠不如范哲安，但他不該連較量的膽量都沒有。如果連這點勇氣都沒有，追不到喜歡的女生也是自然吧。追求喜歡的人本來就不該在情敵面前示弱。現在想來，之前幾個月他都徹底錯了。如果當時他不理會陳怡菉仰慕范哲安，明白追求的話，說不定現在她不會這麼難過。如今亡羊補牢，就算為時已晚，還是非如此不可。

拉完這一曲，他放下小提琴，坐到鋼琴前，認真重彈貝多芬《月光》。

那天之後，陳怡菉幾乎沒有和他說過話。當天晚上他們還一起搭捷運上班，但她不再和他對面站著，也不再搭他肩膀，到站的時候很快踏出車廂，一次也沒有回頭看他。他抱著樂譜走在後方，看著她的背影。那之前一連幾天，上班時她斜背一個亮藍色小包包，是去年六月他送的生日禮物。他覺得那顏色和她非常搭配。那天她沒背亮藍包包，換成黑色的雙肩背包，好像再次表達她不能諒解當初他的行為，但這麼做的本身，卻又明明白白把他放在心裡，讓他以為值得等待。

她的沉默變成他的生活基調。每天傍晚她自己去上班，默默走下防火梯，經過他窗邊，彷彿沒意識到他的存在。他會跟上去，走在她後面，和她一前一後進捷運，出捷運。他都快忘記他還有機車了。

半個月就這樣過去了。

這天下午茉莉如常來上課，說今天是春分。

「春分？」

「嗯，春分。」茉莉點頭，「你知道嗎，復活節是以春分來算喔。」

「復活節？怎麼突然講這個？」

「我上週開始去耶穌會的教堂望主日彌撒。」

「哦？范神父主持的嗎？」

「范神父說，他不是堂區神父，所以通常不主持彌撒，但主日彌撒他都會在。上禮拜我就跟他坐在一起。」

「怎麼突然想去望彌撒？」

「不是突然，在醫院遇到范神父以後就在考慮了。」

「那真是考慮了很久啊。」十五歲的青少年這樣從容考慮事情，他實在自嘆不如，「但為什麼現在決定要去？」

「我覺得范神父的心很安定。我想知道他怎麼做到。知道的話，說不定我就能幫上你的忙了。」

他不禁啞然，「我真的那麼糟嗎？」

「不是糟，但感覺真的很難受。師母也很難受啊。」

「師母……」他搖頭嘆氣，「不要再說這種傻話了。」

「其實，最近陸神父重病，范神父也不大好。范神父本來花很多時間陪在醫院，不過陸神父進加護病房了。」

「這麼嚴重？」他嚇了一跳。

「現在范神父應該也在醫院……我感覺不大好，不知道是不是出事了。」

他對范哲安所知有限，對陸神父更是一無所知，但他記得陳怡棻提過，范哲安親口告訴她，陸神父對他來說比父母親人還重要，是陸神父發現他的天賦，引導他走上音樂道路，也是陸神父在他感覺受到聖召的時候，給了他指引和支持。連小提琴都是陸神父傳給他。他們的關係本來是師生，後來情同父子，之後成為同僚。陪伴他從小到大的陸神父若是走了……

他深吸一口氣，站了起來，在茉莉肩上一拍，「你在這邊等我。」

他跨出窗戶，跑上五樓，敲響陳怡棻窗戶。她抱著電腦坐在沙發上，抬頭一看到他，立刻沉下臉色。

「怡棻，」他不等她同意，直接推開窗戶，「茉莉說，陸神父可能快走了，范神父現在很糟。我們過去看他吧。」

她吃了一驚，但還坐在沙發上不動。

「怡棻！」他稍微提高音量，「要是沒有范神父，你的論文根本寫不成，一定也是陸神父同意你發表，范神父才叫他助理來通知你的。你在想什麼？快走啊！」

她這才醒神，慌忙跑進房間換衣服。

「我先帶茉莉下去！一樓等你！」他回身跑下防火梯。

他們搭計程車到耶穌會醫院，來到內科加護病房樓層。踏出電梯，穿過長廊，遠遠看到探病入口的門開了，一個男人走出來，沿長廊走了幾步，突然摔倒在牆邊。

「范神父！」陳怡棻脫口叫出來。

那個人是范哲安。他抬頭望見陳怡棻，立刻若無其事站了起來。李彥行正在驚訝，不知道究竟發生了什麼事，茉莉和開羅已經跑上前去。

「神父……」茉莉準確奔到范哲安面前，抬頭對著他，張開雙臂，「神父，我抱你好嗎？」

起初范哲安好像沒聽懂她的話，但緊接著的下一秒，他原本正常的表情開始鬆動，然後好像突然崩潰了，一把抱住茉莉，低頭將前額緊貼著她頭髮。李彥行看不到他的臉，只能看出他身體輕微顫動。這細微動作讓李彥行想起年底的音樂會。不論多麼激烈的曲子，多麼強烈的情感，就連貝多芬《克羅采奏鳴曲》，他也沒有多的肢體動作。他把感受和震動保留在內心，於是能在琴弦上更有表達。而現在……

李彥行側頭偷看陳怡棻。她垂著雙手，看范哲安和茉莉的眼神近乎出神，彷彿那是什麼遙遠景物。她的側影若有所思，好像在為誰難受，又好像根本抽離這個情境。也許她在想，范哲安為何一看到她立刻露出無事模樣，看到茉莉卻能真情流露。答案似乎很明顯：

茉莉別無雜念，與他之間沒有曖昧尷尬模糊。

一切好像在那長廊凝結了，他甚至沒想到要看時間，以至於事後回想，他不很確定大家究竟在長廊上站了多久。

范哲安再次抬起頭。那雙眼睛明顯流過眼淚，但已經恢復神采。他低聲和茉莉說話。李彥行看了陳怡棻一眼。她還維持同樣的姿態和表情看著范哲安。他握住她的手。她吃了一驚，抬頭向他望來。

「你要在這裡站一輩子嗎？」他看著她錯愕的臉，「走吧。」

他握著她的手走上前去，到范哲安和茉莉身邊站定。

「謝謝你們來看我。」范哲安說，對陳怡棻露出微笑。

「你一切都好嗎？」陳怡棻問。

「都好，謝謝。」他點著頭，「對了，你的論文，定稿後可以直接寄給我，我看過馬上回覆你。」

「嗯。」陳怡棻點頭。

那之後的對話沒有焦點，也談不上內容。范哲安看著手錶，說他要去接受《弦樂》雜誌訪問，跟對方就約在醫院一樓。他們四人一起離開加護病房區，搭電梯下到一樓大廳。他們離開前和《弦樂》的採編打了照面。李彥行知道這就是佛洛莉亞曾給他看過的照片中人，范哲安那篇採訪的執筆人，陳怡棻曾在聖堂偷窺到的哭泣者。

採編自我介紹為王玉玫，算不上美女，但妝容很適合她的五官，在髮型和衣著襯托下，整個人明快清新。她大概也知道范哲安近況，神色略顯拘謹，臉上只有底線的笑容。

范哲安向王玉玫介紹陳怡棻，說她是確認小提琴身分的重要人物。

「啊？」陳怡棻有些慌張，「我不是……信是范神父讀的，我只是幫忙記錄。」

范哲安一笑，「不要客氣。沒有你的提議，我不知道什麼時候才會去整理那些信。」

「這樣啊。」王玉玫點著頭，拿出一張名片，「那，之後我可以跟你聯絡嗎？也許你可以補充？」

「嗯。」陳怡棻接下名片，「如果幫得上忙的話。」

回家路上就和去時一樣安靜。雖然不趕時間，還是三人一狗同搭計程車。陳怡棻幾乎都沒說話，到家後自顧自走防火梯上五樓。

李彥行陪茉莉走一般樓梯，進門後打開客廳窗戶，探頭向上看。陳怡棻靠在客廳窗邊，向著視野有限的西方發呆。

16

提琴被竊事件

陳怡棻

耶穌會醫院再見范哲安之後，一連好幾天，陳怡棻每天反覆聆聽韋瓦第作品第二號十二首小提琴與通奏低音奏鳴曲。作品出版時韋瓦第二十九歲，已是聲名穩固的小提琴手，正在奠定他作曲家的地位。與日後更成熟的作品如《四季》協奏曲相比，這十二首小提琴奏鳴曲富於青春氣息，不論愉悅悲傷都在陽光下。憂鬱是春青的憂鬱，煩惱是青春的煩惱。

這不是她自己的領悟，而是在耶穌會檔案閱讀室聽范哲安說的。有一次他下課後趕到閱讀室，連小提琴都沒來得及放下。當天湊巧讀到關於其中一首奏鳴曲的信。他讀完整封信，思索著拿起小提琴，憑記憶拉起這首奏鳴曲。當時她坐在那裡看他，彷彿被極弱的電流通過全身，溫暖而暈眩。然後他垂下持弓的手，轉向她。

「這封信，」他抬起琴弓指著桌面，「講的是這首奏鳴曲，作品第二號之六，C大調，非常光明，平和……」

「而且很有愛的感覺。」她說。

他點頭，「對，韋瓦第信裡就是這麼說的。他說……」

親愛的喬瑟佩：

今天我特別平靜，想和你談談我寫給小提琴的十二首奏鳴曲，C大調的一首。我要向你告白與那曲子有關的事。我開始譜曲的時候，無意間看到你親吻布莉姮。你可以想像當時我多麼震驚，因為我可以想像，在那之前和那之後，你內心要承受多少掙扎。然而——請你原諒我這麼說——當時那情景在我看來有一種異乎尋常的美。平靜，明亮，彷彿五月的清晨，彷彿你逃避不了的煎熬都消失在陽光下。或許因為那吻的兩端，一個是我格外疼愛的孩子，一個是我從來信賴的摯友。那之後我甚至興起一種嫉妒，不滿於自己被排除在那美麗之外。於是我設法將那景象訴諸樂譜。C大調，既是我當日所見情景，也是我自幼對你的認識和感受。你還記得小時候嗎？他們總是說，喬瑟佩從容，安東尼奧敏感，兩人能成為好友，真是既稀奇，又順理成章。我以這奏鳴曲將我和你們編織在一起。那畫面多麼平靜美好，我也想成為其中一部分。你容許我這樣寄託心情嗎？

你永遠的摯友，安東尼奧

陳怡蓁望向桌上。那裡只有信，沒有譜。

「你怎麼知道這是第六首？」她狐疑的問，「沒有譜啊。」

「這十二首奏鳴曲只有第六號是C大調。」范哲安放下小提琴，「確實很美麗。而且很有青春氣息。」

「你不用看譜？」

他點頭一笑，「在米蘭的時候完整錄過這十二首奏鳴曲，為了專心投入，把曲子都背下來。」

「錄音？」

「我的老師幫我錄的。當時錄了韋瓦第作品第一號和第二號。」

她好奇睜大眼睛，「能借我聽嗎？」

於是她從范哲安手中拿到這張拷貝的CD。

醫院那天之後，她反覆聆聽那首奏鳴曲。米蘭錄音當時，他還不知道這些奏鳴曲背後的故事。但這錄音和那天他在閱讀室現場演奏的沒有明顯差別。明亮，平靜，美麗。確實，這美感難以形容，而韋瓦第的信說明一切。C大調像是祈願，祝福，希望尚遲明不因這段愛戀失去內心平靜，希望布莉姬妲不被耽誤，希望他自己不和他們拉開距離。

她經常聽這曲子，甚至因此眼眶濕潤。有時候她覺得，這眼淚可能並非出於讚嘆，而是為暗戀如此收場感到難過。有時候她會想，就這樣不去讀信太小孩子氣，就算為了維護自尊也該持續這工作，但她又不願再去自討難過。

是不是該醒了？他跟我不是同一個世界的人。不管他和 Rosa Montalini 是什麼關係，總之他跟我永遠不會走在一起。讀信幾個月，也算相處愉快。做夢也有醒的時候，一直沉溺在這樣的情緒裡，對誰都沒好處，對誰都沒道理。

那天中午過後，她把整理好的論文檔案寄給范哲安，然後躺倒在沙發，拿手機看新聞。標題從她眼前一一掠過，有一條抓住她視線。

台北耶穌會三百年名琴遭竊

她大吃一驚，立刻坐起，點進去看新聞。新聞內容非常簡短，大意說今天早晨耶穌會神父范哲安發現辦公室遭人入侵，昨天忘在辦公室的小提琴連琴盒被偷走。由於耶穌會只有神父居住區域設有保全和監視鏡頭，辦公區域並無防護，各辦公室也沒有鐵窗，入內偷竊相當容易，暫時還無法判斷竊賊由何處進入，但目前看來似乎沒有別間辦公室遭竊。

范哲安的小提琴，那就是韋瓦第的小提琴，這消息應該還沒有傳到外界，竟然已經有人探得消息去偷盜了。這是兩小時前的新聞，之後似乎都沒更新。

要不要打電話給他？她在心裡猶豫。上次醫院見面當天深夜，陸神父過世了，她想像得到他有多崩潰，又有多少事情要處理，因此沒有試圖聯絡，免得徒然打擾，但現在這則新聞與她的研究密切相關，她應該有所表示。

她忐忑不安撥了電話，出乎她意料之外，他立刻接起電話。

「喂，怡棻，」他的聲音很平穩，「你看到新聞打給我嗎？謝謝你關心。」

「神父，怎麼會這樣……除了我以外，還有很多人知道小提琴的事嗎？」

「Luca 知道，耶穌會以外的人就是你和玉玫，《弦樂》雜誌的編輯，啊，茉莉也知道。」

「彥也知道。」她補充。

「天哪……」客廳窗邊傳來李彥行的聲音，他拿著手機，一臉驚疑。

「難道是我害的？」他幾乎叫起來，「我有告訴 François！」

「你幹麼跟他說？」陳怡棻也叫起來。

「怡棻？怡棻？」范哲安在電話彼端叫喚，「不要激動，你把電話給彥行，我要跟他說話。」

她板著臉遞過電話，看李彥行在窗外向范哲安說明情況，不久後電話又交還她手裡。

「怡棻，你聽我說。」范哲安好像已經肯定她生李彥行的氣，以一種近乎老師開導學生的口吻和她說話，「彥行很看重你，也許他不是每件事都合你的意，但你也不能因為有些事情不合意，就看輕他的心意。你覺得我說得有沒有道理？」

「嗯，有……」

「這件事情不見得是他洩露出去，也有可能是 Luca 或是玉玫。所以請你不要把這件事怪在彥行身上，好嗎？你能同意嗎？」

「嗯，好。」片刻後她回答。

「怡棻，好好考慮他這個人吧。就算你不想接受他作為男朋友，至少也該恢復朋友關係。小提琴終究是小提琴，再貴重也比不上人。」

「嗯，我知道了。」

通話結束了。她握著手機站在客廳，李彥行站在窗外。

「怡棻，」李彥行先開口，「對不起。」

她低下頭，又搖頭，「不一定是你害的。」

「我是說，因為賭氣就把事情說出去，這個，我很抱歉。」

「嗯。」她依舊看著地板，「賭氣……還好……大家都會賭氣吧。」

「嗯？」他有些意外。

「你……生我的氣嗎？」

「我為什麼要生你的氣？」

「因為我好久不理你。是不是很任性？」

「任性？我不覺得。我想你是生氣，可能消氣要一些時間。」

「也許我已經消氣了呢？」她抬頭看他。

「啊？」他呆了片刻，然後跨進屋內，踏了一步又停下，「你……消氣了嗎？」

「不知道。」她突然覺得肩膀好重，頭好暈，向後退了幾步，坐倒在沙發上。

他嚇了一跳，跑過來坐在她旁邊，「你頭暈嗎？」

頭暈？她望向天花板，竟有一種恍如隔世之感，好像過去一段時間都在做夢。是吧，確實在做夢，在那四面封閉的檔案閱讀室裡，面對十八世紀的筆墨紙張，困惑於三世紀以來的音樂，和隱藏音樂背後的複雜情感。她曾在夢中去到威尼斯，躋身熱烈的人群，引頸眺望紅髮教士韋瓦第的演奏。慈悲孤兒院的女孩們與他同來，被一襲薄幕隔開，觀眾只能看見幕上淡淡人影。哪一個，她的目光在帷幕上來回游移，哪個是喬瑟佩・尚尼諾傾心的女孩？此時此刻尚尼諾在哪裡？是否已經帶著好友的小提琴遠赴他鄉？

但這多情疑問不過是她一廂情願。夢境之外，她只能以學術語言揣測往日真實，謹慎論證宣告一段歷史。她曾回答范哲安，她的願望就是把檔案研究做好，最好有重大發現。這是她的學術抱負，如今成真一大半，她卻還流連飄渺夢境？

她側頭望向李彥行，想起他重拾鋼琴那一天。她像那天一樣，身子前傾，前額靠著他手臂，一手稍微揪住他衣袖。她感覺他屏息凝神，在等待她開口，但她要說什麼呢？他們維持友好關係那麼久了，真能順利改變嗎？她的目光落在他開過刀的右手。略顯變形的關節提醒她那場慘痛車禍，無聲訴說他重回鋼琴的勇氣。

「彥。」

「嗯？」

「什麼事讓你決定回頭彈鋼琴？」

「原因……不只一個。François 的評價給我很大信心。我確實也比較喜歡鋼琴。而且，你一直說我應該彈鋼琴……我信賴你。」

她抬頭對他微笑，「我也信賴你。我想你這次決定是對的。」

他們靠得這麼近，如果接下來有更親暱的舉動也不奇怪，但他很謹慎，沒有靠近。她知道這謹慎出於看重，就像當初他偷看檔案，也是因為害怕她受到傷害。她突然明白過來，令她氣憤和珍惜的，在他身上是同一種情感。

「謝謝。」她說。

「謝我什麼？」他有點驚奇。

「反正謝謝你。」

「好吧。」他笑了，「那我也謝謝你。」

他們關係沒有進展，但至少回復到以前。那天傍晚她去樓下準備晚餐，從廚房望出去，外面天色全黑，李彥行關掉大燈，只留照明立燈，在旁邊立起譜架，看譜拉起韋瓦第那首C大調小提琴奏鳴曲。

「我以這奏鳴曲將我和你們編織在一起。那畫面多麼平靜美好，我也想成為其中一部分。你容許我這樣寄託心情嗎？」

她想起當時讀的信，還有范哲安憑記憶演奏的姿態。確實，作為小提琴手，李彥行比不上范哲安，但他並不真心要拉小提琴，那只是他逃避挫折的去處。

他終究還是該彈鋼琴。她也是，終要從那個迷人夢境醒來。

17 撥到威尼斯的三通電話

佛洛莉亞

傳訊息給陳怡蓁，曝露李彥行偷窺的祕密，算是佛洛莉亞希望落空的報復。那之後她悻然離開台灣，返回威尼斯。這半年來她感覺倒楣至極。她想先將一切拋諸腦後，至少先擺脫惡劣的餘味。

回到威尼斯沒有幾天，她突然接到詹教授來電。這討厭的男人說，韋瓦第的小提琴果然一直由耶穌會保管，在范哲安手中已經好幾年了。

「您說這是竊聽所得，當時卻不告訴我？」她大表不滿，「那為什麼現在告訴我？」

「柯斯塔小姐，您真的不知道這回事嗎？」

她皺起眉頭，「什麼意思？我若知道就不會離開台灣了。」

「是嗎？我這邊竊聽所得，二月時范神父的助理通知陳小姐這件事，那時您人還在台灣。您一直留到前不久才離開，離開之前故意製造陳小姐和李先生的矛盾。」

「那又怎樣？」她哼了一聲，「他們不肯跟我合作，這不過是一點小小報復。」

「但那之後不久，耶穌會就遭竊了，什麼別的都沒丟，就丟了那把小提琴。」

「什麼？」她大吃一驚，「韋瓦第的小提琴被偷了？」

詹教授在電話彼端冷笑，「柯斯塔小姐，您未免演技太好。但您不覺得這半年來我也有功勞？您想就這樣獨吞小提琴？」

她呆了片刻才醒悟，詹教授認為是她找人潛入耶穌會偷了小提琴，登時啼笑皆非。

「您以為是我下的手？別開玩笑了。您不說的話，我根本不知道喬瑟佩神父手中那把就是韋瓦第的小提琴。」

「我很難相信您的話。您大概也找人竊聽陳小姐，與我同時得知一切。」

「詹教授，我沒有找人竊聽她。而且我不懂，您有什麼資格指責我？您二月時知道消息，不也沒告訴我嗎？」

「我認為您已經知道了，等著想看您如何處理。」

「哼，這種話真太容易說了，我才不信。」

「您真的不打算和我合作？」

「現在有什麼東西可以合作？」她頗覺不耐，「小提琴被偷了啊！」

「不就是您偷的嗎？」

「不是我偷的！」她真的冒火了，「說不定是您偷的，卻故意打電話來撇清！」

「您不擔心我向台灣警方說出一切嗎？」

「您威脅我？」她冷笑一聲，「我也可以向台灣警方舉報您！我可以從此以後再也不去台灣，您卻在那裡生活呢！」

通話以毫無建設性的相互指責收場。她扔開電話，到窗邊看望潟湖風景。不太遠處的大運河不時有水上巴士航過。初春威尼斯還很涼，藍綠潮水顯得寒凍，水面上沒有多少岡朵拉船。

這冰涼景象逐漸澆熄她心頭怒火，現在冷靜下來，開始認真思索情況。

詹教授打這通電話，可能真的是來興師問罪，也可能是來假撇清，那傢伙當然也以同樣的方式揣測她的立場，看來他們誰也無法獲得定論。問題是她該如何看待這個局面。照剛才詹教授所說，竊聽到的是陳怡棻和李彥行私下談話，應該相當可靠。當務之急她得先設法釐清小提琴的下落，但這該怎麼做呢？

她思索整天，竟然束手無策。她一度考慮去找佛蘭索瓦商量，但他要是知道她中間隱瞞了那麼多事，一定會大發脾氣。這男人一發起脾氣簡直就是暴君，她早已對他失去耐性，不打算自討沒趣。

那天晚上她意外接到佛蘭索瓦的電話。當時她剛洗完澡，裸身裹著一條羊毛毯，坐在冷風吹拂的窗邊，看著黑沉夜景發呆。他從巴黎打來，詢問她人在何方。

「威尼斯。」她回答，預期他接下來要問起韋瓦第的小提琴。

「你最近如何？我們好久沒說話，也沒碰面了。」

「我還好。你呢？」

「還好。明天有演奏。巴黎。」

她看了一眼時間。已經十點了。他不和女伴作樂，卻打這麼一通不痛不癢的電話，實在非常奇怪。

「什麼曲目？」

「韋瓦第的協奏曲。」

看來他要開口提韋瓦第了，她屏息等待，他卻轉開話題。

「你有沒有想過去什麼安靜地方度假？」

「去哪裡？」她頗覺意外。

「具體地點不重要。忙碌工作這麼多年了，你不會想找個地方安安靜靜待一陣子，重新思索人生？」

「思索人生？」她感到莫名其妙，「這不大像你說的話。」

「哦，是嗎？你這樣看我嗎？」

她輕哼一聲，「你在乎別人怎麼看你嗎？」

「我希望別人認為我是出色的音樂家。」

「音樂除外。我是說你的私生活。」

「私生活……我當然在乎。應該有人讓我在乎吧。」
這是什麼意思？她皺起眉頭。
「你剛才做什麼？」他又轉開話題。
「剛洗完澡，正在看夜景。」
「所以你現在全裸？沒穿衣服？」
「有毛毯。」
「我可以想像那景象。真想拿走你的毛毯。」
「我沒心情。」
「真的嗎？」他在電話彼端輕笑，「不記得曾經這樣跟我做愛嗎？」
被他這麼一說，她也想起來了。那是將近十年前，他們開始交往後不久，她還在為博士論文奮鬥，他已經是成功的小提琴獨奏家。他從巴黎打電話來，甜言蜜語挑逗她，引導她愛撫自己，聽著她的呻吟自慰。她記得當時那種刺激，還有他的喘息。她不由自主閉上眼睛。
「佛洛莉亞……」他輕聲叫喚她。
「嗯……」
「你沒有什麼事要告訴我嗎？」
她不禁一怔，又睜開眼睛。

「我有什麼事要告訴你？」
「我只是隨口問問。」
「你想問韋瓦第的小提琴？」她乾脆主動提起，「我還在等消息。有消息就會告訴你。」
「好。那我不打擾你了。」
他客氣但突兀的結束通話，她有一種被愚弄的惡感，正想起身離開窗邊，手機又響了，來電顯示為台灣的號碼，卻不是詹教授。她狐疑接起電話。
「柯斯塔小姐？」一個斯文溫和的聲音，「我是喬瑟佩．范。」
「喬瑟佩神父？」她吃了一驚。
「我猜您人在威尼斯？」
「嗯。」
「我有個不情之請，希望您到台灣來，我有事想和您當面商談。」

18 阿瑪蒂與佛利亞狂舞曲

范哲安

從米蘭返回台北後，范哲安眼前還經常出現羅莎的未婚夫卡羅．曼奇尼的身影。他比羅莎大兩歲，羅曼人的特徵不很重，看來清秀溫和，笑起來略顯拘謹，很給人好感。羅莎說，他是很可靠的人。

卡羅．曼奇尼是專業樂器鑑定師，尤其精於弦樂器。透過羅莎介紹，他帶小提琴遠赴米蘭，希望確認這樂器的身分。

他抱著平和心情去見這對未婚夫妻，沒想到曼奇尼在米蘭馬爾彭薩機場一見到他，跟他握手問好，馬上說了令他意外的話。

「羅莎說，她曾經非常仰慕你，追求過你，但你心意堅定，還是將一切奉獻給天主了。」

他有些錯愕，旋即微笑搖頭，「羅莎太誇獎我了。是我傾心於她，但我已入了上主的葡萄園，必須認真工作。」
「我很佩服你，神父。」曼奇尼由衷的說。
一聲「神父」提醒他自重身分。那之後曼奇尼開車，一行三人返回米蘭市區。羅莎讓他坐在前座，方便他藉這五十公里車程和曼奇尼談論小提琴鑑定。
曼奇尼對小提琴製琴史瞭若指掌，「若是韋瓦第在一七〇〇到一七二〇年之間新獲得的小提琴，而且出自阿瑪蒂家族之手，那麼製琴人應當是吉洛里莫·阿瑪蒂，他是阿瑪蒂家族最後一個製琴人。」
「你如何判斷一把琴是否出自阿瑪蒂家族？」范哲安問，「在琴身沒有任何標記的情況下？」
「他們留下的紀錄是可靠的指引，但不見得每把琴都有記載，或者說，不是每筆記載都有留下來，畢竟這是幾百年前的事了。」
「據我所知，大部分阿瑪蒂小提琴都在博物館，因為實在太老太脆弱。」
「年代，價值，都是將它們保留在博物館的理由。」曼奇尼側頭一笑，「但名琴也存在於一般公眾視線之外。真正的收藏家不會公開他們的祕密收藏。就我經驗所及，收藏家手中的小提琴反而保存得比較好。這可能違反我們通常直覺，但並不奇怪。你想，收藏得起名家小提琴的人，當然也保養得起，甚至還能聘請音樂家經常演奏。樂器就和屋子一樣，一旦不經人手，很快就毀棄了。」

「是，你說得很對。」范哲安看著曼奇尼，佩服的點頭，又回頭看了羅莎一眼，和她交換一個微笑。

她選擇的人優秀又可靠，你嫉妒嗎？他在心中自問。似乎有些失落，又好像並不難受。他想起韋瓦第寫給尚遲明的信。「或許我也曾經對布莉姬妲由憐生愛過。只是我比你幸運，當大家都喚她是我的女兒，我也就成功將她當作女兒看待了。」他有些體會韋瓦第的心情。此刻的他和當時的韋瓦第，只差在韋瓦第知道尚遲明不能是布莉姬妲的對象，而他知道曼奇尼是羅莎的好對象。

他在台北還有許多工作，再加上陸神父健康狀況不佳，他不能在米蘭久留，三天後就帶著小提琴返回台灣。又過了兩天，卡羅．曼奇尼打電話給他，親自說明鑑定結果。

「神父，我可以相當肯定告訴你，這是吉洛里莫．阿瑪蒂製作的小提琴，雖然他沒有在音孔內側留下簽名。」

「你如何判斷呢？」

「你這把琴有明顯的阿瑪蒂特徵，尤其琴身弧度比後人製作的小提琴高，指板也比較長。」

「這可以仿製吧？」

「確實，但樂器鑑定就和古董鑑定一樣，有眼光的人可以看出細微的差別，卻很難向人說明究竟。」

「我相信你的鑑定結果。」

「我可以出正式的鑑定書。一切處理好之後就會寄出。」

「非常感謝你。鑑定費用是多少？」

「請不要說謝謝，神父。這是我的榮幸。你不需要付費。」

「這……」

「你禱告時經常惦記著羅莎和我就很夠了。」

「那是自然的。」

結束通話後他帶著小提琴趕去醫院，探望最近因心臟病住院的陸神父，說明曼奇尼的鑑定結果。

「果真是阿瑪蒂？」老神父露出欣慰的笑容，「三百年來我們總算做得不太差。」

「實在非常驚人。」他點頭。

陸神父側頭看他立在一旁的小提琴盒。

「既然你帶小提琴來，就為我演奏點什麼吧。」

他打開琴盒，還在思索曲子，老神父突然笑了。

「我竟然忘記告訴你，你在米蘭的時候，台北室內樂團跟我們聯絡，想找你一起演奏韋瓦第。」

「韋瓦第？哪個協奏曲嗎？」

「《四季》。他們想在復活節後辦兩場音樂會，想找你當小提琴獨奏。你記得和他們聯絡。」

他有些遲疑。協奏曲畢竟講究默契，他沒把握能和完全陌生的樂團順利合作。

陸神父一眼看出他的顧慮，「現在時候還早，你早早跟他們商定，也可以早點開始培養默契。」

他點點頭，「既然講到韋瓦第，我拉一首他的奏鳴曲吧。」

他思索片刻，選擇韋瓦第作品第二號第十一首小提琴奏鳴曲。韋瓦第譜曲時，尚遲明還在威尼斯，但兩人關係已因布莉姬妲漸生嫌隙。數年後韋瓦第回憶往事，向尚遲明托出當時心情。

我隱約感覺到，你因為不獲支持而對我起了反感。我想為自己辯解，卻不知如何能讓你相信我別無他圖。你大概以為我要和你爭奪布莉姬妲，但我實在沒有這樣心思。我心頭煩悶至極，卻無處宣洩，只能寫進音樂。你在誓願與愛情之間掙扎，那拉扯疼痛苦澀，但也有極其美好的一面，D大調一般溫暖。喬瑟佩我的摯友，我只能這樣為你祈禱——願你連痛苦也這麼平靜，這麼溫暖，這麼令人留戀。

讀信當時他深受感動，不只因為這言語溫暖深情，更因為那祈求洞悉人生。任何人都不能免於痛苦，但任何人都能試圖在痛苦中求得平靜。這才是作曲家投注於音樂的情感。

我斟酌許多天，總想修改得盡善盡美，再將樂譜送給你，希望你明白我的心意。沒想到奏鳴曲完成時你已離開威尼斯。有那麼一段時間，我心裡忿忿不平，我總以為是因為你帶走我的小提琴。直到有一天我恍然明白，你的離去令我痛苦，我不想正視那痛苦，於是將一切推諉於小提琴。我真正失去的不是小提琴，而是最好的朋友，和他對我的信任。於是我也必須像那奏鳴曲祈願的，要在痛苦時感受到平靜。

最後一個琴音消失後，病房裡還無聲迴盪悠揚的行板序曲。沒有低音部相和，小提琴顯得孤單，像獨行者的低語。

「中間快板樂章真好。」老神父說，「像不像站在樹下，抬頭一看，葉隙之間，整個世界陽光閃爍？」

他垂下拿琴和持弓的雙手。

「我可以感覺得到，這裡面有悲傷。」老神父說，「但韋瓦第顯然懂得接納悲傷。他的領悟已經寫入音樂，你的人生還很長，或許在這一點上，你該學他。」

那天離開醫院之前，他向老神父承諾，會在音樂裡領略信念，即便痛苦時刻也不失平靜。或許不易做到，但他確實衷心嚮往。當然，做此承諾還有個眼下的原因。他想讓老神父安心。老神父很了解他，知道他不輕易承諾，更不輕易打破承諾。

「喬瑟佩我的摯友……」他背著琴盒離開病房，穿過漫長甬道，回想韋瓦第的信，彷彿他就是作曲家傾訴的對象，「我只能這樣為你祈禱——願你連痛苦也這麼平靜，這麼溫暖，這麼令人留戀。」

一七一五年，當初不告而別的喬瑟佩．尚尼諾主動來信，寄件地竟是遙遠得難以想像的中國。韋瓦第喜出望外，立刻回信，之後一個月內又連續寄出兩封信。他已經放下之前不快，只想與摯友和好。他在信裡追憶往昔，也傾訴心聲與煩惱。他享受虛名，又厭惡虛名，經常內心拉扯，但還是在一七一八年接受曼圖阿總督慷慨資助，離開威尼西亞前往倫巴底。

那年春天，韋瓦第在曼圖阿度過四十歲生日。他音樂聲譽穩固，風格儼然，但尚尼諾一封來信讓他重新思考手邊譜曲計畫。

尚尼諾寄來四首十四行詩，以春夏秋冬為題，向他提出挑戰：為這四首十四行詩各譜一首小提琴協奏曲。他迫不及待回信接受挑戰，又在之後的信中寫道：

喬瑟佩，天知道我是否有此能耐，以音符熨貼你的詩句，但我心中確有這樣憧憬，好像與你一同回到少年時代，無憂無慮只有波濤與音樂的日子。其實你我並非不幸之人，但即便幸運的人生也有許多哀愁，許多悔恨，是我不論置身威尼斯的潟湖，或曼圖阿的田野，都無法揮去的感受。我急於譜成這四首協奏曲，這是我能向你寄出最真誠的祝福。喬瑟佩，有生之年你還能回來嗎？

韋瓦第譜成《四季》協奏曲，樂譜出版於一七二五年，儘管之前尚尼諾已經讀過手稿，他還是急著寄出成品。那之後他們理當還有通信，但似乎都在時光裡遺失了。范哲安無法從信件一窺韋瓦第在曼圖阿的生活，信裡談論《四季》作曲的段落也不很多，但這無礙於他理解這音樂的內涵。那是韋瓦第眼睛所見的曼圖阿，而他想以此結合詩句，向摯友描述這風景。就像他譜寫小提琴奏鳴曲，將自己與相戀的尚尼諾和布莉姬妲相連結。對當時的韋瓦第來說，世界之大，不曾遠行東方的他無從想像，但他可以訴諸紙筆，託付遠洋航行的大船，在不能相見，不能相聞的情況下，和好友分享春夏秋冬。

以音樂描寫風景，這想法在《四季》之前難以想像，一旦真被韋瓦第實現，卻又顯得順理成章。不過范哲安對於和台北市內樂團合作演奏《四季》頗多躊躇。他感覺近來與韋瓦第太過親近，恐怕無法維持想要的清醒。

但他知道陸神父希望他多方嘗試。為了安慰病中的老神父，他沒花多少時間就和台北市內樂團議定一切。他可以設法在二月之內結束所有雜務，以便三月起專心於練習和四旬期到復活節聖事。音樂會在復活節後一週，再過一週他要去米蘭參加羅莎的婚禮。

路加再度以大小事務填滿他的工作日誌。那密密麻麻的記載有時令他興起一種感覺近乎迷惘。從十二月下旬到現在，短短兩個月的時間發生了很多事。而從現在再過兩個月，他就要親眼看著瑪利歐．蒙戴里尼將獨生女嫁給卡羅．曼奇尼。他會是觀禮賓客之一，而且大家都知道他是蒙戴里尼得意門生，台灣來的耶穌會士喬瑟佩神父。此外他預期陳怡棻的論文大概在三月之內就會完成，而他要從耶穌會的角度來考慮論文內容。

太多領悟與情緒令他疲憊，但他設法隱藏這一點，每次去醫院探望，總想讓老神父看到他神采奕奕的樣子。

這天下午他從學校返回修會，還沒踏上樓梯，就接到路加電話。

「神父！」路加在電話另一端驚喜叫著，「我找到兩封信！有一封有樂譜！」

他來不及回房放下小提琴，立刻奔上五樓檔案室。

兩封信是路加翻箱倒篋，在相距甚遠的兩處找到。兩封信都很短，卻令他震驚。

其中一封信寫於一七三九年底。

我將啟程前往維也納謁見查理六世皇帝陛下，屆時會再捎信給你。請你將小提琴託付妥善可靠之人，攜往維也納如下地址。請在右側音孔內留下你的名字縮寫

G. R. S.，我見到就如我們久別重逢一樣。

「將小提琴託付給妥善可靠之人……」

他轉頭去看立在一旁的琴盒。那裡面裝著陸神父送給他，不久前才由卡羅・曼奇尼鑑定為阿瑪蒂製作的小提琴。

他拿出小提琴仔細檢視。兩個音孔內都沒有尚尼諾名字縮寫。

他打開另一封信，在寫了又劃掉的樂譜上讀到簡短訊息：

親愛的喬瑟佩：

我一直期盼小提琴到來，如今恐怕等待不到了。威尼斯的榮光褪去，維也納如此淒涼，我已病入膏肓，但我深信永恆國度必有我的位置，正如那裡有你的位置。

你永遠的摯友，安東尼奧

沒有日期。這潦草幾行可能寫於病榻之上。他大概不久就過世了。旁人整理遺物，遵照逝者遺願將樂譜短箋遠寄中國。那時韋瓦第風光不再。威尼斯人已經忘卻他們的紅髮教士，曼圖阿也不再資助他。他前往維也納本是為了求取機會，卻在異鄉貧病交加死去。

他在桌邊坐下，望著兩封信發呆。

喬瑟佩，威尼斯的榮光褪去，維也納如此淒涼。

喬瑟佩，有生之年你還能回來嗎？

喬瑟佩從容，安東尼奧敏感，兩人能成為好友，真是既稀奇，又順理成章。

音樂追求和名聲就是我的誘惑，而我既沒有遠處可以逃避，也不知道救贖在何方。

親愛的喬瑟佩，告訴我，如何擺脫這種驕傲？

他低頭將臉埋進雙掌。抵著大腿的肘關節變得比平時沉重，甚至尖銳。他有一種悶得透不過氣的感覺。為什麼……就像韋瓦第信中所說，分明並非不幸之人，卻也有許多哀愁，許多悔恨？

許久後有人敲門。他深吸一口氣，抬起頭來。

「請進。」他說。

能進檔案室的人不多，敲門的必然是路加。他開門進來，一臉不安。

「怎麼了，臉色這麼差？」范哲安問。

「神父，我們去吃飯好嗎？快七點了。」

他明白路加為何有此神情，設法擠出輕鬆微笑。

「好啊。你要在修會吃，還是我們出去吃？」

「在修會就好了。」

他起身看了桌面一眼，「走吧，這邊先這樣。」

他們離開檔案室，走向另一邊的神父居處。

「神父，我覺得……你是不是把自己逼太緊了啊？」

「是嗎？」他側頭一笑。

「我覺得喔，你就算露出不開心的樣子也沒關係啊。生活跟演奏還是不一樣吧？演奏的話，你控制大部分的情緒，生活的話，你控制一部分的情緒就好了。一直沒有放鬆跟發洩，總有崩潰的時候。」

「謝謝你提醒我。」他輕拍路加肩頭，「我會注意的。」

晚餐過後，他一如往常去醫院看望陸神父。天黑後的冷風帶著冰凍感。他在醫院門口回頭一望，近處的常綠喬木被燈光照亮，院區外，街道和落葉行道樹模糊難辨。這是冬日尾聲風景，讓他想起尚遲明的十四行詩，和韋瓦第《冬》最後的快板樂章。

他望向明亮的醫院大廳，再回頭望向院外風景，突然意識到眼前的玻璃門正是阻隔季節的閾限。消毒水與藥物的味道就在玻璃門後。此間差別正是生的氣息與死的況味。

他深吸一口氣，踏進醫院大廳，上到住院樓層，放慢腳步走向陸神父病房。踏入病房之前，他臉上已經恢復從容。他上前親吻老神父的額頭和手背，和平時一樣聊天，然後找了一個適當時機，如實說明他在檔案室的發現。

「神父，」他側身坐在床邊，握著老神父的手，「我手上這把小提琴究竟是誰的？尚尼諾神父託人送回歐洲的是誰的小提琴？」

陸神父靠在枕上，既虛弱又有精神看著他，眼神衰老但溫暖。

「上主旨意真是難以預料。」老神父微微一笑，「我以為不會再有信件反證我的說法，這件事就可以混過去了。」

「混過去？為什麼要這樣？」

「你手上的小提琴確實如我當初所說，是十九世紀末、二十世紀初仿照阿瑪蒂做的。我想，就拿這把琴混充韋瓦第的琴，交給佛洛莉亞．柯斯塔吧。這欺瞞從道理上完全說得過去。因為，我恐怕她空手而回的話，終究不會放過你，也會危及蒙戴里尼一家。」

「但卡羅．曼奇尼的鑑定結果……」

老神父笑了，「孩子，原諒我，是我請求他幫忙。我雖然這麼老了，米蘭的關係還是在的。」

「可是我不想……這是你的小提琴，我不想交給柯斯塔。」

「孩子，」陸神父抽出手，在他臉上輕拍一下，「小提琴終究是小提琴，再貴重也比不上人。千萬不要忘了這點。日後我不在了，你也不要忘了這點。」

「神父……」

「拿聖經來。」陸神父微笑，「你讀經給我聽吧。」

他依言拿來聖經，低聲讀起《聖詠集》，陸神父帶著微笑閉目養神，偶爾睜眼開口要喝水，之後又閉目睡去。

這感覺格外平靜安詳，好像尚遲明十四行詩中所寫，在火爐旁度過安靜的時光。他讀詩的速度越來越慢，口吻越來越輕，最後闔上聖經，靠前將臉頰貼著老神父的手。枯槁的手略嫌冰涼，手背有點點老人斑，嗅得到醫藥繃帶的味道。

離開醫院時風又更涼了。他在昏黃路燈下慢步走回耶穌會。偶有落葉被風捲起。他抬頭以目光追隨那風中路徑，去無定向的痕跡。

所以，韋瓦第的小提琴究竟流落何方，還是無法知道了。

二月過去了。陸神父病況起起伏伏，但始終沒有好到能夠離開醫院。住院令人頹喪，范哲安每天一定抽時間去探病，但也只能看著老神父逐漸衰弱下去。

他知道陸神父日子不多了，不論什麼事都不願違背老神父心意。二月下旬確認小提琴真偽後不久，他就讓路加通知陳怡棻，說他手上的小提琴就是尚遲明偷走的韋瓦第小提琴，而耶穌會同意她把這一點寫進論文。

這是他放出去的第一個消息。他考慮把同樣的消息也透露給王玉玫。但他向來直接和王玉玫聯絡，不假手路加，心裡實在抗拒親口撒這樣的謊，尤其不願意去想，最後他必須把陸神父給他的小提琴奉送他人。

大半個月在猶豫中度過。進入四旬期後，他比平時更為忙碌，上課，會務，聖事，探病，他只有早晚禱時能夠放鬆。他常常想著那一天，他踏進小教堂，在陸神父腳邊坦承一切。以後還有誰會這樣待他，給他理解和寬容，甚至原諒？

三月下旬春分前的主日，離彌撒開始還有半個多小時，他坐在耶穌會一樓聖堂。沒開燈的空間朦朧深廣，被透過花窗的日光照亮。他思緒飄忽，感覺自己就像日光裡的塵埃。身後突然傳來腳步聲，雜沓而輕。有人在他背後說話。

「請問范哲安神父在這裡嗎？」

他回頭一看，茉莉站在走道中央，還有她的導盲犬開羅。白色洋裝很清純，水綠色風衣外套很亮麗。這充滿春天氣息的模樣讓他眼睛一亮。

「你怎麼來了？」他起身領茉莉在前排坐下。開羅也乖乖坐在她腳邊。

「我沒有來過彌撒，想來看看。」

「好，你跟我一起。我們現在坐在第一排。」

「等下是你主持彌撒？」

「我不是堂區神父，平常不大會主持彌撒。」

「但你會嗎？」

「那當然了。」他不禁失笑。

「你主持彌撒的時候會穿不一樣的衣服嗎？」

「會穿祭袍，還有祭披。」

「以後我都會來彌撒。你要主持的話先告訴我。我想摸你的袍子。」

「復活節彌撒我會共祭。」

「復活節我要來。」她興高采烈，「我可以摸到袍子了。」

彌撒開始後，茉莉一直隨著他站起坐下。她不知道大家唱什麼歌，但始終面帶微笑愉快聽著，這當中有一次她湊過來，悄聲稱讚他唱歌。

有這天真又世故的少女陪伴，他的心情也明亮起來。彌撒結束後眾人魚貫離去，他還和茉莉坐在最前排。他問她為何想來望彌撒。

「我一直想來看看。」茉莉回答，「你鼓勵我學鋼琴之後就這樣想了。」

「哦，為什麼呢？」

茉莉露出清新的微笑，「我有直覺，能感覺人的內心。我覺得你的心很平靜，在你以前我沒有遇到過。我想知道怎樣才能有平靜的心。」

這是他前所未聞，登時好奇心起，「那你的心呢？平靜嗎？」

「算是吧。但可能不像你那麼平靜。」

「畢竟我的年紀比你多了兩倍不止。」

「這是修道的關係嗎？」

「嗯，跟修道有關係。」然後他又補充：「跟音樂也有關係。」

「我已經開始彈鋼琴了。」她露出好孩子的神情，令他莞爾。

「所以你想接觸另一部分？」

「是啊。我喜歡平平靜靜的。」

「你在學校有好朋友嗎？」

「我跟大家都相處得還不錯，但沒什麼好朋友。從小我就沒什麼朋友，我也不是很想交朋友。我喜歡一個人。」

他想起最近路加和他討論加入耶穌會。路加也是這樣的個性，親切能與人交往，但不熱衷社交，總想一個人靜靜待著，至多和信賴的對象交談。說不定他們兩個能成為好朋友，雖然路加比她大了八九歲。

「去我辦公室好嗎？我有點口渴。」他找理由起身，手伸到茱莉面前，「我的手在你前面。」

「你轉過去，讓我搭你手肘。」茱莉摸著他的手站起，開羅也立刻站起來。

他領路帶茱莉和開羅走上三樓。他辦公室門敞著，路加坐在辦公桌一角，盯著面前的筆記型電腦。陳怡蓁不再讀信，整理檔案的工作理所當然就落在他身上。

「你感覺得到嗎？」范哲安問茱莉。

「你說人嗎？」茉莉稍微側過頭，好像細聽什麼東西。路加不明就裡，推開筆電起身。

「欸？」茉莉露出驚奇神色，「這是誰呢？」

「我的助理Luca。」范哲安示意路加倒茶水過來，「他跟你很像，也喜歡安靜，喜歡一個人。」

「誰說我喜歡一個人？」路加打開冰箱，回頭望來，「我喜歡跟談得來的人待在一起。」

「問題是幾乎沒你談得來的人。」范哲安引導茉莉坐下，一邊打趣路加。

「我跟神父就談得來啊。」路加頗不服氣。

「你不能只跟我往來，也得有別的朋友。」

「陸神父好像也是這麼說你哦。」路加差點翻白眼。

茉莉噗哧笑了，「你們好像啊。」

「順便弄點吃的來吧。」他看路加端來熱茶，「一起聊聊天。難得主日清閒。」

「神父找我們聊天欸。」路加拍手，「天塌下來了啊。」

范哲安笑著搖頭，端起茶杯慢慢啜茶。

「你年紀很小吧？」路加烤好牛角麵包端來，在咖啡桌上佈置牛油果醬及餐盤刀叉，一邊悄悄打量茉莉。他知道茉莉失明，反而更注意自己面部表情和動作，沒有任何多餘的言語舉止。

「我快十六歲了。」茱莉側頭好像在聽他的動作，一臉愉快。

路加點頭，「果然很小。」

「Luca二十四歲，但他看起來跟你年紀差不多。」范哲安說。

「神父太誇張了啦。」路加馬上抗議。

「好吧，看起來像十八歲。」

路加擺妥所有東西，在茱莉旁邊坐下，向她說明桌上物件位置，還幫她切開牛角麵包，塗上牛油給她。

「很好吃欸。」茱莉吃了兩口，頗為欣賞的樣子。

「茶是綠茶。」路加將馬克杯稍微朝她移近一點。

他們很快就聊開了，范哲安只偶爾插上一兩句話。茱莉提起她在學鋼琴，路加既驚訝又讚嘆。

「茱莉很有趣吧？」茱莉離開後范哲安問。

「真可惜，」路加點頭，「這麼聰明漂亮的女生，偏偏看不見。」

「但她的心比別人清楚。說不定視力就是代價。」

路加嘆了口氣，沒說什麼，回頭整理桌面。

「她以後主日彌撒都會來。我會帶她一起坐前面。」

「咦，神父你要收學生啊？」

「沒有，她只是慕道，也沒要學什麼。」

「她那麼漂亮，一定很多男生追吧。」

「據我所知，一個也沒有。你追追看。我直覺認為你追得到。」

「別鬧。我正在認真考慮加入修會。」

「誰又知道呢？」

「神父，你不相信我是認真的？」路加正色問。

「當然不是。」他搭著路加肩膀，「就是因為知道你認真，才想協助你往不同方向多想想，考慮周全才好。」

路加裝作沒聽見，又回到電腦前，他也開始處理週末堆積的工作，一直忙到傍晚才趕去醫院探病，再回到修會已經十點，他又在小教堂靜坐四十五分鐘才起身回房。洗完澡後他關掉大燈，就著床頭一盞閱讀燈看書，突然手機響了，是今天才交換號碼的茉莉。

「喂，茉莉。」他接起電話，「快十二點了，還不睡嗎？」

「嗯，想跟你說一下話，可以嗎？」

「當然。」

「神父，你心事很多，煩惱什麼啊？」

「你不是說我很平靜嗎？」

「你是啊。但也可以平平靜靜的有心事吧。」

他嘴角浮現微笑，「你說得對。」

「願意談一下心事嗎？」

「心事……」他起身走到窗前，拉開窗簾，望著樓下黑沉沉沒有燈光的中庭。他的辦公室就在中庭對面三樓，現在隱沒在黑暗裡。

「我的老師陸神父住院。我第一次遇見你就是去看他。那時候他只是腿受傷，現在是心臟病，很嚴重，已經住院很久了。」他頓了一下，「今晚我去看他，但沒辦法見到。他進加護病房了。我已經快要走到他病房，突然他被推出來，醫生甚至沒空跟我講話。我跟去加護病房，在外面等了幾個小時，還是不知道情況。」

「陸神父還能好起來嗎？」

「不可能了，只是時間早晚問題。」

「神父你很難過吧？真希望能抱抱你。」

「抱我……」他本來因為這孩子氣的話要笑了，卻又感覺眼睛深處有些溫熱。好像突然間寂寞襲來。他很少有這樣的感覺。

「神父，我能替你做什麼嗎？」

「真有一天我有需要，你再抱我吧。現在的話，你早點去睡覺，明天還要上課呢。」

「好，我去睡，那你也早點休息。」

「謝謝你打電話來。」

「你給我的建議對我有很大的影響，我很關心你喔。」

他笑了，「謝謝。我真的很高興。」

結束通話，他再度拉起窗簾，回去坐在床沿，一手撫著胸口。

這感覺十分溫暖，既陌生又熟悉。陌生是因為他和茉莉還算是半個陌生人。熟悉是因為世間所有真誠關懷在本質上都無不同。茉莉的話語簡短天真，卻與二十多年來陸神父給他的關愛極其相似。這溫暖彷彿天啟，但帶來安慰的同時，也預示陸神父即將離去。

他望向枕邊玫瑰念珠。銀質十字架反映著閱讀燈的光亮。

這個春天不算冷也不算暖，但在范哲安記憶裡不免寒凍。他摯愛的老師陸德仁神父走了，而他回首過去依傍老神父走來的二十多年，突然感覺自己像被解開繫泊重物的氣球，就要被風吹去。又或者像明亮日光裡隨風飄忽的蒲公英白絮，在清涼空氣裡輕盈無依。

他感覺非常失落，但除了那天下午在醫院長廊上抱著茉莉哭了一場，此後他沒有在人前掉過眼淚。每次傷心的感覺像煙霧在心底升起，他就回想和陸神父的最後一面。蒼白冰冷的加護病房裡，老神父插著管子，衰老乾枯，好像幾天之間縮了水。

「神父。」他上前輕握陸神父的手，低聲叫喚。

陸神父緩緩睜眼，對他露出微笑。
「孩子，別難過，我不是過了很長的一生嗎？我對這一生很滿意，尤其高興有你這樣的學生。」
「神父……」
「我不擔心你，只是牽掛你。你答應我，把小提琴交給柯斯塔，了結這件事。」
他還是極不情願拱手讓出陸神父的小提琴，但也已經下決心要遵從老神父意願，剛才趕來的路上和王玉玫通了電話，探病過後就接受訪問。
「我向你承諾，神父，」他說，「我一定照做。」
陸神父微笑點頭，「和台北室內樂團的演奏，我祝你一切順利。」
「謝謝。」他低下頭去，「我會盡力。」
「我還有一個問題想問你。」
「是。」
「你為什麼不放棄神職，和羅莎．蒙戴里尼結婚？或者任何其他女人？」
他有些錯愕，但馬上醒悟過來，他必須回答這個問題，此時此地回答，因為已經沒有時間了。
「因為，」他吸了一口氣，「我愛其他女人太少，不足以讓我放棄神職。我愛羅莎．蒙戴里尼卻太多，以致於不能為她放棄神職。和她結婚的話，我會心甘情願把一切奉獻給她，如今我做的一切，還有日後想做的一切，都不再可能，最終我不會快樂，她也不會快樂。但只要我還留在這條路上，任何人來找我，我都能全心應對。任何人也包括羅莎。當她遇上挫折痛苦困難，我會在這裡。但若我成為她的挫折痛苦困難，我就幫不了她，只能看著她痛苦。」

陸神父伸手要碰觸他的臉，他立刻雙手握住老神父的手，貼在臉頰邊。

「很好，孩子，你的心很清楚。去吧。再見了。」

他在床邊單膝跪地，將臉頰靠著陸神父衰老冰涼的手，閉上眼睛。片刻後他親吻陸神父的手，又起身親吻陸神父前額。

「再見了，神父。」他低聲說，與老神父貼著額頭，「但願再見的時候，我還值得你這樣嘉許。護佑我此後所有的路吧。」

他在陸神父前額劃下十字聖號，離開病床，換好衣服，踏出加護病房。他以為自己神色腳步一切如常，但沿著長廊走了幾步，突然雙腿一軟，跌倒在牆邊。

「范神父！」長廊一端有人叫喚。他在一瞥之間認出那是陳怡棻。他不想被看到軟弱的一面，立刻站了起來。突然有人奔到他面前，對他張開雙臂。

「神父，我抱你好嗎？」

「茉莉……」

他看著這張清純的臉，好像突然見到春天的具象，生命的循環流轉。他感覺他長久以來的平靜就要崩解了，在那一瞬之間他下意識抱住茉莉，臉頰貼著她頭髮。絲緞般光滑亮麗的頭髮，帶著頭皮的溫暖，花朵的芳香，又吸收空中冷氣，既暖又涼，是人生的滋味。

他想起路加說的，演奏時你控制全部的情緒，生活裡只要控制一部分的情緒就好。他從不覺得自己控制情緒過度，但也許路加是對的。他想起去年最後一天，他和羅莎那一夜，那是他記憶所及唯一一次盡情流淚。在了解他愛他的人面前，哭泣不是軟弱，而是對彼此的信賴，而現在……他想起陸神父住院後，他不只一次拉小提琴給老神父聽，有一次他拉韋瓦第的D大調小提琴奏鳴曲，獲得近乎天啟的領悟——D大調溫暖光明，是韋瓦第對尚遲明的祈願，也是他希望為自己人生定下的基調，當時他還承諾陸神父，無論如何都不要在痛苦中失去平靜。

眼淚順著茉莉頭髮滑了下去。

再見了，神父。

「喬瑟佩神父，您在發呆嗎？」一個甜膩聲音傳來，將他拉回現實。他抬起頭來，四月底陽光亮麗，植物園綠意盎然，露天咖啡座遮陽傘外站著一個中年女子，墨鏡遮住半張臉，淡黃色洋裝風姿綽約。

終於到了這一天。

「請坐，柯斯塔小姐。」他沒有起身，只是朝桌邊另一張椅子比了一下。

他們這個露天座位的兩張椅子都朝南面向一片樹林。他一開始就面向樹林坐著，不想與她正面相對的意思甚濃。佛洛莉亞大概看懂他的用意，照樣坐下，慵懶的交疊雙腿，或許想炫耀她保養得宜。

「非常感謝您告訴我這個消息，喬瑟佩神父。」她刻意以甜膩聲音說話。

他瞟了那雙腿一眼，伸手拿過他立在一旁的小提琴盒。

「正如我當時說的……」他將琴盒平放腿上，解開上面精緻的鑰匙鎖，揭開盒蓋，裡面是陸神父給他的小提琴。

他從盒蓋內側夾層拿出一個信封，「這是米蘭鑑定公司樂器部門的鑑定書。」

佛洛莉亞細看那鑑定書，「這位曼奇尼先生，不就是羅莎．蒙戴里尼的丈夫嗎？」

「您消息很靈通。正是。他是專業鑑定師，彼此又有淵源，因此找他。」

「您和他的淵源，是指都和羅莎．蒙戴里尼發生過關係嗎？」佛洛莉亞挑釁的問。

「我沒有和羅莎發生過關係。」他面不改色，「柯斯塔小姐，也許您開口之前先考慮一下發言內容。」

她側頭看他，不無造作露出驚訝神色，「如果沒有關係，為什麼竟然願意拿韋瓦第的小提琴交換照片？」

「因為我已故的老師魯札托神父這樣交代我。」他平靜回答，「他希望我交出小提琴，滿足您的貪慾，從此還我們安寧。」

「您不擔心數位資料太容易備份嗎？」

「一點也不擔心。因為我不打算過問您如何處理那些照片。」

「若我說除了那三張，還有更難以辯解的照片呢？」她露出得意的微笑。

就他記憶所及，那夜他們很早就拉上窗簾，外人應該拍不到他們更親近的畫面，但他沒有百分之百的把握。事到如今，擔心於事無補。他不在乎自己受罰，只在意羅莎被他連累。

「那也沒辦法。您拿了小提琴後打算怎麼做，不是任何人能夠干預，全憑您一個人的意思。一切都是您良心問題。」

佛洛莉亞將鑑定書平放桌上，轉身面對他，微微向前傾身。她的洋裝領口又低又寬，隨著這個動作，她豐滿雙乳有大半露在他眼前。

「神父，」她一揚眉毛，顯然意在挑逗，「您為什麼堅持神職？既然按捺不住，非要和羅莎・蒙戴里尼那樣親熱，難道不表示您也有難以克制的慾望？」

「是人都有慾望。」

「您知道義大利有多少表面端莊，實際荒唐的神職人員？連梵蒂岡境內也不可免。」

「別人如何是別人的事，恐怕我管不著。」

「喬瑟佩神父，」她輕笑起來，「事情弄到這樣，大家都很難看。既然已經很難看了，也就不在乎有個同等難看的收尾吧？」

「什麼叫做同等難看的收尾？」他闔上小提琴盒，轉頭望向不很遠處的樹林，故意不看她。

「難道您不知道我的意思？」

他回頭和她對上目光。就在那兩三秒的時間裡，他看見她眼裡某種近乎掠食者的神情。她是樂器獵人，又好弄風情，有這樣的神情也是自然。

他微微一笑，側身向她靠過去，用手比了一下。她愉快的湊上耳朵。

「柯斯塔小姐，」他壓低了聲音，彷彿訴說什麼祕密，「您很有魅力，恐怕多數男人都難以抵擋。然而男女之間不是只有交媾一事，感情也能去除肉慾而存在。我和羅莎不曾發生關係，我沒有為她違背誓言，也不打算出於任何原因為您違背誓言。」他頓了一下，「就算您是亞歷山大港的泰綺思，我也不會為您違背誓言。」

他恢復原先坐姿，憑眼角餘光知道她漲紅了臉，心頭多少有些快意，雖然他知道如此出口傷人有失厚道。

「喬瑟佩神父……」

「帶小提琴走吧。」他打斷她，「您認為手中握有我的把柄，我又何嘗沒有您的把柄？您在台灣做的事不會了無痕跡，但只要您遵守承諾，我們可以相安無事。」

他將鑑定書放回琴盒夾層，用鑰匙鎖上，將琴盒和鑰匙放在桌面，站起身來。

「等一下。」佛洛莉亞也站起來，「您還沒有告訴我，為什麼之前要放出小提琴遭竊的消息？」

他微微一笑，「我給您兩個答案，您可以選擇一個喜歡的來相信。第一，我想藉著假消息讓您相信小提琴已經不在我手上，希望您可以不要再來騷擾我。第二，我想增加您銷贓的困難度，畢竟這在台灣是以竊案處理。」

佛洛莉亞臉色更難看了，但他沒給她說話機會。

「這把小提琴從現在起就屬於您了。」他輕敲琴盒，轉頭離去。佛洛莉亞在後面叫喚，但他沒有回頭，直直走入樹林。咖啡座的溫暖頓時斂去，林間瀰漫清涼味道。他漫無目的走著，偶然仰頭一看，陽光穿透樹冠，背光樹葉與澄藍天空對比，既明又暗的景象讓他停下腳步，再收回目光時，意外看見茉莉和導盲犬開羅走入林蔭。

「茉莉！」明知她看不見，他還是下意識抬起手。

茉莉停下腳步，稍微側過頭，「是范神父嗎？」

「是啊。」他走上前去，「你怎麼會在這裡？」

「我們學校在這附近啊。我剛下課，從這邊穿過去搭公車，要去老師家彈琴。」

「彥行和怡棻現在怎麼樣？」

「什麼怎麼樣啊，唉！」茉莉老氣橫秋嘆了口氣，「快急死我了。」

他不禁失笑，「你急什麼呢？」

茉莉無奈搖頭，「因為我感覺得到嘛。他們其實應該都很喜歡對方，只是不習慣改變關係。」

「走吧。」他把茉莉的手拉到肘後，「我晚餐之前都沒事，跟你一起去他們那邊看看。」

「你有去過嗎？」茉莉乾脆挽住他。

「我……」他低頭看著自己手臂，不禁一笑，「我去過。有一次怡棻喝醉了，我送她回去。」

「哎呀，你沒吃她豆腐吧？」

「我是這種人嗎？我把她交給彥行了。」

「那還差不多。」

他們慢慢走出清涼的樹林，在溫暖的陽光下等公車。

「神父，我想問你一件事。」茉莉側身靠著他手臂，好像女兒對爸爸撒嬌。

「你問。」他輕拍茉莉手背。

「Luca 真的要當修士嗎？」

他微微一笑，「他是這麼說的，但還在考慮。你可以跟他談談啊。」

「談什麼？」

「談……談什麼都可以，談戀愛也行啊。」

「神父！」她在他手臂上拍了一下，「很過分哪！」

「你不喜歡 Luca 嗎？」

「喜歡是喜歡，但是……我沒談過戀愛。」

「總有第一次。」

「你談戀愛的感覺很好嗎？」

「很好，當然好。」

「她跟別人結婚了，你好像也不太難過，還去參加婚禮，好奇怪喔。」

「因為我很愛她。我想看到她幸福快樂。」

「你自己也可以做到啊，讓她幸福快樂。」

他搖頭，「我做不到。我慢慢了解了。有些人可以專心愛一個人，有些人心裡總是有很多人，我屬於心裡有很多人的那種，總是同時關心許多事。如果我和 Rosa 結婚，遲早我會讓她失望，也許我們會爭執吵架，到時候她在我心裡可能也沒有現在這麼美好。」

「你很珍惜跟她戀愛的感覺，想一直保留那種感覺。好清純喔。」

他莞爾，「也許吧。」

「神父，你有想過跟我談戀愛嗎？」

他先是一呆，隨即大笑起來。

「我都可以當你爸爸了，談什麼戀愛？」

「你只比我大二十歲……」茱莉咕噥，「不過當爸爸也很好啊。你就當我爸爸好了。我見到你的時候還比見到我爸多呢。」

公車來了，他們上車坐在後門附近。茱莉一直挽著他手臂，頭靠在他肩膀，儼然就把他當爸爸了。這感覺特別溫馨且輕鬆。他感覺剛才大笑過後，笑容還留在臉上沒有褪去。這心情一直持續到他們抵達李彥行住處。他本想和陳怡棻敘舊，但她外出不在，他只好坐在李彥行客廳，看茱莉認真練琴，偶爾拿手機出來滑個兩下。他有看義大利藝術新聞的習慣，現在一則新聞標題吸引他的注意：墨索里尼小提琴現身倫敦拍賣場十五萬英鎊流標。

墨索里尼的小提琴？他微微皺眉，先把手機關成靜音，然後點進新聞影片。畫面上的小提琴色澤明朗，外型和他剛才交給佛洛莉亞的小提琴很像，明顯模仿阿瑪蒂。他突然在一個極近鏡頭看到小提琴右側音孔刻著小小的「G. R. S.」字樣，登時呆了。

「請在右側音孔內留下你的名字縮寫G. R. S.，我見到就如我們久別重逢一樣。」韋瓦第信中這麼寫。難道這就是喬瑟佩．尚尼諾親手刻上的名字？這才是韋瓦第的小提琴？

他不方便聽新聞，但從文字說明得知，由於墨索里尼聲名狼藉，十五萬起標的小提琴無人問津。這筆交易不公開賣家身分，但還是有特殊管道可以打聽。他想知道賣家是誰。

他深吸一口氣，看了一眼鋼琴前的師生背影，起身悄悄跨出窗戶，走到樓下，仰頭看著午後蔚藍天空，拿手機撥通電話。

從機艙窗戶望出去，高空雲朵零散飄浮，日照下白得亮眼，極遠處地面彷彿幾何拼貼，雲的投影隱約可見。距離米蘭只剩不到一千公里了。

范哲安此行前往米蘭，主要為了錄音，但並非原本的錄音計畫。

之前簽約的鮑爾德里吉公司在《四季》音樂會後打來電話，除了跟他商定夏天錄音細節，還有一個新的提案——灌錄一首韋瓦第早期的三重奏鳴曲，有十九段變奏的《佛莉亞狂舞曲》。他和台北市內樂團的《四季》音樂會以此為安可曲，鮑爾德里吉的聯絡人說，他們看到音樂會的錄影。

「神父，我們旗下另一位小提琴獨奏家對您的詮釋感到讚嘆。」對方在電話中說明，「喬瑟夫．佛蘭索瓦先生。」

「哦，是嗎？」范哲安有些意外。

「能不能說說您對這奏鳴曲的領悟？」

「這首奏鳴曲，」他略微思索，「佛莉亞舞曲是古老的歐洲旋律，以此譜寫變奏的作曲家很多，韋瓦第這個版本也不完全是他原創，顯然受了柯列里的影響。和柯列里相比，韋瓦第的變奏更放肆大膽，甚至瘋狂，卻又非常優美，非常虛心。對我而言，這曲子呈現慾望，正視慾望，釋放慾望，又捕捉慾望，簡直就是一部懺悔錄。」

「慾望？」

「是人都有慾望，韋瓦第當然也有。這曲子寫成時間大約在他晉鐸前後。他走在這條路上，應該比俗人更加意識到面對慾望的重要。」

「啊，」對方恍然，「您也是神職人員，因此特別有體會？」

「可能吧。」

「這樣的話，我們建議您錄製這首奏鳴曲，可以收錄在我們預計明年發行的小提琴奏鳴曲專輯。」

「這是雙小提琴和通奏低音奏鳴曲，您希望我拉哪個部分？」

「這是您的體悟，當然由您拉第一小提琴，第二小提琴交給佛蘭索瓦先生。」

范哲安遲疑了，「他是聲譽卓著的小提琴獨奏家，第二小提琴不是委屈他了嗎？」

「這是他的意思。他說，如果您願意，他就願意拉第二小提琴。您了解的，這是他的音樂選擇。」

「我了解。原則上我同意，但能否給我一點時間考慮？」

「我們很樂意。不過佛蘭索瓦先生時程很緊，如果您同意合作，恐怕在五月中之前就必須完成錄音。」

「好的。那麼，請您明天再打來，我給您確切回覆。」

自從將小提琴交給佛洛莉亞，他沒有試圖打聽此事後續，也不清楚佛蘭索瓦是否持續涉入其中。他但願佛蘭索瓦樂意屈居第二真是基於音樂理由，而不是抱著其他目的藉故接近他。

雖有這樣疑慮，音樂的召喚還是大過一切。最後他接受提案，商定五月初前往米蘭。他只停留一週，要和佛蘭索瓦合作錄音，還要順便和羅莎見面，當面了解墨索里尼小提琴的下落。他在登機前不久收到羅莎的訊息，說「事情有眉目了」。

下飛機後他先到耶穌會修院安頓，然後前往鮑爾德里吉公司。兩個地點都在米蘭舊城核心，距離米蘭主教座堂廣場不遠，他步行前去，彷彿重溫學生時代。

他在鮑爾德里吉初次見到喬瑟夫·佛蘭索瓦。這舉世聞名的音樂家比他年長十餘歲，保養得宜，頗有風流瀟灑氣度，屬於男人也會欣賞的類型。

他們進入一間寬敞的會客室，地上鋪設文藝復興時代精緻的穹頂手工真絲地毯，上有四張原木雕刻緹花古典布單人沙發，沿地毯對角線相望，沙發旁都有同款式的原木矮几。

法蘭索瓦儼然半個主人，已經選定座位，以手勢請他坐另一張靠近的沙發。

「神父，」佛蘭索瓦義大利語十分流利，「首先我要向您道歉。」

「道歉？」他和佛蘭索瓦約呈五十度角對坐，他稍微調整坐姿，好面向這位大音樂家。

「我的朋友佛洛莉亞·柯斯塔。」佛蘭索瓦握拳敲膝，「她從台灣帶回一把阿瑪蒂，說是韋瓦第的小提琴，慫恿我在某個市場處理，但我還在考慮。」

沒想到佛蘭索瓦這麼直接了當。范哲安決定暫不開口，只以眼神示意繼續。

「如果她相信那是韋瓦第的小提琴，以她那貪婪個性，應該不會主動提供給我。此外她說那小提琴是您親手交給她的，我對這一點也持保留態度。」
「為什麼？」
「若那真是韋瓦第的小提琴，我不相信您會願意交給她。」
「我別無選擇。她勒索我。」
佛蘭索瓦一笑，「神父，我看了您的音樂會。我很難相信像您這樣拉小提琴的人，竟然會接受勒索。」
「我個人或許不會，但我也有必須保護的人。」
「羅莎．蒙戴里尼？」佛蘭索瓦突然傾身向前，雙手交握，鄭重的問。
「是誰不重要。總之我確實接受柯斯塔勒索。」
「您不問我為何知道羅莎．蒙戴里尼？」
「不需要。您若想說，自然會說。而且您不說我也猜得到。想必是柯斯塔小姐告訴您的。」
佛蘭索瓦點點頭，然後突然坐正了，「神父，您願意在這裡聽告解嗎？」
范哲安有些錯愕，但還是立刻點頭，「請說。」
「我……」說是告解，他卻起身在房內踱步，「我從來不懂如何掌控情感和慾望。這麼多年來，我過了相當放浪的日子，我的經紀人甚至警告我，再這樣下去，我的私生活玩完了，音樂事業也會跟著玩完。我一直不樂意理會他的規勸。但不知怎麼回事，最近幾個月我起了厭倦感。我厭倦那種不管面對什麼都無法滿足的感受。我在想，難道我開始希望過安定日子了？我一直沒有結論，直到偶然看見您演奏《佛莉亞狂舞曲》的影片。」

范哲安抬頭看著佛蘭索瓦。這舉世聞名的小提琴家現在停下腳步，一手叉腰，一手捏著下巴，低頭看著繁複的地毯，思索著。

「您的演奏讓我了解……」他抬頭望著華麗的壁紙，「慾望是一種音樂概念。這領悟讓我豁然開朗。我知道我厭倦什麼了。我不是厭倦始終有那麼多慾望，而是厭倦為了這些慾望而追逐他人。行歡作樂那麼多年，只證明這樣的生活不會消滅我的慾望，也沒能滿足我的慾望。我開始想，一定有別種方式讓我面對自己。」

他又走回來坐進沙發，像之前那樣雙手交握，前傾身體，抬眼看著范哲安。

「神父，我有三十年沒望過彌撒，更長的時間不曾告解——這有很大一部分因為我不信任歐洲神職人員——那麼，在這樣的情況下，我該說什麼呢？」

范哲安看著佛蘭索瓦。多麼奇妙，一個人敞開心扉的時候，一雙眼睛就能訴說千言萬語。

他對佛蘭索瓦微笑，「告解不在乎形式，甚至不見得在乎內容。最重要的是意願。剛才您已經說得非常明白了，至少我聽得很明白，上主更是瞭然於心。」他抬手憑空畫了十字，「您永遠都可以信靠上主，在信賴裡求得平靜。」

佛蘭索瓦眼神裡有一絲詫異，也有驚奇。

「神父，我很佩服您，在慾望面前這樣坦誠。」片刻後他說。

「坦誠的是韋瓦第神父。」

「對，回到韋瓦第。」佛蘭索瓦拍著沙發扶手，「關於佛洛莉亞手中的小提琴，您有什麼要說明？」

范哲安微微一笑，正要開口，突然一個念頭憑空而降，悄無聲息，卻彷彿晴天霹靂。

「神父？」佛蘭索瓦側頭看他。

他擺手起身，這次輪到他低頭踱步，思索剛才那個念頭。他考慮了至少一分鐘，這當中佛蘭索瓦一直安靜等待。

「您想要韋瓦第的小提琴？」他停步望向佛蘭索瓦，「為什麼？」

「為什麼？」佛蘭索瓦好像覺得這問題很奇怪，「我拉小提琴，我當然想要韋瓦第的小提琴。他不但是大作曲家，本人也是炫技小提琴手。」

「所以是出於音樂原因？」

「那當然。」佛蘭索瓦輕哼一聲，「我和佛洛莉亞不一樣。」

范哲安深吸一口氣，「那麼，我可以告訴您，您手上那把並非韋瓦第的小提琴。」

佛蘭索瓦瞪大眼睛，好像非常意外，儘管不久前他才說對此抱持懷疑。

「那是我的老師魯札托神父的小提琴，我拿到演奏文憑回台灣後，他就送給我了。以此混充韋瓦第的小提琴去交給柯斯塔小姐，是他臨終的交代，我才因此照辦。」

「果然您不是接受勒索的人。」佛蘭索瓦點頭，「但為什麼突然改口呢？」

「因為我可能已經探得韋瓦第小提琴的下落。您真的想要，以您的財力是能買下。只要外界還不知道那是韋瓦第的小提琴。」

佛蘭索瓦困惑了，「您為什麼要告訴我這些？難道您不想要韋瓦第的小提琴？或者，耶穌會不想要？」

范哲安搖頭，「我要我的老師魯札托神父的小提琴——以韋瓦第的小提琴交換。」

佛蘭索瓦起身走到他面前，佩服的看著他，「好的，神父，我相信您，這就算和您達成共識了。那麼，能否請您說明細節？」

他微微一笑，拿出手機，「可能有人比我更適合說明。」

羅莎．蒙戴里尼在半小時內就趕到鮑爾德里吉，用平板電腦展示之前流標的墨索里尼小提琴。

「雖然沒見到小提琴，但卡羅說，從任何方面看來，都應該是阿瑪蒂真品……」

「曼奇尼先生竟然為耶穌會出具不實鑑定書，這實在令我驚訝。」佛蘭索瓦插嘴。

羅莎抬頭一笑，「有時候，真假也有世俗以外的標準。」

她滑到另一張特寫照片，指著右側音孔，「這個縮寫符合喬瑟佩在檔案室讀到的資訊。」

范哲安拿出手機，將他拍下的韋瓦第短箋給佛蘭索瓦看。

「天哪……」佛蘭索瓦輪流看著電腦和手機，頻頻點頭。

「現在問題是，這把小提琴的擁有者是誰。」羅莎微笑。

「是誰？」兩個男人同聲問。

「你們想不到的。」羅莎抿嘴一笑，「是耶穌會。」

「耶穌會？」范哲安一呆。

「羅馬總部。」羅莎接著說，「他們可能不希望被知道竟然擁有墨索里尼的小提琴，因此不公開賣家身分。他們應該也不知道韋瓦第和尚尼諾的往事，畢竟連握有證據的耶穌會中華省都搞不清楚了。」

「神父，」佛蘭索瓦立刻轉向范哲安，「我需要您的幫助。千萬別再把小提琴放到拍賣場上。不然……我們今天就趕去羅馬。」

「這……」范哲安猶豫了，「請您先冷靜下來。」

「喬瑟佩，去吧。」羅莎鼓勵他，「協助佛蘭索瓦先生買下那把小提琴，你才好帶魯札托神父的小提琴回去。」

「我現在就可以給您那把小提琴。」佛蘭索瓦拔腿就走，回頭比著手勢，「一小時內一定回來。您要出去的話請別離開太久。」

佛蘭索瓦走了，砰一聲關門，房內只剩下他和羅莎。他走到她面前，一手搭她的腰，一手捧她的臉，低頭親吻她前額。

「羅莎親愛的，一切都好嗎？」

羅莎雙手抱住他的腰，仰頭輕吻他嘴唇，「很好，一切都很好。」只是唇上輕沾一下，也足以讓他陶醉。

「我們出去散步吧。」他牽住羅莎的手，「不然的話……」

羅莎噗哧一笑，和他一起走出會客室。

他們踏出鮑爾德里吉，正是下午三點陽光最盛時刻。米蘭主教座堂廣場熙攘熱鬧，他們在明亮日光下漫無目的散步，不時微笑看著彼此。

「喬瑟佩，」羅莎以手遮在眉骨邊，微微瞇起眼睛側頭看他，「我好像回到剛認識你的時候，對你有好多憧憬，但又知道我們不可能在一起。」

「我對你可能始終是這樣。」他也報以微笑。

羅莎挽住他手臂，抬頭嫣然一笑，「我們大概會一直這樣吧。」

那段散步不長，大概半個多小時。他讓羅莎挽著手臂，兩人走在米蘭街頭。他告訴羅莎佛蘭索瓦找他合作的原因，以及他在韋瓦第音樂中體悟的哲理。那是修道者的告白與懺悔，訴說明亮日光之下，愛與被愛終將煙消雲散，人性掙扎痕跡也將消失。這理解曾經屬於韋瓦第，如今屬於他。

「愛與被愛終將煙消雲散嗎？」羅莎停下腳步，抬頭問他。

他停步回頭一望，蔚藍晴空襯托下，灰白色主教座堂高聳矗立，向廣場投下蔭影。

人們走入蔭影，又走出蔭影。白日喧囂溫暖朦朧。他彷彿能用眼睛看見已經走過的人生道路，以及往後還必須走下去的旅途。

「即使愛與被愛終將煙消雲散，但在這樣的日光之下……」他拉起羅莎另一隻手，貼在唇邊親吻，抬眼看著她，「我愛你，羅莎——如果現在我還可以這麼說。」

她順勢輕撫他臉頰，「你永遠都可以這麼說。我也會這麼說。喬瑟佩，我愛你。而且我永遠都會像今天一樣愛你。」

他張開雙臂，當街將她擁入懷裡。哪怕是一刻半刻也好，他要將這溫暖永遠銘刻在回憶深處。他微微仰起頭。日光好亮。照在今日的米蘭，也曾照在三世紀前的威尼斯，安東尼奧無意間窺見，親吻布莉姬妲的喬瑟佩，他們的愛情，還有，正如安東尼奧所言——喬瑟佩心裡抹不去的慾望。

雖然最後的最後，他還是告別那慾望，去了很遠的遠方。

19

領悟，慾望與概念

佛蘭索瓦

五月底，北台灣溫度常在三十度以上，佛蘭索瓦踏出桃園機場，被撲面熱氣悶得幾乎無法呼吸。他左顧右盼，不遠處一輛淺色TOYOTA放下副手座車窗，有人探頭對他搖手。

「喬瑟夫！」那人將墨鏡推上前額，是范哲安。

「啊！喬瑟佩！」他提起行李上前。范哲安也從駕駛座下來。

「只有一個手提行李？」范哲安打開行李廂。

「我只來三天。」他聳肩，將行李和小提琴盒放入行李廂，拉下廂蓋，又退一步打量這車，「你的車？」

「修會的。我沒買車。」

上車駛離機場後，佛蘭索瓦不時側頭去看開車的范哲安。他又已經戴回墨鏡，抵擋太過強烈的日光。

半個月前透過范哲安協助，佛蘭索瓦以十五萬英鎊價格由羅馬耶穌會總部購得「墨索里尼的小提琴」。他非常感謝范哲安沒有說出真相，否則他恐怕負擔不起這把小提琴的天價。那之後他們在米蘭完成韋瓦第《佛莉亞狂舞曲》錄音，整個過程讓他深受啟發。他於是決定無論如何要再來台灣，親眼一睹他只看過照片的韋瓦第書信。他自覺與這位青年神父已經建立深厚交誼，甚至樂意隔天在台北音樂學院和范哲安幾個學生見面。

他們離開機場就直奔耶穌會。他急著想看韋瓦第的信，真正看到時卻沒心思細讀，一直坐在桌前看作曲家筆跡發呆。過了一段時間他才注意到，范哲安在閱讀室外和一個女人說話。

他透過門上玻璃向外望。范哲安靠著一排厚重書架，正和那女人討論手中文件。對方大約三十歲，頭髮不長不短，大概新燙過，波浪起伏很有韻味。容貌稱不上美，但有一種溫和氣質討人喜歡。妝容恰到好處，明亮但不厭膩。衣著不刻意突顯腰臀，但遮掩不了曼妙身材。他的目光被她漂亮胸形吸引。

這女人是誰呢？他十分好奇，索性開門出去。她抬頭望來，立刻瞪大眼睛，一臉難以置信，顯然已經認出他。

「這是《弦樂》雜誌的編輯，王玉玫小姐。」范哲安向他介紹，「玉玫的意思是玉做的玫瑰。」

「玉做的玫瑰？」他挑眉一笑，「喬瑟佩，你和以玫瑰為名的女人特別要好？」

范哲安笑著輕拍他手臂，「我只跟一朵玫瑰特別要好。」

王玉玫臉上掛著禮貌的微笑，雖然聽不懂他們講義大利語。

「王小姐，見到你是我的榮幸。」他改口說英語，「我來台北看望范神父。」

「啊，」王玉玫有些驚訝，「很高興見到你……呃，我是不是打擾你們討論事情？」

「不，我們沒討論什麼。」他摸出名片遞給王玉玫，「我也是弦樂演奏者……這上面有我的電話和電子郵件，請和我保持聯絡……呃，不然，我想邀請你今天一起晚餐，你有空嗎？」

范哲安摸了一下鼻子，顯然竭力忍笑，他只能假裝沒看到。

「晚餐？我嗎？」王玉玫接了名片，手足無措轉向范哲安，「神父……神父你會去嗎？」

范哲安依舊一副忍俊不禁模樣，「喬瑟夫沒有邀請我。」

「嘖，喬瑟佩，」佛蘭索瓦伸手勾住他肩膀，另一手握拳輕敲他頭殼，「我有說不請你嗎？」

「要請我？你三思啊。」范哲安終於笑出來。

他放開范哲安，轉向王玉玫，「我邀請你和范神父。我住的旅館旁邊有一家酒吧，食物和酒都很不錯，我去年巡迴到台灣，沒演奏的時候每晚都去。」

「對了，」范哲安插話進來，「你還記得怡棻和彥行？他們在那邊工作。」

王玉玫點頭，又露出微笑，「神父和佛蘭索瓦先生是好朋友？我好像沒看過神父笑得這麼開心。」

「哦，是嗎？」佛蘭索瓦頗為得意，搥了一下范哲安，「喬瑟佩，看來你應該與音樂家交往，才不至於因封閉而乾涸——喔不，你身邊本來就不缺音樂家，可見你需要的是頂尖的音樂家朋友。」他沒給范哲安機會說話，伸手在那疊稿件上重重一拍。

「先把事情討論完吧，神父。」他對范哲安眨眼，一臉愉悅走回閱讀室。

那天晚上他舊地重遊，和范哲安、王玉玫一起光顧那家 piano bar。陳怡棻和李彥行都對他們造訪感到驚訝。

「你到底想什麼？」趁王玉玫轉頭看李彥行彈琴，范哲安壓低聲音問。

「我不是為了跟她上床才邀她晚餐。」

「你最終做此打算嗎？」范哲安追問，「她之前有過不好的經驗，請你不要傷害她。」

「傷害她？」他放下酒杯，正色看著范哲安，「我不是來台灣尋歡作樂。我只是一見之下對她非常有好感，想進一步認識。」

范哲安點頭，又看一眼他立在旁邊的琴盒，「等下你要不要和彥行合奏？客人可有耳福了，不只聽到演奏，還見到韋瓦第的小提琴，雖然他們不知道。」

「不如你來吧。你幾乎沒用過這把小提琴呢。」

李彥行彈完一首蕭邦，范哲安拿著小提琴上前商量曲目。佛蘭索瓦一肘靠在吧台，一手擎著酒杯，在高腳椅上側身而坐。

「范神父好像比以前開朗了。」王玉玫說，「可能交到好朋友。」

「好朋友是指我嗎？」佛蘭索瓦微笑，「那是我的榮幸。」

「可惜你和范神父都很忙，沒機會多碰面交流。」

「時間可以安排。」他對她眨眼一笑，「我會儘量常來台灣，拜訪……喬瑟佩神父。」

她似乎聽懂言外之意，微微有些臉紅。

鋼琴旁兩人議定曲目，范哲安退了兩步，拉起一個眾人耳熟的曲調，是克萊斯勒《愛之喜》。

佛蘭索瓦望向王玉玫。她認真看著兩名演奏者，沒注意他的目光。

看著一個女人，卻不只看到屬於他慾望的那一部分，這感受十分奇特。雖然還沒說上多少話，但王玉玫給他的印象和感覺，和之前他曾經往來的女人都不相同。她清新自然，與他過去荒誕好像分處兩個世界。

他曾出於慾望和貪婪，與佛洛莉亞糾纏不清好些年。三月初他得知她冒名對李彥行胡亂許諾，終於回頭思考他們的關係。他打過一通試探電話，在通話中明白意識到他們正漸行漸遠。掛掉電話的同時，他想在心裡徹底告別她，但或許習慣使然，一時之間他無法全然擺脫過去。

不過那一刻終要到來。半個月前他交還范哲安的小提琴，激怒了佛洛莉亞。

「你憑什麼把小提琴還給他？」她在電話中指責。

「你自己說不相信那是韋瓦第的小提琴。我還給他有什麼不對？」他在電話這一端好整以暇喝著紅酒。

「你們一定有暗中交易。我……」

「佛洛莉亞，」他放下酒杯，聲音轉而嚴厲，「不要再去騷擾喬瑟佩神父。現在他是我的音樂夥伴，我們未來有很多合作機會。」

「我就不相信我弄不出他和羅莎．蒙戴里尼的醜聞！」

「佛洛莉亞！」他一拳搥在桌上，差點震翻酒杯，「我警告你：離他遠一點！」

「可惡！我處理這件事可花了不少錢，你……」

「你能為這件事花多少錢？我給你兩萬歐元，夠了嗎？」

「你……」

「你明天就會收到兩萬歐元，但是我請求你，拿了兩萬歐元，請你永遠不要出現在我面前！」

他就這樣和佛洛莉亞說再見了，這個以花朵為名的女人。她曾經令他心動，但在慾望泥中久了，芳香也會變得濁臭逼人。

他身邊的王玉玫還維持同樣坐姿，入神看著鋼琴邊兩名演奏者，波浪髮尾在燈下閃爍微光，他竟然因此心跳加速，不由自主伸手壓著胸口，感受一種無聲的心動和湧流。若在以前，他現在就會伸手觸摸她頭髮，等她回過頭來，他會靠上前去，三言兩語，幾個小動作，就能打動芳心。

但他沒有伸手。

燈光暈黃的酒吧，演奏《愛之喜》的兩個身影，三兩散坐的客人和朦朧話聲。這情景極其溫暖，就像阿瑪蒂小提琴音色。他微笑看著眼前一切。站在獨奏舞台這麼多年，他直到最近才真正領會自己演奏的音樂。一旦體悟音樂，原本迷霧般的人生也清晰起來。他甚至對自己往後人生興起前所未有的好奇。

慾望是一種音樂概念。向范哲安告解時他這麼說。既然如此，他所感受的慾望必然也如音樂，無論那概念多麼急切熾烈，都能徐圖表達。

就像他演奏過的每一段急板，其中不曾有過馬虎音符。

20

曼圖阿晨信

韋瓦第

整夜靠在桌前寫字，他披在身上的外衣幾度滑落，現在又要落下右肩。他左手一拉，揪住寬大的衣領，但沒有停下右手工作。蠟燭幾乎燃盡，窗外天色漸亮，他總算放下鵝毛筆，拉著外衣起身望向窗外。

多虧曼圖阿總督慷慨資助，他的住處位在蘇必里奧湖南側，窗外景致怡人，此刻湖面霧氣氤氳，空氣有些冰涼，但隨著日光升高，水氣和涼意很快便會消散。

他整夜都在譜曲，急於完成尚尼諾開出的挑戰——春夏秋冬四首弦樂協奏曲。他已經陸續寄出部分樂譜，只是摯友遠在世界彼端，一通書信由曼圖阿寄出，大約一年後才能抵達北京，他等不了那麼久，總是一有話說就動筆，不顧一切將信寄出。

昨天他收到尚尼諾來信，信裡附上應他要求修改的十四行詩，信的本身卻近乎囈語。

最親愛的安東尼奧：

關於四個季節的協奏曲，雖然至今尚未見到四部完整樂譜，我深信這作品將令你樂史留名。而我有一個請求——請在譜上隱去十四行詩作者之名。這不是因為詩作不佳，我不願承認，而是因為我始終自覺虧負了你，作為我們和好的象徵，我想將一切美善歸於你手，你也好以此明白我真誠心意。

安東尼奧，你想像不到，每次你來信，訴說對過去種種懷念，勾起我怎樣美好回憶，又因為這回憶受了多少折磨。離開義大利亞，離開歐洲，是我自己的選擇，但我為何總在選擇之後懊悔！若是重來一次，我願意為布莉姬妲拋棄神職與虛名，又或者，即便不放棄神職，我也不該逃離威尼西亞。我曾多次興起這念頭，放棄在中國傳教，回義大利亞去吧。但我又不願承認自己軟弱。我已經從威尼西亞逃走一次，我不能再從北京逃走。上主也不會容許我這般怯懦。

如今我已明白過來，我出走傷害了你也傷害了我。我或許沒有真的失去摯友，但我失去與摯友並肩而行的機會。世間知音本來稀少，此地更是一個也沒有。啊，安東尼奧，我是多麼想念我們共度的日子。或許晚年我還有機會回到歐洲，因此你必要善自珍重，等待再見之日。

完成這四首協奏曲吧，這將是你的救贖，也會是我的救贖。有一天我們都將逝去，化為塵土，但這美好音樂不會被遺忘。春夏秋冬，四季都寫著你的名字。

繼續寫信給我，安東尼奧。

你永遠的摯友，喬瑟佩

他握住玫瑰念珠上的十字架。外衣滑下右肩，落在腳邊。他感覺胸口一陣緊縮，呼吸變得困難。氣喘犯了。他跌回椅中，張大了嘴，仰頭盡力吸氣。他的腳踢到桌邊三兩散落的紙團。他喘著氣撿起紙團，在桌上一一按平。那每張信紙都只寫了一句就被他揉掉扔下。

喬瑟佩，放棄北京，現在就回來吧。

他看著被揉皺的信紙，淚水湧出眼眶，撲簌落在膝頭。

「喬瑟佩，對不起……」他的呼吸又恢復順暢，喉頭卻哽咽收緊。尚尼諾在信中喃喃道歉，令他感到羞慚。這些年來他們往返通信，因為相距遙遠，反而修復了友誼，但他心裡一直藏著祕密，沒有全然坦誠。

那一年春夏之交，尚尼諾不聲不響離開威尼斯，還帶走他的阿瑪蒂小提琴。尚尼諾想必深信他對布莉姬妲另有圖謀，才會如此決絕，而他氣憤摯友盜竊以為報復，更氣憤自己沒及早把話說開。有時他對這情況感到沮喪，有時卻抑制不住怒火中燒。那天在慈悲孤兒院上課，突然一陣煩悶讓他失去耐心，索性扔下樂團拂袖而去。他穿過聖馬爾谷廣場，頂著烈陽來到岸邊，眺望潟湖與大海。

「安東尼奧神父！」有人在後面叫喚，是布莉姬妲。

「什麼事？」他看到她就想起尚尼諾，但還是設法收斂神色，不去遷怒。

她臉色蒼白，「我想跟你說，他會突然離開，應該是因為我拒絕了他。」

「你說喬瑟佩？」他嘆了一口氣，「我想像得到。我也認為慈悲聖母修院太過嚴厲，你在那裡恐怕不會快樂。」

「那不是我拒絕的理由。」她低下頭，不安的捏著手，「我拒絕的是他。」

他點頭，「他若不為你放棄神職，你的決定也很正當。」

「我……不在意他不放棄神職。」

他感到困惑，「那為什麼拒絕他？」

「因為……其實我心裡有更喜歡的人。」

他舒了一口氣，雙手搭住她肩膀，露出微笑，「布莉姬妲，好孩子，你有中意的對象，怎麼不早告訴我？也許我能替你和喬瑟佩說明。」

她抬頭看著他，「因為那個人是你，安東尼奧神父。」

他吃驚得向後退了兩步，差點一腳踩空摔落海中。

「你一點感覺都沒有嗎？」她踏前一步，他馬上抬手制止，往旁邊走了兩步。原本溫暖的海風驟然涼了。

「你跟喬瑟佩說什麼？你提到我嗎？」他望向起伏海濤，又看著她焦慮的面孔。

「我沒有說我喜歡你。我是說……你給了我建議……最好不要……」

「布莉姬妲！」他忍不住叫起來，「你怎麼可以說這樣的謊！」

「安東尼奧神父！」她上前想拉他衣袖，但被他用力甩開。

「你撒這個謊真的太過分，你……我不想再看到你！」他丟下氣話，拔腿就跑，一直跑進聖馬爾谷主教座堂，跪倒在金色穹頂聖壇之下。他的玫瑰念珠突然斷了，珠子灑落一地，銀色十字架掉在石磚地上，發出鏗的輕響，耶穌苦像與他正面相對。

上主……

他抬起頭，窗外曼圖阿春日依舊，他卻不能不看到那之後兩日，漂浮於藍綠波濤的布莉姬妲。她心儀於一名教士，卻接受另一名教士，又拒絕了對方，最後被她心儀的教士在盛怒之下拒絕。那一年她才十六歲，明知自殺要墮入永恆的地獄，還是在傷心絕望下投身大海。

他為了當時沒能克制怒火痛悔不已，此後幾乎不曾對人動怒，只是為時已遲。

那之後過了幾年，他突然收到尚尼諾從北京寄來的信。他喜出望外，立刻提筆回信。

又過了一段時間，他在信中含糊其詞，說布莉姬妲死於肺病。他始終沒有勇氣說出真相。有時候他甚至害怕，如果尚尼諾回來，終將發現布莉姬妲之死的事實，屆時他勢必再度失去摯友，而且是永遠失去。

窗外日光已高，湖面水霧散去，林間鳥鳴啁啾。他踏出屋外，走入田野，彷彿看見尚尼諾詩中所寫，婉轉牧笛飄來百花齊放的綠地，寧芙仙子翩然起舞。他坐倒在一棵樹下，聽風中樹葉沙沙作響，閉上眼睛。

那是一七二二年五月，安東尼奧．韋瓦第完成《四季》小提琴協奏曲，不久後將總譜連同短箋遠寄世界彼端，交託一切於天主之手。

最親愛的喬瑟佩：

我寄給你春夏秋冬總譜，譜上標記你的十四行詩。這是我此生最美好的譜曲經驗。我始終相信你所說，威尼斯的海潮，曼圖阿的綠野，一切一切都能以音樂為救贖。但你的信令我心碎。天知道我多麼希望我有足夠的自私，才好開口請求你回來。天知道我又是多麼自私，才不開口請求你回來。請相信我無論如何都會支持你。請你信靠上主，做出真正合你心意的決定。

你永遠的摯友，安東尼奧

附錄

書中曲目

韋瓦第

《四季》小提琴協奏曲

《聖詠集》第一二七首〈若不是上主〉RV608

作品第二號十二首小提琴與通奏低音奏鳴曲

《佛莉亞狂舞曲》RV63

貝多芬

升C小調第十四號鋼琴奏鳴曲《月光》

鋼琴小品《給愛麗絲》

小提琴奏鳴曲《克羅采》

李斯特

升G小調鋼琴獨奏曲《鐘聲》

降A大調鋼琴曲《愛之夢》第三號

帕格尼尼　B小調小提琴變奏曲第三樂章《鐘聲迴旋曲》
二十四首《隨想曲》第五號、第二十四號

德布西　《貝加馬斯克鋼琴組曲》第三首《月光》（改編小提琴與鋼琴版）

孟德爾頌　E小調小提琴協奏曲
《無言歌》G小調第一號威尼斯船歌

馬斯耐　《泰綺思冥想曲》

拉赫曼尼諾夫　升C小調鋼琴前奏曲

塔替尼　G小調小提琴奏鳴曲《魔鬼的顫音》

克萊斯勒　《愛之悲》
《愛之喜》

STORY 062

韋瓦第密信

作　　者—Nakao Eki Pacidal（那瓜）
主　　編—何秉修
校　　對—Vincent Tsai
企　　劃—陳玉笈
封面設計—張巖
總 編 輯—胡金倫
董 事 長—趙政岷
出 版 者—時報文化出版企業股份有限公司
一〇八〇一九台北市和平西路三段二四〇號七樓
發行專線—（〇二）二三〇六六八四二
讀者服務專線—〇八〇〇二三一七〇五
（〇二）二三〇四七一〇三
讀者服務傳真—（〇二）二三〇四六八五八
郵撥—一九三四四七二四時報文化出版公司
信箱—一〇八九九臺北華江橋郵局第九九信箱
時報悅讀網—http://www.readingtimes.com.tw
時報文化臉書—https://www.facebook.com/readingtimes.fans
法律顧問—理律法律事務所　陳長文律師、李念祖律師
印　　刷—家佑印刷有限公司
初版一刷—二〇二三年三月三十一日
定　　價—新台幣四五〇元
版權所有　翻印必究（缺頁或破損的書，請寄回更換）

時報文化出版公司成立於一九七五年，
並於一九九九年股票上櫃公開發行，二〇〇八年脫離中時集團非屬旺中，
以「尊重智慧與創意的文化事業」為信念。

韋瓦第密信 / Nakao Eki Pacidal（那瓜）著 .
-- 初版 . -- 臺北市 :
時報文化出版企業股份有限公司 , 2023.03
面；　公分 . -- (Story ; 62)
ISBN 978-626-353-576-3(平裝)

863.857　　112002390

本書由鏡文學股份有限公司授權時報文化出版企業股份有限公司發行繁體中文版，
版權所有，未經書面同意，不得以任何方式翻印、仿製或轉載。

ISBN 978-626-353-576-3
Printed in Taiwan